部屋をめぐる旅

他二篇

グザヴィエ・ド・メーストル

加藤一輝＝訳

幻戯書房

目次

部屋をめぐる旅 007
部屋をめぐる夜の遠征 089
アオスタ市の癩病者 157
註――188
サント＝ブーヴ「グザヴィエ・ド・メーストル伯爵略伝」――194
グザヴィエ・ド・メーストル［1763–1852］年譜――230
訳者解題――262

ロゴ・イラスト――丸山有美
装丁――小沼宏之［Gibbon］

部屋をめぐる旅

第一章

新しい道を開き、さまざまな発見を盛りこんだ本を手に、予期せぬ彗星が空に煌《きら》めくように、ふいに学者の世界に現われるのは、何と光栄なことだろう！

いや、もう自分の本を秘めておくのはやめよう。これがそうだ、諸君、読んでくれ。わたしは部屋をめぐる四十二日間の旅を企画し、実行した。興味深い観察記録をつけ、道中いつも楽しく感じていたから、それを公刊したくなったのだ。役に立つという確信が、わたしを決意させた。数多の不幸なひとたちに、憂鬱に打ち克つ確かな力や、のしかかる苦難の慰めを提供できると思うと、言いようのない満足感を覚える。自分の部屋を旅することで得られる楽しみは、他人の飽くなき嫉妬を受けないし、境遇にも左右されない。

実際、籠って誰からも身を隠せる小部屋のひとつさえ持てないほど不幸で見捨てられたひとなどいるだろうか？　そうした小部屋だけでもう旅は準備万端だ。

わたしは、話の分かるひとなら誰でも、どんな性格や気質であれ、わたしの方法を採用するだろうと確信している。吝嗇《りんしょく》でも奢侈《しゃし》でも、裕福でも貧乏でも、若者でも老人でも、生まれが熱帯でも極地でも、わたしと同じように旅ができる。つまり地上にひしめく厖大な人間たちの誰一人、——そう、誰一人として（とは部屋に住んでいるひとのことだ)、この本を読んでなお、わたしが世間に紹介する新しい旅の方法に賛同できない者はいまい。

第二章

わたしの旅を礼讃するにあたって、はじめに、まったく費用がかからなかったことを挙げられよう。注目に値する点だ。わたしの旅は、まずはとりたてて財産のないひとたちから称えられ、歓迎される。もうひとつ、同じく一銭もかからないという理由から、この旅をいっそう確実にもてはやす階層のひとたちがいる。——どんなひとかって? 何と! そう訊かれるのか? それは金持ちのひとたちだ。それに、この旅の方法は、病気のひとにとって、とても救いとなるではないか! 天気や季節の厳しさを恐れる必要はないのだ。——臆病なひとにとっても、盗賊の心配もないし、崖や沼地もない。わたしより前に旅する勇気のなかった、あるいは旅に出られなかった、出ようと思わなかった、そうした幾千ものひとたちが、わたしに倣って旅すべく決意するだろう。どんなにものぐさなひとでも、何の苦労も費用も払わずに楽しみを得られるとなれば、わたしと共に歩き出すのを躊躇うことがあろうか? ——勇気を出して、旅に出よう。——恋人に振られたり友人と疎遠になったりして、人間の狭量や背信から離れようと家に籠っているひとたちよ、皆わたしについてきたまえ！　世界じゅうの不幸な者たち、病める者たち、退屈している者たちよ、みな来たまえ！――不精者たちもいっせいに立ち上がるのだ！　そして、何か不実な目に遭って退役や隠遁しようといった陰気な考えをめぐらせている者たち、閨房《けいぼう》の中で一生ひとづきあいをしないと決めた者たち、心優しき一夜の隠者となった者たちも、ともに来るのだ。わたしを信じて、そんな暗い考えは捨てよう。楽しむためのひとときを捨てても、賢くなるためのひとときを得ることにはならない。わたしの旅についてきてくれ。ローマやパリを見たという旅行者たちを道すがら笑いながら、のんびり歩いてゆこう。――わたしたちを阻むものは何もない。喜んで空想に身を任せ、その気ままに連れてゆくところ、どこへでもついてゆこう。

第三章

世の中には好奇心の強いひとがたくさんいるものだ！　――どうしてわたしの部屋をめぐる旅が四十三日間とかそれ以外の長さではなく四十二日間だったのか、知りたがるに違いない。しかし、どうして読者に教えられよう、わたし自身が知らないのに？　確かに言えるのは、この本が読者にとって長すぎるとして、わたしには短かくできなかったということだけだ。旅人の虚栄心をすべて除けば、一章だけで満足できたかもしれない。わたしは可能なかぎりの喜びや楽しみとともに部屋にいた、それは間違いない、けれども、ああ！　勝手に外へ出ることはできなかったのだ。他方で、わたしを気にかけてくれ、わたしとしても感謝を絶やすことのない、さる有力者の方々の仲裁がなければ、大著を物す時間があったろうとも思う、わたしに部屋を旅させてくれた庇護者《ひごしゃ》たちがどれほどわたしのために計らってくれたことか！

　しかし、分別ある読者よ、こうした方々がいかに間違っていたか考えてみてほしい、そしてできることなら、これから説明する道理を分かってほしい。

　誰かがうっかり君の足を踏んだとか、君の軽率な言動に激昂《げっこう》して思わず辛辣な言葉を吐いたとか、不幸にも君の恋人の気を惹いたとかいうことがあれば、そいつと決闘するのは、この上なく自然で正当ではないか？　決闘場に赴き、かの町人貴族[002]がニコルとやったように、第三姿勢でかわして第四姿勢で突く。反撃が確実かつ完全になるよう胸元を広げ、相手にやり返すために自分が刺される危険を冒す。――見てのとおり、これほど筋の通ったことはないのだが、この立派な慣習を非難する者たちがいるのだ！　もっとも、何にも増して一貫しているのは、こうした慣習を非難して重大な罪と看做《みな》すべきだという者たちが、その罪を犯すまいとするひとたちを、より手酷《てひど》く扱うということだ。その考えに従って、多くの不幸なひとたちが名誉や地位を失った。だから、いわゆる事件が起こってしまったら、法律と慣習のどちらで決着をつけるべきか、くじでも引いて決めれば悪くなかろう、そして、法律と慣習は相反するものだから、判事もサイコロを振って裁定したらよかろう。——わたしの旅がどうして他ならぬ四十二日間になったのか説明するには、おそらくこうした決定に頼らねばなるまい。

第四章

わたしの部屋は、ベッカリーア神父の測量によれば、北緯四十五度に位置している[003]。東西に長い四角形をしており、壁すれすれに歩くと三十六歩で一周できる。わたしの旅は、しかしその歩数には収まらないだろう。というのは、わたしは部屋を縦横に歩き、もちろん斜めにだって横切り、どんな規則や方式にも従わないからだ。——わたしはジグザグにさえ歩くのだ、必要とあれば幾何学的に可能なあらゆる経路で歩き回るだろう。わたしは「今日は三カ所の訪問をこなし、四通の手紙を書き、手をつけていたこの仕事を片づけるとしよう」というふうに自分の歩行や思考をきっちり支配できる人間は好きでない。——わたしの心は、あらゆる思考や興味や感情に対して完全に開かれており、現われるものの一切を貪欲に受け取る……！

——それに、どうして人生の険しい道中に散らばる楽しみを拒むことがあろう？　とても稀少で、ごくまばらにしかないのだから、立ち止まったり進路を変えたりして手の届く楽しみを拾いつくさないのは、間違いなく愚かだろう。わたしにとって、いかなる道筋を保つそぶりもせず、狩人《かりうど》が獲物を追うように自分の思考の跡を辿《たど》ることほど、心惹かれるものはない。だから、わたしが部屋を旅するときは、めったに真っ直ぐな線を通らない。テーブルを発って部屋の片隅にある絵画のところへ行く。そこから斜めに戸口へと向かう。しかし、確かに行くつもりで出発しても、途中で安楽椅子に出くわせば、勿体ぶらず、さっさと座りこんでしまう。――安楽椅子は素晴らしい家具だ。とくに瞑想家にとっては最も役に立つ。冬の夜長、賑わう社交の喧騒《けんそう》を離れ、ゆったりと安楽椅子に横たわるのは、ときに甘美な、また常に賢明なことだ。――ほどよい暖炉、書物、ペン、退屈をしのぐ手だての何と多いことか！　そして、書物やペンを忘れ、心地よい瞑想に耽《ふけ》ったり仲間を楽しませる詩句を練ったりしながら暖炉の火をかき立てるのもまた、何と嬉しいことか！時は頭の上を滑り、静かに永遠へと落ちてゆき、その悲しい移ろいを感じさせることがない。

第五章

安楽椅子を過ぎ、北へ向かうと見えるベッドは、部屋の奥に置かれ、もっとも好ましい眺めを作っている。

もっとも好都合な位置にあるのだ。朝いちばんの光がカーテンの中へ差しこんで戯れる。――夏の晴れた日、太陽が昇るにつれて陽光が白い壁づたいに進んでくるのを見る。窓の前の楡《にれ》の木が、さまざまに陽の光を分かち、ベッドの上に揺り動かすと、淡い赤と白のベッドは、日差しを反射して素敵な色調をあちこちに振りまく。――家の屋根に棲みついたツバメや、楡の木に棲んでいる鳥たちの騒がしい囀《さえず》りが聞こえる。わたしの心は晴れやかな思いで満たされ、世界で一番、気持ちよく穏やかに目覚めるのだ。

白状すると、わたしはこの楽しいひとときを味わうのが好きで、ベッドの心地よい温もりの中で瞑想する喜びを、いつもできるだけ長引かせようとする。――ときに自分自身をも忘れさせるこの家具よりも、空想をかき立て優しい気分にさせてくれる舞台が、他にあろうか？　――慎み深い読者よ、ぎょっとしないでくれ、――貞節な妻を初めて抱く恋人の幸せを、口にしてはいけないだろうか？　言いようのない悦び、だが残念ながらわたしには決して味わえない悦びだ！　息子を産んだ母親が喜びに浸って苦しみを忘れるのも、ベッドではないか？　空想や希望から生まれる幻の快楽に昂奮させられるのもベッドの中だ。――それに、人生の半分を、残り半分の悲しみなど忘れて過ごすのも、この甘美な家具の中だ。何と多くの悲喜こもごもの感情が、いちどきに頭にひしめくことか！　何と恐ろしくも楽しい驚くべき混淆！

ベッドはわれわれが生まれるのも死ぬのも見届ける。人間が面白い事件やおかしな茶番やおぞましい悲劇を代わる代わる演じる、変幻自在の舞台なのだ。――花で飾られた揺りかごであり、――恋の玉座であり、

──墓場である。

第六章

この章はもっぱら形而上学者のためにある。人間の本性を克明に照らし出すだろう。動物的な力を知性の純粋な光から分離し、人間の能力を分析し分解しうるプリズムというわけだ。

わたしが旅を始めて数歩で、どのように、またどうして指を火傷することになったか説明するには、わたしの考える精神と獣性の体系について、読者に細かく説明せねばなるまい。──この形而上的発見は、わたしの思考と行動に大きな影響を与えているから、はじめに要点を伝えておかないと、この本の理解が甚だ困難となってしまうだろう。

さまざまな観察によって、わたしは人間が精神と獣性から成り立っていることを発見した。──ふたつはまったく別物だが、嵌《は》まるか重なるかして互いにぴったりとくっついているから、精神が獣性に対していくらか優勢でなければ、両者を区別することはできない。

わたしが（物心ついた頃）ある老教師から聞いたのは、プラトンが物質を他者と呼んでいたということだ。

なるほどもっともである。しかしわたしとしては、われわれの精神と結びついている獣性にこそ、その称号を与えたい。この存在こそまさしく他者であり、われわれに何とも不思議な悪戯をするのだ。人間が二重の存在であることは、おおよそ皆が気づいている。だが、それは人間が精神と肉体で成り立っているからだという。そして肉体に数えきれないほどの罪を着せるが、それは間違いなくおかしな話で、なぜなら肉体は考えることも感じることもできないからだ。責めるべきは獣性である、それは感受性を持ちながらも精神とはまったく別物で、真に個体として個別の実在、嗜好《しこう》、気質、意思を持っており、育ちがよく器官が完全であるところのみ他の動物よりも勝っている。

紳士淑女の皆さま、どうぞご自身の知性を存分に誇ってください、しかし他者を大いに警戒なさることです、とりわけあなたがたが一緒にいるときには！

この異質なものふたつの結びつきについて、わたしはどれほど実験を試みたか分からない。たとえば、精神は獣性を自分に従わせられるけれども、逆が厄介で、獣性はしばしば精神に不本意な行動をさせるものだと、つくづく思い知った。規則としては、片方が立法権を有し、もう片方が執行権を有する。しかしこのふたつの権力は、しばしば対立するのだ。――すぐれた人物に重要な技術とは、自身の獣性を充分に涵養《かんよう》して独り歩きできるようにし、この辛い結合から解放された精神が天まで昇りつめられるようにすることである。

とはいえ、ひとつ例を挙げて事を明確にせねばなるまい。

本を読んでいるとき、もっと心地よい考えが突然あなたの空想の中に入ってきたら、精神はすぐさまそれに飛びついて本のことなど忘れてしまうが、目は単語や文章を機械的に追っている。あなたは何を読んだか理解も記憶もせぬままページを読み終えてしまう。——これは、あなたの精神が、相方に読書を命じておきながら、自分が少し留守にすると暇乞《いとまご》いをしなかったからで、つまり他者のほうは、もはや精神が聴いていないにもかかわらず読書を続けていたというわけだ。

第七章

これだけではよく分からないだろうか？　では、もうひとつ例を挙げよう。

昨夏のある日、わたしは宮廷に伺おうと歩いていた。午前中ずっと絵を描いており、わたしの精神は絵について思いめぐらすことを楽しんでいたから、わたしを王宮まで運ぶのは獣性に任せていた。

絵画とは何と崇高な藝術だろう！　と精神は考えていた。自然の見せる姿に心動かされ、生計を立てるためでも、単なる暇つぶしのためでもなく、立派な顔つきの持つ威厳や、人間の顔に様々な色調で溶けこむ見事な光の戯れに胸打たれ、自らの作品の中で自然の崇高な働きに近づこうとする者は幸いだ！　また、風景を愛するがゆえに独り散歩に出かけ、鬱蒼《うつそう》とした森や人影のない平野から受ける哀愁の情をカンヴァスの上に表現できる画家も幸いだ！　その作品は自然を模倣し再現する。新しい海洋を、日の目を見たことのない暗い洞窟を、創造するのだ。画家の思うがまま、緑の林が無から生まれ、青い空がカンヴァスに映る。大気をかき乱し嵐を呼び起こす術《すべ》を心得ているのだ。あるときは、うっとりと眺める者の眼前に、古代シチリアの美しい野原を差し出す。葦《あし》をかきわけて懸命にサテュロスから逃げるニンフたちが見える。荘厳な建築の寺院が神聖な森の上に堂々たる正面を現わす。空想の国の清閑な道々を、想像力が彷徨《さまよ》う。青い遠景が空と溶けあい、風景の全体が静かな川面に映え、どんな言葉をもってしても描けない光景を作り出す。――精神がそんなことを考えているうちに、他者のほうはわが道を行き、行く先は神のみぞ知る、となった！――命じられたとおり宮廷へ行くのではなく、ずっと左に逸れ、精神が追いついたときには、王宮から半里も離れたオーカステル夫人の門前にいたのだ。

もし他者が独りでこの美しい夫人の家へと上がりこんだら、どうなっていたか。それは読者の想像にお任せする。

第八章

精神を物質から解放して、然るべきときに、ただ精神のみで旅させるのは、有用かつ愉快なことだけれども、こうした能力には都合の悪いところもある。たとえば、何章か前でお話しした火傷も、この能力のせいなのだ。――わたしはいつも朝食の支度を獣性に任せている。パンを焼いて薄切りにするのは、この獣性なのだ。上手にコーヒーも淹《い》れるし、しばしば精神の知らぬ間に飲み干してしまう、というのも、精神が興味ぶかく獣性の仕事ぶりを見つめているなら別だが、そうしたことは稀《まれ》で、また実行するのも難しいからだ。何か機械的な仕事をしているとき、ほかのことを考えるのは簡単だが、自分の行動を注視するのは、――わたしの体系に則していえば、獣性の働きを精神に観察させ、手を出さず見るだけにさせておくのは、とても難しい。――これこそ人間の為しうる最も驚くべき形而上的な力技なのだ。

わたしはパンを焼くために火箸を炭火の上に横たえておいた。ところが、しばらくして、精神が旅に出ているうちに、火のついた切株が熾《おき》の中に転がりこんだ。――哀れな獣性は、火箸に手をやった。こうしてわたしは指を火傷したのだ。

第九章

読者が考える術を得、この素晴らしい旅路で多くの発見を得られるよう、わたしの考えを前の何章かで充分に説明できていることを願う。いつの日か自分の精神を独り旅に出せるようになったら、読者は自分に満足するに違いない。こうした能力のもたらす喜びは、結果として生ずる誤解を相殺して余りあるだろう。そうして自己の存在を拡張し、天にも地にも同時に住まい、いわば自分の存在を二重にするよりも心地よい喜びがあるだろうか？　――人間の、決して満たされることのない永遠の望みとは、自分の権力や能力を高め、自分の存在しないところに存在し、過去を呼び戻したり未来の中に生きたりしたいということではないか？　――人間は、軍隊を率いたり、学会を仕切ったり、美人に愛されたりしたいと願う。しかし、そのすべてを手に入れたら、田舎を偲《しの》び平穏を懐かしみ、羊飼いの小屋を羨むのだ。人間の計画や希望は、人間の本性と結びついている現実の不幸に打ち当たって、絶えず挫《くじ》かれる。人間は幸福を見つけることができない。わたしと一緒に十五分も旅をすれば、道は見えてくるだろう。

　さあ！　そんなくだらない気苦労や、悩みの種にしかならない野心など、他者に任せておけばよいではないか？　――来たまえ、哀れな不幸者よ！　檻《おり》を破って、今からお連れする蒼穹《そうきゅう》の高み、天上界の真ん中から、現世に放たれた君の獣性が、富や名誉のある人生を求めて、独りで駆けずり回るさまを眺めてみたまえ。人間たちの中を、何と重々しく歩いていることか。群衆は君の獣性を敬して遠ざけ、きっと誰ひとりそいつが独りだと気づかないだろう。君の獣性が歩き回っている雑踏の喧騒は、そいつが精神を持っているのかいないのか、考えているのかいないのか、そんなことはお構いなしなのだ。——たくさんの多感な女たちも、そんなことは知らぬまま、君の獣性を夢中になって愛するだろう。精神の助けなど借りなくとも、君の獣性は莫大な人気と財産を得るだろう。——わたしと君が天から帰って、君の精神が元の住処に戻ったとき、それが大貴族の獣性だったとしても、わたしはまったく驚かないだろう。

第十章

わたしが部屋をめぐる旅の様子を描くという約束を放ったらかし、面倒ごとを置いてふらふらしているとは、思ってほしくない。それは大きな間違いだ、わたしの旅は実際に続いているのだから。わたしの精神が内省し、前章で述べたような曲がりくねった形而上の小逕《こみち》を歩き回っている間、——わたしは安楽椅子の上で反っくり返り、椅子の前脚二本を二寸ほど浮かせ、右へ左へと体を揺らして進み、いつの間にか壁のすぐ傍まで来ていた。――これが急がないときのわたしの旅の方法だ。――そこまで来て、わたしの手はオーカステル夫人の肖像画を機械的に取り、他者は喜んで肖像画の埃《ほこり》を払った。――この動作は穏やかな快感をもたらし、その快感は天の曠野《こうや》にまぎれこんでいたわたしの精神にも感じられた。――思考が空を旅しているときでも、何か分からぬ隠れた紐《ひも》で、官能とは常に結びついていると、認めねばならない。だから考えごとを止めなくとも他者の静かな楽しみを共有できるのだ。しかし、その快感が然るべき昂《たかぶ》りに至ると、あるいは思いがけない光景に驚かされると、精神は稲妻の速さで元の場所に戻る。

わたしが肖像画を掃除しているときに起こったのも、そういうことである。

布によって埃が拭われ、ブロンドの巻髪や、髪を飾るバラの花冠が現われてくると、太陽の高さにまで昇っていたわたしの精神も、仄《ほの》かな胸騒ぎを覚え、喜んでわたしの心と快感を共有した。快感は、美しい顔のまばゆい額が布の一拭きで露わになったとき、いっそう明瞭鮮烈となった。その光景を見ようと、精神は天から飛び降りんばかりだった。極楽にいようと、智天使の合唱を聴いていようと、一瞬たりともじっとしてはおれなかっただろう、というのもそのとき、相方はますます興に乗って、差し出された濡れスポンジを摑《つか》むと、いきなり拭こうとしたのだ、眉と眼を、――鼻を、――頰を、――口を、――ああ神よ、胸がどきどきする！　――顎を、胸を。それは一瞬のことだった。顔全体が蘇り、無から浮かび上がったように見えた。――わたしの精神は流星のように天から落ちてきて、恍惚《こうこつ》の只中にいる他者を見つけると、この陶酔を共有して倍加させた。この奇妙で思いがけない状態は、わたしから時間も空間も消滅させた。――わたしは一瞬、過去の中に存在し、自然の摂理に反して若返ったのだ。――そうだ、彼女だ、この素晴らしい女性、これは彼女自身なのだ、微笑んでいるのが見える、わたしを愛していると今にも言ってくれそうだ。――何という眼差《まなざ》しだろう！　おいで、わたしの胸に抱きしめるから、いとしいひと、わが伴侶よ！　――ここへ来て陶酔と幸福を分かち合ってくれ！　――こうした瞬間は短かかったが、うっとりするものだった。やがて冷静な理性が力を盛り返し、またたく間に丸一年わたしは歳を取った。――心は冷めて氷のようになり、わたしは地球を覆う冷淡な群衆と一緒になった。

第十一章

物事を先取りするのはよくない。わたしの考える精神と獣性の体系について急いで読者に伝えようと焦るあまり、まだしなければならなかったベッドについての説明を切り上げてしまった。この説明が終わったら、前の章で中断したところから旅を再開しよう。――ただわたしの半分が壁のすぐ傍、机から四歩のところでオーカステル夫人の肖像画を持ったままになっていることだけは覚えておいてもらいたい。わたしは、ベッドについて話しているとき、できることなら誰であれベッドは淡い赤と白にすべきだと勧めるのを忘れていた。色は間違いなくわれわれに影響を与え、色調によってわれわれは楽しくもなり悲しくもなる。――淡い赤と白は、快楽と幸福に捧げられた色だ。――自然はバラにこの二色を与えることで、女神フローラの国の冠を授けた。天は世界に一日のはじまりを告げるとき、暁光によって、この美しい色合いで東雲を彩る。

ある日、わたしたちは長く険しい小逕を苦労して登っていた。可愛いロザリーが先を行っていた。翼を得たように軽快で、わたしたちはついて行けなかった。――ふいに、ある丘の頂に着くと、彼女は一息ついて振り返り、わたしたちが遅いのを見て微笑んだ。――わたしの称えるふたつの色が、これほど鮮烈だったことは、いままでなかっただろう。――彼女の紅潮した頬、珊瑚色の唇、輝く歯、純白の首元は、緑を背景にして、一同の目を打った。わたしたちは彼女に見惚《みほ》れて、立ち止まるしかなかった。彼女の碧《あお》い眼、わたしたちに投げかけた眼差しについては、何も言うまい。本筋から逸《そ》れることだし、なるべく考えないようにしているからだ。このふたつの色が他の何色にも勝っており、また人間の幸福に影響を与えるものだという最もよい例が示せたならば、それで充分なのだ。

今日はこれ以上は行けない。どんな話題を取り上げたって味気ないのではないか？　どんなことを考えたって、この思い出にかき消されてしまうのではないか？　――いつになったら再び書きはじめられるか、それすら分からない。――もしわたしが書くのを続けるなら、そして読者が最後まで読みたいと望むなら、思考の配達人であるという天使に呼びかけ、ひっきりなしにわたしに投げて寄越《よこ》す取りとめのない思考の中に、あの丘の残像を混ぜるのをやめてくれと頼むことだ。

　そうした用心がなければ、わたしの旅も万事休すだ。

第十二章

丘

第十三章

努力は徒労に終わった。不本意ながら、勝負は延期にして、ここに留まらねばならない。宿営だ。

第十四章

わたしがベッドの甘美な温もりの中で瞑想するのを特段に好んでいること、そしてベッドの心地よい色合いがそこで感じられる愉しみに大きく貢献していることは、すでに述べた。

この愉しみを味わうため、わたしは召使に、わたしが起きると決めた半時間前に部屋へ入ってくるよう命じておく。わたしは、彼がそっと歩いてきて、慎重に部屋の物をいじくっているのを聞く。この物音が、まどろみを覚えるという愉しみを与えてくれるのだ。多くのひとたちが知らない、繊細な快楽だ。

目が覚めきっていないことに気づけるほどには、そして用件や懸案に取り掛からねばならない時はまだ砂時計の中にあるとぼんやり計算できるほどには、目が覚めている。少しずつ、召使の立てる音が大きくなる。

自分を抑えるというのは実に難しい！　それに彼は運命の時刻が迫っていると知っているのだ。――わたしの懐中時計を見つめ、時計についた飾りで音を立てて警告する。しかしわたしは耳が聞こえないふりをする。この幸せな時間を引き延ばすため、気の毒な召使に向かって、ありとあらゆる言いがかりをつける。時間稼ぎのために言いつける用事は、あらかじめいくつも準備してある。召使もまた、わたしが不機嫌そうに言いつける命令のあれこれが、単にベッドから出たくないだけなのに、そういうそぶりを見せないための口実でしかないことを、よく知っている。しかし彼はそれに気づいている様子をまったく見せないし、わたしは彼のそうした演技に大変感謝している。

　わたしがついに万策つきると、召使は部屋の真ん中へ来て、そこに腕組みをして立ったまま、まったく動かなくなる。

　わたしの考え[004]をたしなめるのに彼以上の機知と謙抑をもってすることは不可能だと認めよう。だから、もう無言の勧告には逆らわず、腕を伸ばして分かったと伝え、ようやく起きて座る。

　わたしの召使の行ないについて充分に考えてくれれば、こうした微妙な問題においては、どんなに小賢しい知恵よりも素直さや良識のほうが遥かに優るものだと、読者は納得できるだろう。いかに言葉の欠陥を研究しつくした弁舌も[005]、ジョアネッティ氏の無言の非難ほど速やかにベッドを去る決心を起こさせはしまいと、わたしは断言しよう。

　ジョアネッティ氏こそ真に誠実な男であり、わたしのような旅行者には最も相応しい。わたしの精神がしょっちゅう旅へ出てしまうことに彼は慣れているし、他者の無節操を嗤《わら》うこともない。それどころか、独りでいるときには導いてくれさえする。つまり、そうしたときは、ふたつの精神によって制御されているといえるだろう。たとえば服を着るとき、靴下が裏返しだとか上着を先に着ようとしているとかいったことを、合図で教えてくれる。――わたしの精神は、可哀そうなジョアネッティがこの愚か者を城門まで追いかけ、帽子を忘れたとか――またあるときはハンカチを忘れたとかいうことを知らせるのを見て、よく面白がっていた。

　ある日（白状しようか？）この忠実な召使が階段の下で捕まえなかったら、粗忽者《そこつもの》は厳《いか》めしい指揮杖《しきづえ》を持った儀典長のごとく堂々と宮廷へ向かっていただろう、剣を忘れたままで。

第十五章

「おい、ジョアネッティ、この肖像画を元どおり掛けておいてくれ」わたしは言った。――ジョアネッティは肖像画の掃除を手伝っていたが、肖像画についての一章を書かせた出来事の顚末《てんまつ》については、月の世界の出来事のごとく、まったく気づいていなかった。湿らせたスポンジを渡してくれたのは他ならぬ彼であるし、その見かけは些細《ささい》な振舞いによって、わたしの精神に束の間の一億里の旅をさせてくれたのも彼なのだ。ジョアネッティは肖像画を掛け直さず、自分で持って拭きはじめた。——何か難しいことや解決すべき問題があるのか、彼が怪訝《けげん》な面持ちをしていることに、わたしは気づいた。「この絵について何か言いたいことでもあるのかい？」「いえ、何も、ご主人」「それならどうして？」ジョアネッティは肖像画をわたしの机の棚に立て、何歩か離れて言った。「わたしが部屋のどこにいても、いつもこの絵はわたしを見つめているのですが、どうしてなのでしょう、ご主人。朝わたしがベッドを整えていると彼女はわたしのほうを向いていますし、窓のほうへ行くとやはりわたしを見ています、わたしを目で追っているのです」「そうすると、ジョアネッティ、もしこの部屋が人で埋まっていたら、その美しい夫人はすべての方向に秋波を送り、皆に同時に色目を使うことになるね？」「ああ！　そうなのです」「彼女は行くひとにも来るひとにも、わたしに見せるのと同じように微笑みかけるということか？」——ジョアネッティは何とも答えなかった。——わたしは安楽椅子に横になって、顔を伏せ、真面目に考えこんだ。——何という洞察だ！　気の毒な恋人よ！　君が彼女から遠く離れて悶々としているとき、もう彼女には君に代わる者がいるだろうに、肖像画を喰い入るように見つめ、（少なくとも絵の中では）自分だけを見つめてくれていると思っているのに、不実な肖像画は、当の本人と同じくらい移り気で、周りの者すべてに流し目を送り、誰にでも微笑みかける。

これは、ある種の肖像画がモデルとの間に持つ精神的類似であり、どんな哲学者も画家も観察者も今まで気づかなかったことだ。

わたしは発見から発見へと進んでゆく。

第十六章

ジョアネッティは相変わらず同じ姿勢のまま、わたしに乞うた説明を待っていた。わたしは、気兼ねなく瞑想するため、そして結論として至った悲しい考察から立ち直るために深く被っていた旅行服の襞から、顔を出した。しばし沈黙のあと、わたしは安楽椅子を彼のほうへ向けた。「ジョアネッティ、それは絵画が平面だから、その表面のあちこちから発した光線は……？」この説明にジョアネッティは目を丸くし、瞳が完全に見えるほど大きく見開いた。そのうえ口まで半開きになっていた。人間の表情がこのようなふたつの動きを見せるのは、かの有名なルブラン[006]によれば、驚きの最終段階である。こうした弁舌を試みたのは間違いなく獣性であった。精神のほうは、平面とか光線とかいったことをジョアネッティはまったく知らないと分かっていた。彼があまりに大きく瞼《まぶた》を開けるので、わたしは反省し、再び旅行服の襟に顔を埋《うず》めて、とうとう頭がほとんど隠れてしまうほど引っこめた。

　わたしはここで昼食をとることに決めた。朝もずいぶん遅くなっていたし、一歩でも部屋を歩き出したら昼食が夜になるかもしれなかったからだ。安楽椅子の縁《へり》まで体を滑らせ、両足を暖炉の上に掛けて、おとなしく食事を待った。――これは快適な恰好《かっこう》なのだ。長旅の途中でやむを得ず留まるとき、これほど便利で好都合な姿勢を他に見つけるのは、とても難しいだろう。

　わたしの忠犬ロジーヌは、このとき必ず現われて、旅行服の裾を引っぱるので、わたしは彼女を抱き上げる。わたしの体が二つ折りになった頂点のところに、おあつらえ向きの快適なベッドを見出すのだ。子音のVの形[007]が、わたしの恰好を上手く表わしてくれる。抱き上げるのが遅いと、ロジーヌはわたしの上に飛び乗ってくる。どうやって来たのか知らないうちに乗っていることもよくある。わたしの両手は自然とロジーヌに居心地のよい形に収まる、この愛すべき動物とわたしの獣性の間に感情の共鳴があるのか、それとも単なる偶然が決めているのか。――けれどもわたしは偶然というものをまったく信じない、そんなくだらない理屈、――何も意味しない言葉など信じない。――それよりかはまだマグネティスムを信じる、――マルティニスムを信じる[008]。――ともかく、偶然など断じて信じないのだ。

　このふたつの動物の間に存在する関係は、大いに現実性のあるものだから、わたしが何気なく両足を暖炉に掛けるとき、まだ昼食までかなり時間があって宿営のことなどまったく考えていなかったとしても、その動きを見たロジーヌは、そっと尻尾を振って喜びを漏らす。彼女は慎みがあるから場所を動かないけれども、これに気づいた他者は、その謙虚さに感謝する。原因を推察できないにしても、両者の間にはこうした無言の対話、きわめて心地よい感情のつながりが生まれるのであり、偶然に帰すことなど絶対できまい。

第十七章

わたしが細かいことをくどくど述べ立てるといって咎《とが》めないでほしい、旅行者とはこういうものなのだ。モンブラン登攀《とうはん》に出かけるひとや、エンペドクレスの大きな墓穴[009]を見に行くひとは、細々とした情況の正確な叙述を欠かさない。一緒に行った人やラバの数とか、食べものの質とか、旅行者の食欲旺盛なこととか、乗った馬が躓《つまづ》いたことまで、出不精のひとたちに教えるべく、念入りに日記をつける。こうした原則に従って、わたしの本当に大切な可愛らしい動物、いとしのロジーヌについて語ることとし、まるごと一章を捧げようと決めた。

わたしたちが一緒に暮らすようになって六年たつが、情が冷めたことはまったくないし、何か些細な諍《いさか》いがあったとしても、正直に白状すれば落ち度はいつもわたしの側にあって、最初に仲直りの手を差し伸べてくれたのはいつもロジーヌだった。

ロジーヌは、夜に叱られると文句も言わず寂しそうに引き下がるが、次の日の夜明けにはもうベッドの傍でうやうやしくかしこまっており、主人が少しでも動けば、ちょっとでも目が覚めた様子を見せたら、ナイトテーブルを尻尾でばたばた叩いて、そこにいることを知らせてくる。

一緒に暮らしはじめて以来ずっとわたしを愛し続けてくれたこの甘えん坊に、どうして愛情を抱かないことがあろう？　わたしに好意を示し、そして忘れ去った人間は、覚えきれないくらいたくさんいる。わたしには、少しの親友、何人かの思いを寄せたひと、たくさんの友人、さらに多くの知人がいた。――こうしたひとたちにとって最早わたしは何者でもなく、名前すら忘れられてしまった。

どれほど誓いが立てられ、力を貸すと言われたことか！　それらの恩恵や、あるいは永遠の惜しみない友情に、期待することもできたのだったが！

いとしのロジーヌは、とくに何かしようとしてくれたことはないけれど、人間に対して為しうる最大限の助けを与えてくれた。それは、かつてわたしを愛し、また今も愛し続けている、ということだ。だからわたしは、親友に対するのと同じだけの感情をもって彼女を愛していると、臆することなく言えるのだ。

何か言いたい者は、何とでも言うがよい。

第十八章

ジョアネッティが、啞然《あぜん》として身動きもせず、わたしの始めた仰々しい説明の結論を待っているのを、放ったらかしにしていた。

わたしが突然、頭をすっかり部屋着に埋め、それで説明を切り上げたのを見ても、ジョアネッティは、もっともな理由がないためにわたしが行き詰まり、彼の提示した難問に打ち負かされたのだとは、まったく思わなかった。

彼はわたしに対して優位な立場を得たが、思い上がったようなそぶりは皆目なかったし、特権を行使しようともしなかった。――しばし沈黙ののち、肖像画を取って元に戻し、爪先歩きで静かに部屋を出て行った。――彼の存在そのものがわたしにとっては一種の侮辱になると察し、気をつかって、わたしの目に留まらぬよう退出したのだ。――この情況でのこうした振舞いに甚だ感じ入って、わたしの心中で彼の評価はますます高まった。読者の心中においても、彼は然るべき地位を占めるに違いない。さらに次の章を読んだ上で、なお彼に一目置かない非情な人間があったら、そいつは天から石のような心を与えられたに違いない。

第十九章

「おい！」ある日わたしはジョアネッティに言った。「お前に刷毛《はけ》を買ってこいと言うのは、これで三度目だぞ！　どんな頭をしているんだ！　この畜生め！」ジョアネッティは何も言わなかった。彼は前の日も同じ罵倒に何も答えなかった。「あんなに几帳面なやつなのに！」さっぱり訳が分からなかった。わたしは怒鳴った。「靴を拭くから、布を持ってこい」彼が取りに行くと、わたしはそんな乱暴な言いかたをしたのが悔やまれてきた。――靴下に触れないようにしながら丹念にわたしの靴の埃を拭う姿を見ていると、すぐに憤激は収まった。それで、仲直りのしるしとして肩に手を掛けた。わたしは心のうちで「そうか！　ということは、金のために他人の靴の泥を落とす者もいるのだな？」と呟《つぶや》いたが、この金という言葉は、わたしに差しこんだ一筋の光明だった。ふいに、長いこと召使に金を渡していないのを思い出したのだ。わたしは足を引っこめて言った。「ジョアネッティ、お前、金はあるのかい？」この質問を聞くと、彼の唇には言い訳じみた微笑が浮かんだ。「いいえ、ご主人。一週間前から、わたしは一銭もないのです。ご主人のための細々とした買いもので使い果たしてしまったのです」「すると刷毛は？　間違いなくそのせいなのだろう？」ジョアネッティは再び微笑んだ。彼は主人に「あなたは忠実な召使に対して酷いことを言われましたが、わたしは頭が空っぽでもなければ畜生でもありません。わたしに支払うべき二十三リーヴル十スー四ドゥニエを下さい、そしたら刷毛を買ってきます」と言うこともできた。――怒ったのが恥ずかしいと主人に思わせるよりはと、不当な酷評を受けるがままにしていたのだ。

天よ、彼に祝福を与えたまえ！　哲学者よ！　信仰者よ！　君たちは読んだか？「さあ、ジョアネッティ、受け取ってくれ、これで刷毛を買ってきてくれ」「しかしご主人、靴が片方は白くて片方は黒いままですが」「いいから刷毛を買っておいで、わたしの靴の汚れなんか放っといたっていいんだ」――彼は出て行った。わたしは布を取って、何とも気持ちよく左の靴を拭いた。後悔の涙が一滴、その上に落ちた。

第二十章

わたしの部屋の壁には版画や絵画が掛かっていて、部屋をとりわけ美しく飾っている。まだ机までしばらくかかるから、道中の楽しみや気晴らしのため、是非ひとつひとつ読者にお見せしたいのだが、しかし説明だけ聞いて似顔絵を描けないのと同様、一枚の絵を正確に説明することも不可能である。

たとえば、最初に目に入る版画を見て、どれほど心を動かされることだろう！　――震える手でゆっくりとアルベルトのピストルを拭っている哀れなシャルロッテが見えるだろう。――さまざまな暗い予感と、望みも慰めもない恋人の抱くあらゆる不安が、彼女の表情に刻みこまれている。しかし酷薄なアルベルトは、訴状を入れた袋や古い書類に囲まれ、冷ややかに振り向いて友人の道中無事を祈ると言っている[010]。わたしは何度、この版画を覆うガラスを破ってアルベルトをテーブルの傍から引きずり出し、ばらばらにして、踏んづけてやろうと思ったことか！　しかしアルベルトのようなやつはいつでもたくさん世間に居続けるのだろう。感情ある人間には誰しも各々のアルベルトがいて、そいつと共に生きてゆかねばならないし、そいつを前にすると、内面の吐露も、甘美な昂奮も、空想の飛翔も、すべて岩礁に打ち当たった波のように砕け散ってしまうのではないか？　――心でも頭でも意気投合できる友、同じ趣味や感覚や知識によって結ばれる友、野心や利害に煩わされない友、――宮廷の虚飾よりも緑樹の木蔭を好む友、そうした友を持つ者は幸いだ！　――親友のいる者は幸せなのだ！

第二十一章

わたしにも親友がひとりいた。死が彼を奪っていった。彼が人生を歩み始めようとしたとき、そして彼との友情がわたしにとって切実に必要なものとなったとき、死が彼を捉えたのだった。――わたしたちは戦争の苦しい任務の中で互いに支え合っていた。ひとつのパイプをふたりで吸い、同じ杯を嘗《な》め、同じ布団で寝た。目下の困難な情況にあっては、一緒に暮らす場所がふたりにとっての新しい祖国だった。わたしは彼が戦争の、それも悲惨な戦いのもたらすあらゆる危険の矛先になっているのを見た。どうやら死は、わたしたちの片方のために、もう片方も見逃すことにしたようだった。死は彼に千の矢を放ったが、当たらなかった。ところがそれは、わたしに彼の喪失をいっそう強く感じさせるためだった。部隊が騒然とし、危機に瀕《ひん》して昂奮に心を奪われていたときだったら、彼の叫びはわたしの胸に響かなかったかもしれない。――彼の死は自国の役に立ち、敵国に災いをもたらしたかもしれない。――そうであったら、わたしはこれほど残念に思わなかっただろう。――しかし彼は、楽しい冬の宿営の真っ最中に死んだのだ！　彼はわたしの腕の中で息を引き取った、潑溂《はつらつ》としていたように見えたのに。休息と平穏の中で、わたしたちはいっそう親しくなろうとしていたのに！　――ああ！　わたしは未だに立ち直れない！　しかし彼の記憶はもはやわたしの心の中にしか生きていない。彼の周りにいたひとたちや、彼に代わったひとたちの中には、生きていないのだ。そう思うと尚更、彼を喪《うしな》ったことが辛く感じられる。自然もまた個々人の運命には無関心で、春になったら華やかな衣装をまとい、彼の眠る墓の周りを美しく飾っている。木々は葉を茂らせ枝を絡ませ、鳥たちは葉蔭に歌う。花々の間を羽虫が飛び交い、墓の周りでも万物は歓喜と生気を振りまいている。――夜になって、月が空に輝き、わたしがこの悲しい場所で物思いに沈んでいると、物言わぬ友の墓を覆う草葉の蔭で、コオロギの疲れを知らない楽しげな鳴声が聞こえてくる。取るに足らない生きものの破滅も、いかなる人間の不幸も、大いなる全体からすれば何でもないことなのだ。――情に厚い人間が友人たちの嘆き悲しむ中で亡くなるのも、蝶が冷たい朝の空気に当てられて花蕚《かがく》の中で命を落とすのも、自然の流転の中では同じような出来事でしかない。人間というのは幻にすぎない、影にすぎない、空に消えゆく煙にすぎない……

だが、朝焼けが次第に空を明らめてくる。わたしを悩ませていた暗い考えは夜とともに消え失せ、心に再び希望が生まれる。――いや、東の空を光で溢れさせる御方が、わたしに輝きを見せてくださるのは、さっさと虚無の闇に沈めるためではない。地平線を計り知れないほどに伸ばした御方、太陽で金色に染まる冠雪を頂く山々を聳《そび》え立たせた御方は、わたしの心を鼓動させ頭を思考させる御方でもあるのだ。

いや、わたしの友は決して虚無の中に入ったのではない。わたしたちを隔てる壁がどのようなものであれ、いずれ彼とは再会する。――わたしは三段論法の上に希望を打ち立てるのではない。――一匹の虫が風を切って飛ぶだけで、わたしは確信するのだ。そして、野原の景色、空気の薫り、あたりに漂う何だか分からぬ魅力、こうしたものが度々わたしの思考を高みへと引き上げるから、霊魂不滅の厳然たる証が、ぐいぐいとわたしの心に入ってきて、心を一杯にする。

第二十二章

先の章は長いこと筆先まで出かかっていながら書かずにおいたものだ。この本ではわたしの精神の明るい側面だけを見せようと決めていたが、ほかの試みと同じく、これも上手くは行かなかった。情けある読者は、わたしが読者の涙を誘うような真似をしたことを、どうか許してほしい。わたしが確かに[011]この悲しい一章を削ることもできたはずだと思うひとがいたら、手持ちの本からこの一章を破き捨ててもよいし、本ごと火にくべてくださっても構わない。

親愛なるジェニー[012]よ、この一章が、女性の中で最も優しく、また最も愛しているあなたの心に適ったなら、わたしはそれで充分です。――姉妹の中で最も優しく、また最も愛しているあなたに、わたしはこの本を捧げます。この本があなたに受け入れられたなら、情の分かるひと皆に受け入れられるでしょう。そして、わたしが幾度か心ならず見せた狂態すら許してくれるなら、わたしは世界中のどんな検閲官をも恐れません。

第二十三章

次の版画については、ただ一言だけ述べよう。

それは餓死する哀れなウゴリーノ一家の版画だ。ウゴリーノの周りでは、足元で息子のひとりが動きもせずに横たわり、ほかの子たちは弱々しく手を伸ばしてパンを求めている、そして哀れな父親は牢獄《ろうごく》の円柱にもたれ、血走った目を据えて、表情ひとつ動かさず、——絶望の果てにある恐ろしい静寂の中で、彼自身の死、そして子どもの死を間近にして、人間の被りうるあらゆる苦しみを受けている[013]。

勇ましきアサス士爵[014]よ、精悍《せいかん》なる努力と、いまや見ることのできなくなった英雄精神によって、君は百もの銃剣の下に斃《たお》れようとしている！

椰子の木の下で泣く哀れな黒人女よ！　お前は人でなしの男に裏切られ見捨てられたのだ、そいつはイギリス人ではないだろうが——何と言ったらよいか？　酷いやつだ、恋慕と献身もむなしく、そいつの愛の果実を宿していながら、お前は卑しい奴隷として売りとばされた。——その姿を前にして、わたしはお前の愛情と不幸に捧げるべき敬意を抱かずにはおれない！

また別の絵画の前で立ち止まるとしよう。これは独りアルプスの山頂で羊の群れを守っている若い娘だ[015]。いくつもの冬を越して白くなった古い樅《もみ》の倒木に座り、足はカカリアの草叢《くさむら》に隠れ、頭の上にはライラックの花が咲いている。ラベンダー、ジャコウソウ、アネモネ、セントーレア、われわれの温室や庭園では育てるのも難しい花々がアルプスの頂では野生の美しさそのままに咲き誇り、煌びやかな絨毯《じゅうたん》を織り成し、その上を羊たちが徜徉《しょうよう》している。――可愛い羊飼いよ、お前の住んでいる幸せな場所は一体どこなのか、教えてくれないか？　お前は日の出とともに一体どこの遠い羊小屋を発ってきたのか？　――そこへ行って、お前と一緒に暮らすことはできないか？　――だが、ああ！　お前の味わっている穏やかな静けさは、じきに消えてしまうのだ。戦争という怪物が、街を荒らしただけでは足りず、やがて人里離れたお前の隠れ家にまで混乱と恐怖をもたらすだろうから。もう兵士たちが進軍している。そいつらが山から山へと登り、雲にまで近づくのが見える。――大砲の轟音《ごうおん》が、雷の棲むところにまで響いている[016]。――逃げろ、羊飼いよ、羊の群れを急き立てて、いちばん辺鄙《へんぴ》な、もっとも未開の洞窟に隠れるのだ。この悲しい地上には、もう安息はないのだから。

第二十四章

どうしてこうなるのか自分でも分からないのだが、最近いつも章の終わりが陰気になる。書きはじめるときには楽しいことを見据えているが、無駄なのだ——穏やかな時宜を見て出帆しても、そのうち突風に遭って流されてしまう。——わたしの思考を妨げるこの昂奮を鎮め、多くの可憐な幻影にかき立てられた胸の高鳴りを落ち着けるには、議論しか薬はあるまい。——そうだ、この氷の欠片を心臓の上に乗せよう。

ここでは絵画についての議論にしよう。というのも、他の物事については、議論の手だてがないのだ。今しがた登ってきたところから、すっかり降りきることはできない。それに、これはトウビー叔父さん[017]の十八番なのだ。

絵画と音楽という魅力的な藝術のどちらが優れているか、通りがかりに少し述べたい。そう、何かしら天秤皿に加えたいのだ、砂粒ひとつ、かけらひとつでも。

画家の側に立っていえば、画家は後世に遺すものがある。彼の絵は死後も生き続け、彼の記憶を永遠に伝える。

作曲家だってオペラやコンチェルトを遺す、という反論もある。——しかし音楽は流行りものだ、絵画はそうではない。――われわれの先祖を感動させた曲も、今日の愛好家が聴いたら滑稽であり、かつては人々を涙させた曲も、彼らの子孫を笑わせるために喜歌劇の中に入れられてしまう。

ラファエロの絵画は、われわれの先祖の心を奪ったのと同じように、われわれの子孫も魅了するだろう。

これがわたしの加える砂粒である。

第二十五章

ある日オーカステル夫人がわたしに言った。「でも、ケルビーニやチマローザの曲[018]が、彼らの先人たちの曲と違うからといって、それがわたしにとって何か重要なのですか？　――昔の音楽がわたしを笑わせるとしても、新しい音楽がわたしを心地よく感動させてくれるなら、べつに構わないのではないですか？　――つまり、わたしの喜びが、わたしの高祖母の喜びと似通っている必要はあるのですか？　それに、どうして絵画の話をするのですか、それはある階層のごく少数のひとたちが楽しんでいる藝術でしょう、音楽は息する者すべてを喜ばせるのですよ？」

こうした意見は、この章を書きはじめたときには予期していなかったもので、どう答えたらよいか、ちょっとすぐには分からない。

もし想定していたら、この議論は企てなかっただろう。どうか音楽家の策略とは考えないでもらいたい。──わたしは音楽家ではないと、名誉に懸けて断言する。──そう、わたしは音楽家ではないのだ。天に誓って、そしてわたしがヴァイオリンを弾くのを聴いたひとたちを証人として。

しかし、藝術としての価値が両者ともに等しいとして、藝術としての価値がそのまま藝術家としての価値でもあると、早急に結論づけてはならない。──熟練奏者のごとくチェンバロを弾く子はいても、十二歳の大画家というのは見たことがない。画家には好みや気持ちだけでなく考える頭も必要なのだ、音楽家は考えなしでもできる。頭も心もない者がヴァイオリンやハープで見事な音を奏でるのは、毎日のように見られることだ。

人間の中にある獣性は、チェンバロを弾けるよう育て上げることができる。よい先生に教わって獣性を鍛えられたら、精神は気ままに旅できるようになり、指が機械的に音を出していても、それにはまったく関わらなくなる。──逆に、精神が全力を挙げて取り組まないと、どれほど簡単なものも描くことはできない。

とはいえ、作曲と演奏を区別しようというひとが出てくると、正直にいって、わたしは些《いささ》か困惑してしまうだろう。ああ！　議論するひと全員が善人であっても、結末はこうなるのだ。──ある問題について検討しはじめるとき、たいてい断定的な口調になるのは、ひそかに結論を決めているからだ。ちょうどわたしが、うわべは公平を装っていても、本当は画家を推すと決めていたように。しかし議論は異論を呼び起こす——そうなるとすべては疑いに附されて終わる。

第二十六章

だいぶ気分も落ち着いたので、《アルプスの羊飼い》に続く二枚の絵について、感情的にならずに話してみよう。

ラファエロよ! 君の肖像画は君自身にしか描けなかった。いったい他の誰が、そんなことを企てられただろう? ——表裏なく、繊細で、才気あふれる君の顔には、君の性格と才能がはっきりと表われている。君の魂が喜んでくれるよう、わたしは君の恋人の絵[019]を君の傍に掛けた。君の早世によっていくつもの素晴らしい作品が藝術界から奪われたことについて、いつの時代も皆が彼女に釈明を求め続けるだろう。

ラファエロの肖像画を見つめていると、若盛りの時分にして既にあらゆる古代人を凌駕《りょうが》し、現代の藝術家たちを驚嘆させ絶望させる作品を描いた、この偉大な人物に対する宗教的なまでの敬意が身に沁みるのを感じる。——わたしの精神は、ラファエロの肖像画に見惚れながら、情夫よりも情事を好み、天上の炎、素晴らしき天才を、自分の胸の中で消してしまったイタリア女への怒りを覚える[020]。何という女だ！　つまりお前は、ラファエロが《キリストの変容》以上の大作を予告していたことを知らなかったのか？　——自然の寵児《ちょうじ》を、歓喜の父を、崇高な天才を、神を、腕に抱いていたと知らなかったのか？

精神がこうした批判をしているとき、その相方はこの不吉な美貌を見つめ、ラファエロの死については許してやろうという気でいる。

わたしの精神が極度の弱気を責めたところで、聞きやしない。——こうした場合、両者の間には不思議な対話が始まり、しばしば間違った信念が勝って終わる、その一例は別の章に取っておく[021]。

第二十七章

わたしが話してきた版画や絵画も、次の絵画を一目見たならば、たちまち色褪《いろあ》せ消え失せてしまう。ラファエロ、コレッジョ、イタリア派のどんな不朽の名作も、肩を並べることはできまい。だから、好奇心のあるひとに、わたしと一緒に旅する喜びを与えたいときは、いつもこの絵を最後の作品、とっておきの一枚にしている。この素晴らしい絵を見せると、博学でも浅学でも、社交人士でも職人衆でも、女性や子どもでも、はては動物まで、誰もがそれぞれの方法で喜びや驚きの様子を示したことを、わたしは保証できる。そこにはありのままの姿が見事に描かれているのだ！

さあ！　一体どんな絵を見せれば、どんな光景を眼前に差し出せば、あなた自身の忠実な写し絵よりも、確かな賛同を得られよう？　わたしの言う絵とは鏡のことだ、今まで誰一人これを批判しようとはしなかった。鏡は誰が見ても文句なしの完璧な絵である。

わたしが散歩する場所にある驚異のひとつとして鏡を挙げねばならないことは、誰もが認めるに違いない。その磨かれた表面に自然界のあらゆる物体を映し出す不思議な光の現象について考察する物理学者の喜びには、触れないでおこう。出不精の旅行者にも、鏡はいくつもの興味深い内省や観察をもたらし、有益で貴重な道具となる。

もし君が恋の虜《とりこ》になった、あるいは今もなっているなら、恋が矢を尖らせて残酷な計略をめぐらせるのは鏡の前だということを知りたまえ。恋は鏡の前で、駆け引きを練習し、身振りを研究し、やがて始めようという戦《いくさ》の準備をする。甘い眼差し、可愛らしい顔つき、したたかに拗《す》ねてみせる様子を、役者が舞台へ上がる前に自分と向き合って練習するのと同じく、鏡の前で試演するのだ。つねに不偏で誠実な鏡は、青春の華やかさも老境の皺《しわ》も、誉めも貶しもせず、そのまま見る者に送り返す。――大貴族の相談役たちの中にあっても唯ひとり、つねに真実を述べるのだ。

こうした鏡の長所を考えると、わたしは誰もが自分の美徳も悪徳も見られるようになる心の鏡が発明されてほしいと思った。この発明のために学会に懸賞金を提供しようかとさえ思ったが、よくよく考えてみると、それは無駄なことだと分かった。

ああ！　醜さが自分を認め、鏡を壊すことなど、滅多にない！　われわれの周りにいくら鏡がたくさんあって、幾何学的には正確に光と真実を反射していても、その光線がわれわれの目に入って、自分がどうであるかを描こうとするとき、自尊心が本人と鏡像の間に幻惑のプリズムを滑りこませ、われわれに絶世の麗姿を見せる。

名声不朽のニュートンの手から最初のプリズムが現われて以来、自尊心のプリズムほど光を強く屈折させ、心地よく鮮烈な色を作り出すものはない。

さて、普通の鏡が真実を告げても無駄であり、各々が自分の姿に満足して、見た目の欠点さえ自覚できないのだから、心の鏡が何の役に立つだろう？　目を向けるひとは少なかろうし、見たところで自分の姿だと認識できまい、――哲学者を除いては。――いや、哲学者だって疑わしい。

鏡そのものについては、これをイタリア派のどんな絵画よりも上にあるとしたことについて、わたしを咎めるひとはいないだろうと思う。確かな眼識を持ち、あれこれ決めてゆくご夫人がたも、いつも部屋に入ったらまずこの絵に目をやる。

ご夫人がた、あるいは伊達男たちでさえ、舞踏会で、恋人も踊りも忘れ、宴《うたげ》のあらゆる楽しみをよそに、この不思議な絵を人目につくほど見入ってしまうのを、——社交ダンスの佳境にすら横目でちらちら見やるのを、わたしは何度も目撃した。

アペレスの藝術[022]の並居る傑作の中で、わたしがこの絵に与えた地位を、ほかに何が争えるだろうか？

第二十八章

ついにわたしは机の傍まで来ていた。腕を伸ばせば一番近くの角に触ることもできただろう、そのとき、すべての努力が水の泡となるどころか、命さえ落としかねない事態に陥った。——旅行者たちを怖気《おじけ》づかせぬよう、わたしの事故については黙っておくべきだろう。しかし、わたしの乗っている駅馬車が横倒しになるのは容易ならざることだから、よほど不幸でなければ、——わたしほど不幸にならなければ、こんな危険な目には遭わないと、分かってもらえるはずだ。わたしは完全にひっくり返って、床の上に横たわった。あまりに突然の不意打ちだったから、頭ががんがん鳴り、左肩がずきずき痛んで、これが現実であると明確すぎるほどに証明されなければ、わたしはまだ自分の身に降りかかった不幸を疑おうとしただろう。

これもまたわたしの半分が悪いのだった。——だしぬけに戸口で施しを求める物乞いの声と、ロジーヌの吠え声に驚いて、わたしの精神が安楽椅子の後ろに煉瓦《れんが》がついていないことを知らせる間もなく、いきなり安楽椅子の向きを変えたのだ。あまりに衝撃が激しかったので、駅馬車は重心を失い、ひっくり返ってわたしを下敷きにした。

正直に言うと、これはわたしの精神を最も非難すべきだった場面のひとつである。というのは、今まで自分が留守にしていたのを悔やんだり、相方が慌てたのを咎めたりしないどころか、相方と一緒になってあまりに動物的な怒りを抱くほど我を忘れ、罪のない物乞いに酷い言葉を吐いたのだ。「怠け者め、働きに行け」(けちで残酷な金持ちが発明した忌々しい暴言だ!) 憐れみを請うように物乞いは言った。「ご主人、わたしはシャンベリの者で……」「自業自得だ」「わたしはジャックでございます。田舎で貴方にお目にかかった者です。羊を連れて原っぱへ行っていた者です……」「何しに来たんだ?」——わたしの精神は、はじめに放った暴言を後悔し始めていた。——あの言葉を漏らす一瞬前に後悔していたとさえ思う。走っているときに思いがけず溝や泥に出くわしても、見えていながら避ける暇がないのと同じだ。

ロジーヌがわたしを良識と後悔へと引き戻した。かつてよくパンを分けてくれたジャックだと分かって、彼に優しく触れることで、自分の記憶と感謝を示したのだ。

その間にジョアネッティは、自分の夕食になるはずだったわたしの夕食の残りを集めて、惜し気なくジャックに与えた。

気の毒なジョアネッティ！

こうしてわたしは、旅をしながら、召使と犬から哲学と人情を教えられるのだ。

第二十九章

先へ進む前に、読者の心の中に現われつつあるかもしれない疑念について、否定しておきたい。わたしがこの旅を企画したのは、ただ何をしたらよいか分からなかったから、何らかの事情に強いられたからだとは、どうしても考えてほしくないのだ。ここで断言しておくが、そしてわたしにとって大切な方々に誓って言うが、わたしは四十二日間わたしが自由を奪われることとなった事件のずっと前から、こうした旅を目論んでいた。現在の強いられた蟄居《ちっきょ》は、出立を早める機会となったに過ぎない。

こうした根拠のない弁解は信頼できないと思うひとがいるであろうことは、わたしも知っている。――しかし疑い深い人間はこの本を読まないであろうことも知っている。――彼らは自分のために、あるいは親しいひとのために、やることが沢山ある。また他にも多くの用事がある。——善良なひとたちは、わたしを信じてくれるだろう。

とはいえ、できれば他の時期にこの旅をしたかったこと、謝肉祭の時期よりは四旬節の時期を選んだであろうことは、わたしも認める[023]。だが、天から降りてきた哲学的な内省は、この喧騒と昂奮の時期にトリノに溢れかえる歓びを取り上げられたことに耐えるには、とても役立った。——確かに、わたしの部屋の壁には舞踏会の広間のような素晴らしい飾りはないし、わたしの小部屋の静けさは音楽や舞踏の楽しい響きとは比べものにならない。けれども、あのお祭り騒ぎの中で見かける華やかなひとたちの中には、わたし以上に退屈している者もいるに違いない、そう思った。

それに、どうしてわたしよりよい境遇のひとたちのことばかり考えていられよう、世の中にはわたしより不幸な境遇のひとたちも沢山いるのに？——うら若きユージェニーを前にすれば多くの美人たちが色褪せて見えるであろう盛大な屋敷へと想像で赴くのではなく、その道の途中で少しでも立ち止まってみれば、わが身の幸せを感じるには充分である。——大勢の貧しい者が、豪華な邸宅の柱廊に半裸で横たわり、寒さと貧しさで息も絶え絶えのように見える。——何という光景だ！　わたしの本のこのページは、全世界のひとたちに知ってもらいたい。すべてが豊かさを振りまいているこの街でも、極寒の冬の夜、不幸な者たちは被るものもなく、大邸宅の縁石や敷居を枕にして寝ていることを知ってほしい。

こちらでは、子どもの一群が、凍え死ぬまいと身をすり寄せている。――あちらでは、寒さに震えた女が、呻《うめ》き声さえ出せないでいる。――通行人は見慣れた光景に心も動かさず行き来している。――馬車の音や、乱痴気騒ぎの声や、うっとりするような音楽の響きが、ときに不幸な者たちの叫びと混ざって、恐ろしい不協和音を作り出している。

第三十章

前の章を読んで、都会というものを早急に判断しようとするひとがいたら、それは大きな間違いである。わたしは、都会で見られる貧しき者たちや、彼らの哀れな叫び、彼らを一瞥《いちべつ》しても無関心なひとたちについて語った。しかし、他の者たちが楽しんでいるときに眠り、夜明けに目を覚まして、誰にも見られず、見せびらかすこともなく、不幸な者たちを救いにゆく慈悲深いひとたちについては語らなかった。――そうだ、彼らを黙殺することはできない。わたしは全世界の者が読むべきページの裏に、そのことを記しておきたい。

こうしたひとたちは、自分の財産を同胞に分け与え、苦痛に打ちひしがれた心に慰めを注いだあと、教会へ行き、悪徳が疲れて布団にくるまり寝ている間に、神に祈りを捧げ、神の恵みに感謝するのだ。教会の中でたったひとつのランプの灯りが夜明けの光と競っているころ、彼らはもう祭壇に額づいている。——神は、人間の冷酷と吝嗇に苛立《いらだ》ちながらも、何とか雷霆《いかづち》を落とすのをこらえているのだ。

第三十一章

わたしは旅行記の中で、こうした不幸な者たちについて何か言いたかった、というのは、彼らの窮乏を思うと、道中しばしば気が紛れたのだ。ときどき彼らとわたしの境遇の違いに驚いて、ふと馬車を留めると、わたしの部屋は並外れて華やかに見えるのだった。何と無駄に豪勢なのだろう！　椅子が六脚！　テーブルが二卓！　机が一台！　鏡が一枚！　何という虚飾だろう！　とくにわたしのベッド、淡い赤と白のベッド、それから布団が二枚、これはアジアの王君とも肩を並べる贅沢《ぜいたく》と逸楽のように思われた。——こう考えていると、わたしに禁じられた歓びのことなど、どうでもよくなった。さらに考えをめぐらせているうちに、わたしは極度に哲学的になって、隣の部屋で舞踏会をやっているように感じられ、居場所を動かずともヴァイオリンやクラリネットの音色を聞いているような気分になった。——よく我を忘れさせてくれた、あのマルケージ[024]の美しい調べが聞こえた、——そう、わたしは心乱されずにその歌声を聞いたのだ。——さらには、頭のてっぺんから爪先までラプー嬢[025]の手で着付された、トリノ一の美人であるユージェニーすらも、まったく心乱されずに眺められる気がした。――もっとも、これは定かでないが。

第三十二章

しかし、あえて伺いますが、あなたがたは舞踏会や劇場へ行って、かつてと同じように楽しめますか？――わたしは、正直に言って、近ごろは大人数の集まりに一種の恐怖を感じる。――そういうところへ行くと、恐ろしい夢に襲われる。――いくら追い払おうと頑張っても無駄で、いつも現われてくるのだ、まるでアタリーの夢[026]のように。――それはおそらく、今わたしの精神が暗い考えや悲痛な光景で一杯になっているために、どこにでも悲しみの種を見つけてしまうからだろう、――胃が悪くなると、どんなに健康的な食べものでも毒に変わってしまうように。――ともかく、わたしの夢とは、このようなものだ。――賑やかな催しで、愛想よく優しいひとたちが、踊ったり歌ったり、――悲劇に涙したりして、ただ楽しく気さくで親しげな様子だけを見せている中にいると、わたしは思うのだ。――もし、この上品なひとたちの中に、突然白熊とか哲学者とか虎とか、そういった種類の動物が飛びこんできて、オーケストラボックスに上がり、こう大声で怒鳴ったとしたら。「哀れな人間たちよ！　わたしの口から話す真実を聴け！　君たちは抑圧されている、虐げられている、不幸なのだ、うんざりしている。――そんな惰眠から目を覚ませ！　演奏家たちよ、まずはその楽器を頭の上で叩き壊せ。各自短刀で武装せよ。息抜きだの祭りだのといったことはもう考えるな。桟敷に上がって、皆の喉をかき切れ。震えている女たちも、その臆病な手を血に染めよ！　さあ行け、君たちは自由なのだ、王を玉座から引きずり下ろせ、神を聖殿から追い払え！」

――さて、この虎の言ったことを、お優しい方々のうち何人が実行するだろう？　――虎が入ってくる前に、どれほどのひとがそんなことを考えていただろう？　誰が分かるのか？　――つい五年前、パリではダンスをしていたではないか？[027]

「ジョアネッティ、扉も窓も閉めてくれ。――もう光を見たくない。誰も部屋へ入ってくるな。――わたしの手許にサーベルを置いてくれ。――お前も部屋を出て、二度とわたしの前に現われないでくれ！」

第三十三章

「いや、いや、いてくれ、ジョアネッティ。いてくれ、気の毒な男よ。いとしのロジーヌ、お前もだ。わたしの苦しみを察して、お前の優しさで和らげてくれるロジーヌよ。おいで、――子音のVだ、ここにいてくれ」

第三十四章

わたしの駅馬車が転倒したおかげで、読者のために旅行記を十二章も短かくすることとなった、というのも起き上がったときにはもう机のほうを向いて、すぐ傍まで来ていたから、まだ見て回るべき版画や絵画は沢山あって、絵画をめぐる散歩は長くなりそうだったが、もうそれらについて考える時間はなくなったのだ。そこで、ラファエロやその恋人の肖像画、アサス士爵、アルプスの羊飼いの絵は右手に残し、左側の窓に沿ってゆくと、わたしの机が見える。この机は、今わたしが示したとおりの道を辿れば、旅行者が最初にはっきりと目にするものだ。

机の上には何段か板があって、本棚になっている。――一番高いところには胸像が飾られ、ピラミッドの頂点を成しており、それこそがこの場所を美しくしている。

右側の最初の抽斗《ひきだし》を開けると、筆入れや各種の用紙、先を整えた羽根ペン、封蠟が入っている。――これを見れば、どんなに筆不精でも何か書きたくなることだろう。――親愛なるジェニーよ、もしあなたが偶然この抽斗を開けることがあったら、去年送った手紙に必ずや返事を書いてくださるでしょう。――向かいの抽斗には、いずれ親友たちに読んでもらう、ピネローロの囚われ女という心温まる物語[028]の素材が、乱雑に詰めこんである。

ふたつの抽斗の間は窪みになっていて、わたしはそこに手紙を届いたそばから投げこんでいる。十年間わたしの受け取ってきた手紙が全部ある。古いものは日付順に整理して束になっているが、新しいものはごた混ぜだ。若い時分の手紙も随分と残っている。

こうした手紙の中に、若かりし頃の面白かった情況を再発見し、今となっては二度と訪れることのない幸せな時代に再び身を置くのは、何という喜びだろう！

ああ！　どれほど胸ふたがることか！　すでにこの世にいないひとの筆致を目で追うとき、どんなに寂しい喜びを味わうことか！　これが彼の書いた字だ、彼の心が手を動かしたのだ、彼はこの手紙を他ならぬわたしに宛てて書いた、そしてこの手紙はわたしに残された唯ひとつの彼の形見なのだ！

この小部屋に手を伸ばすと、一日じゅうほとんどそこから離れられなくなってしまう。旅行者がイタリアのいくつかの地方を足早に一瞥して通り過ぎ、ローマに何カ月も腰を据えるのと同じだ。――それはわたしの探掘する最も豊かな鉱脈なのだ。わたしの考えや気持ちが、どれほど変わったことか！　友人たちにも、何と変化のあったことか！　友人の昔と今を考えると、もはや彼らの心を動かすことのない様々な試みに、かつて死ぬほど昂奮していたのが分かる。わたしたちには、ひとつの出来事でも、とてつもない困難のように思われたのだ。だが、手紙の終わりが欠けていて、その出来事が何なのか完全に忘れてしまった。何が問題だったのか、わたしは知ることができない。——多くの偏見に囲まれて、世界も人間もわたしたちにはまったく未知のものだった。しかしまた、わたしたちの親交は、何と熱の籠ったものだったか！　何と親密だったことか！　何という果てしない信頼だったか！

わたしたちは間違いも犯したが、そのために幸せでもあった。——しかし今や、——ああ！　もうそんなことはなくなったのだ。他のひとがしているように、わたしたちも人間の心のうちを読まねばならなくなった。——わたしたちの真ん中に現実というものが爆弾のように落ちてきて、幻想に飾られた宮殿を、永遠に破壊してしまったのだ。

第三十五章

わざわざ書く価値があるとして、そこにある乾いたバラの花について一章を書くかどうか、それはわたし次第だ。それは去年の謝肉祭のときの花だ。わたしはヴァレンティーノの温室へ行って自分でそのバラを摘み、期待に溢れ、心地よい胸騒ぎを覚えながら、オーカステル夫人に捧げようと、一時間も前に夜の舞踏会へ出向いたのだった。夫人はバラを手に取って、――化粧台の上に置き、一瞥もくれず、またわたしを見ることもなかった。――しかし、どうしてわたしに注意を払えたというのか？　彼女は自分を見るのに精一杯だった。大きな鏡の前に立って、髪を整え、身づくろいの最後の仕上げをしていた。彼女は夢中だった、彼女の前に積み上げられたリボンやヴェールやポンポンに没頭していた、だからわたしには目もくれず、少しの合図もくれなかったのだ。――わたしは観念した。すぐにピンを渡せるよう手に準備して、慎ましくしていた。けれども、自分の小箱のほうが近くにあったので、彼女は小箱からピンを取った、――もしわたしが手を伸ばしたら、わたしの手からピンを取っただろう、――区別なしに。――彼女はピンを取るのも手探りで、自分の姿を見失うまいと、鏡から目を離さなかった。

わたしは、彼女が自分の姿をよく見られるよう、しばらく後ろで別の鏡を持っていた。すると、彼女の顔は鏡から鏡へと映り、艶っぽい姿が連なって見えたが、その誰一人として、わたしに気を向けることはなかった。結局のところ、正直に言おうか？　わたしたち、つまりバラとわたしは、きわめてみじめな恰好だったのだ。

わたしは耐えきれなくなり、悔しさに苛《さいな》まれるのを抑えられず、手に持っていた鏡を置くと、別れの挨拶もせず、憮然《ぶぜん》として部屋を出た。

「行ってしまわれるの？」自分の横顔を見るために体をこちらへ向けたとき、彼女は言った。——わたしは何も答えなかった。しかし急に立ち去った効果はいかほどだろうと、しばらく戸口で耳を立てていた。彼女は少し黙っていたが、すぐ女中に言った。「ねえ、このカラコ〔丈の短かい女性用上着。もとは動きやすい庶民服だが、スカートを見せるファッションとして十八世紀の貴婦人に流行した〕はわたしには大きすぎないかしら？　とくに裾のほうが。ピンで留めて末広がり[029]にしなきゃいけないんじゃない？」

どうして、また何のために、わたしの机の棚の上に乾いたバラがあるのか、もちろん言いはしまい、乾いたバラに一章を与える価値などないと、はっきり断っておいたのだから。

ご夫人がた、どうか分かってほしいのですが、わたしは乾いたバラに起こった出来事について何か考察しているのではありません。また、オーカステル夫人がわたしのことよりも自分の身づくろいを優先したのがよかったとか悪かったとか言っているのでもないし、あんな扱いを受ける謂《い》われはないと言いたいのでもありません。

女性が恋人に抱く愛情の実態や強度や持続について一般的な結果を導くことも、用心深く控えておく。——わたしはこの章を（これとて一章なので）、旅行記の他の章と一緒に、誰に宛てるでも勧めるでもなく世の中に投げ出す、そう、投げ出すだけで満足なのだ。

諸兄にはひとつだけ忠告を加えよう。舞踏会の日、君の恋人は君のものではないと、よく心に留めておくことだ。

彼女が身づくろいを始めたら、もはや恋人は旦那でしかなく、舞踏会だけが恋人となる。

旦那が力ずくで自分を愛させようとしたとき、いったい何が得られるのか、それは誰もが知っている。だから、辛抱強く、笑いながら、君の不幸に耐えることだ。

それから、君は幻想を抱いてはいけない。君が舞踏会で誰かに笑顔を向けられても、それは君が恋人に値するからではない、君は旦那衆のひとりなのだから。それは君が舞踏会の一部であり、したがって彼女に新しく征服された部分のひとつであるからなのだ。君は恋人の小数点以下なのだ。あるいは、君が上手く踊って、彼女の引き立て役となるからだ。要するに、君が彼女に優しくされたとき、せいぜい喜べるのは、彼女が君のような立派な男を恋人だと宣言して友人の嫉妬をかき立てようとしていることくらいだ。そうした考えがなかったら、君になど見向きもしないだろう。

そういうわけで、君は観念して旦那という役割が済むのを待たねばならない。——わたしは、このくらいで大過なく切り抜けたいと願っているひとを、たくさん知っている。

第三十六章

わたしは精神と他者の対話を約束していた。しかしいくつか書き漏らした章がある、というより意図せず筆先から流れ出した章がいくつもあって、それが計画を逸らせるのだ。その中には、わたしの蔵書に関する一章もある、なるべく手短に片づけよう。――四十二日間は終わりかかっている、それに、また同じだけ時間があったとしても、これほど楽しい旅をしている豊かな国について描きつくすには足りないだろう。

さて、わたしの蔵書は小説と、きちんと言うべきことだから言うが、――そう、小説と、それから幾人かの選ばれた詩人で成っている[030]。

わたしは、自分の不幸だけでは物足りないかのように、たくさんの空想上の人物と進んで不幸を分かち合い、それを自分の不幸と同じように痛切に感じるのだ。哀れなクラリッサ[031]や、シャルロッテの恋人[032]のために、わたしがどれほど涙をこぼしたことか！

だが、こうして架空の悲嘆を求める一方で、逆に、美徳や善意や無私といった、わたしのいる現実世界では一度に見られないようなものを、虚構の世界で発見する。――気分屋でなく軽はずみでなく表裏のない、わたしの望むような女性を発見する。その美貌については何も言うまい。わたしの想像に任せればよいことだ。わたしは彼女を文句のつけようがないほど美人にする。わたしは、もうわたしの思索に何も答えなくなった本を閉じて、彼女の手を取り、エデンの園より千倍も楽しい国を一緒に歩き回る。わが心の女神を配した魔法の国を、どんな画家が描けるだろう？　その魅惑の地でわたしが覚える多彩な感覚を、どんな詩人が詠えるだろう？

避けることもできたであろう新たな不幸に次々と飛びこんでゆくクリーヴランド[033]を、何度わたしは恨んだことか！　――この本の災難の連続には耐えられない。だが、うっかり本を開くと、必ず最後まで読みきってしまう。

あの哀れな男を、どうしてアバキ族のもとに放っておけよう？　あのような野蛮人のもとで、彼に何が起こるのか？　囚われの身から抜けようと脱走する場面では、なおさら放っておけない。

しまいには、彼の苦労に深く入れこみ、彼やその不幸な家族に強く惹かれ、冷酷なルイントン一家が不意に現われると髪の毛が逆立つ。そのくだりを読んでいると全身に冷汗をかき、わたし自身が火《ひ》炙《あぶ》りにあって悪党どもに食べられる運命なのかというほど、強烈で真に迫った恐怖を覚える。

泣きつくし、恋をしつくすと、わたしは誰か詩人を探して、また別の世界へと出発する。

第三十七章

アルゴナウタイ〈ギリシア神話の英雄たち。巨船アルゴ号に乗って航海した〉から名士会まで、地獄の底から銀河の彼方の星まで、宇宙の果てまで、渾沌の入口まで、これが、わたしが縦横無尽に心ゆくまで散歩する遠大な時空である。空間についてと同様、時間についても、わたしの行けないところはないからだ。ホメロスやミルトンやウェルギリウスやオシアンといったひとたちの後をつけて、わたしは自分の存在をそこへ移す。

時間の両端の間で起こったどんな出来事も、空間の両端の間に存在したいかなる国家や社会や人間も、すべてわたしのものだ。ピレウスの港に入る船がすべてひとりのアテナイ人のものだったように[034]、それらはまさしくわたしのものなのだ。

とりわけわたしは、遥か古代へと運んでくれる詩人が好きだ。野心家アガメムノンの死、オレステスの怒り、天に虐げられたアトレウス一族の悲劇的な物語は、現代の事件からは受けないような恐怖を、わたしに感じさせる。

あれがオレステスの遺灰を納めた壺だ。あれを見て慄《おのの》かない者があろうか？　エレクトラよ！　不幸な姉よ、どうか落ち着いてくれ。壺を持ってきたのはオレステス自身で、遺灰は敵のものだ！

今ではクサントス河やスカマンドロス河[035]のような河辺はない。——ヘスペリアやアルカディアのような平原も見られない。リムノス島やクレタ島は今日どこにあるのか？　有名な迷宮〔クレタ島のミノス王がダイダロスに命じて作らせた、ミノタウロスを閉じこめるための迷宮〕は？　取り残されたアリアドネが涙で濡らしたという岩は？　——もうテセウスもヘラクレスもいない。今日の人間は、英雄でさえ小物である。

昂奮するような場面を見たいとか、あらんかぎりの想像力を働かせたいと思うときは、天に舞い上がって神の玉座に近づこうとするアルビオンの偉大な盲人[036]の、はためく服の襞に、果敢にも摑まる。——彼より前には誰も眺める勇気さえなかったほどの高みへ、いかなる詩想が彼を引き上げたのか？　——強欲なマモンが羨望の目で眺めていた光まばゆい天国から、わたしは恐る恐るサタンの住む巨大な洞窟へと移る。——地獄の評議会に出席し、群がる反抗的な霊魂に混じって、彼らの弁明を聞く。

だが、わたしはここで、たびたび引け目を感じてきたひとつの弱さについて、告白せねばならない。

わたしは、この哀れなサタン（ミルトンの書いたサタンのことだ）が天国を追放されて以来、彼に一種の興味を抱かずにはおれないのだ。叛逆心の頑固さを非難しながらも、不幸の極みにあって彼が見せる意志の強さと勇気の気高さには心ならずも感嘆させられてしまうことを白状する。——彼が地獄の門を破り、われわれの始祖の家族をかき乱すこととなった邪悪な企てのせいで、数々の不幸がもたらされたことは、わたしも知らないではない、にもかかわらず、彼が道半ばで渾沌紛擾《こんとんふんじょう》のうちに死んでしまえばよいとは、どうしても思えないのだ。恥ずかしさに引きとめられなければ、進んでサタンを助けただろうとすら思う。わたしは彼の一挙手一投足を追いかけ、仲のよい相棒であるかのように、一緒に旅するのを楽しく感じる。彼は悪魔なのだ、人類を滅ぼそうとしているのだ、彼はまさに衆愚主義者なのだ、アテナイの民主主義者ではなくパリの平民主義者なのだ、といくら考えてみても、先入観を正すことはできない[037]。

何と壮大な計画だろう！ 何と大胆に実行してゆくことか！

大きな三重の地獄の門が、彼の前で扉を左右に開き、虚無と暗闇の奥深い穴が彼の足元に恐るべき姿を現わしたとき、――彼は怯《ひる》まず渾沌の暗黒世界を見渡して、大軍を覆えるほど大きな翼を広げ、躊躇《ちゆうちよ》なく深淵に飛びこんだ[038]。

最も勇敢な者でさえ、何度やってもできはしまい。――想像力による見事な作品であり、これまでに為された最も素晴らしい旅のひとつであると思う、――わたしの部屋をめぐる旅に次ぐものだ。

第三十八章

本棚の傍を旅しているときに出くわす奇妙な出来事について、その千分の一でも描こうとしたら、わたしは書き終えられないだろう。クックの旅行記も、その同行者だったバンクスとソランダー両博士の観察記も、ただここだけでのわたしの冒険とは比べものにならない。だから、どんな精神状態であろうとも終いにはわたしの目と心を惹きつける、以前お話しした胸像がなかったら、わたしは一種の恍惚状態のまま人生を終えてしまうだろうと思う。精神が昂奮しすぎたか、あるいは落胆に嵌りこんでしまったときでも、その胸像を眺めさえすれば、精神は本来の状態を取り戻す。胸像は、わたしという存在を形作る感覚と知覚の不安定な不協和音を整える音叉なのだ。

胸像は、何と似ていることか！　——これこそ自然が最も高潔な人間に授けた顔立ちなのだ。ああ！　彫刻家が彼の優れた精神や資質や性格を目に見える形にできたら！　——おっと、わたしは何をしようとしているのか？　ここは讃辞を書くところなのか？　それを周りのひとたちに聞かせるのか？　いや！　彼らにはどうでもよいことではないか？

そのいとしい姿の前で頭を垂れるだけで、わたしは満足なのだ、ああ！　世界で一番のお父さん！　何ということだ！　この像は、わたしに残されたあなたとその祖国のすべてなのです。あなたは罪悪が地上を覆いつくそうとしているときにこの世を去りました。罪悪はわたしたちを打ちのめしましたが、それはあなたの家族でさえ今あなたが亡くなっていてよかったと思わざるを得ないほど酷い災難でした。もしあなたがもう少しでも長く生きたら、どれほど苦難を被っていたことでしょう！[039]　ああ、お父さん、幸福の地にいらっしゃるあなたは、大家族の運命をご存じですか？　あなたが六十年間、献身と清廉をもって仕えた祖国から、あなたの子たちが追放されたことを、ご存じですか？　あなたの墓へ参ることすらできないのを、ご存じですか？　――けれども暴虐は、あなたの遺産の最も大切な部分、美徳の記憶と模範の力を奪うことは、できなかったのです。祖国も財産も深淵へと押し流した罪悪の奔流の只中にあっても、変わらず団結して、あなたの示された道を守っておりました。尊い墓前に参れるときが来たら、きっと変わらぬ姿を見せることができましょう。

第三十九章

わたしは対話を約束していた、約束を果たそう。――それは夜明けどきのことだった。陽の光は、ヴィーゾ山のてっぺんから遠い島の山々の頂まで、揃って金色に染めあげていた。このとき既にあれは目覚めていた。早すぎる目覚めは、疲れるし役にも立たない昂奮を度々もたらす夜の幻想のせいか、あるいは当時もう終わりに近づいていた謝肉祭が隠れた原因であったか。この享楽と熱狂の季節は、月の盈虧《えいき》や惑星の離合と同様、ある種の影響を人体に及ぼすものだ。――ともかくあれは目覚めていた、わたしの精神が眠りの束縛を振りほどくころには完全に目覚めていたのだ。

しばらく前から、精神は他者の感覚をぼんやりと共有していた。しかし、まだ夜と眠りの縮緬の中でもがいていた。そして縮緬《ちりめん》は綿紗《めんしや》になり、寒冷紗《かんれいしや》になり、インド更紗に変わってゆくように思われた。――気の毒なことに、精神はこうした邪魔ものに包まれていたのだ。さらに眠りの神は、精神を強固に支配するため、乱れたブロンドの三つ編みや結んだリボンや真珠の首飾りを、その網につけ加えた。網目の中をもがく精神は見るも哀れだった。

わたしの最も高尚な部分の動揺は、もう片方にも波及して、今度はそちらが強く精神を揺さぶってきた。――わたしはまったく形容しがたい状態に陥ってしまった。しかし、聡明だったのか偶然だったのか、ともかくわたしの精神は、この息苦しい綿紗から抜け出す術を見つけた。隙間に出くわしたか、あるいはもっと自然に、ただ持ち上げればよいことに気づいたのか、それは分からない。事実として精神は迷宮の出口を見つけたということだ。乱れた三つ編みはそのままだったが、それはもう障碍ではなく手段となっていた。溺れる者が岸辺の草にしがみつくように、精神はそれを摑んだ。ところが、動き回るうちに首飾りが切れ、真珠がオーカステル夫人のソファに、そして床の上に転がった。つまり精神は、これは奇妙なことで理由を説明しがたいのだが、夫人の家にいると思っていたのだ。スミレの立派な花束が床に落ちた。そこで精神は目を覚まし、理性と現実を連れて元の住処《すみか》に戻った。お察しのとおり、精神は自分の留守中に起こった出来事すべてを強く非難した。この章の主題となる対話は、ここから始まる。

精神がこれほど冷たく迎えられたことは今までなかった。危機的な瞬間にあって、そうした非難は共同生活の不和を招いた。それは叛乱であり、明らかな反抗であった。

精神は言った。「何たること！　わたしが留守の間、平穏な睡眠をとって気力を恢復《かいふく》し、わたしの命令を的確に実行できるようにしないで、無礼にも（この言葉は些か強すぎた）わたしの許可していない昂奮に浸っていたのですか？」

いつになく高飛車な口調に、他者は怒って言い返した。

「お似合いですね、あなた（討論から親愛の情を完全に取り払うための言いざまだ）、品位と美徳の雰囲気が、よくお似合いですね！　ああ！　あなたの気に喰わないところがわたしにあるとして、それはすべてあなたの空想の逸脱や突飛な考えのせいではないですか？　どうしてあなたは留守にしていたのですか？　――わたしを置いてしょっちゅう独り旅に出かけ、わたし抜きで楽しむ権利が、どうしてあなたにあるのですか？　――あなたが天国や極楽の催しに出かけたり、聡明な方々とお話しになったりするのを、あるいはあなたの深遠な思索（見てのとおり冷笑気味である）、空中楼閣、崇高な理論を、わたしが一度でも非難しましたか？　それでもわたしには、放っておかれたときにさえ、自然が与えてくれる恩恵や快感を享受する権利もないのですか？」

わたしの精神は、この剣幕と弁舌に驚き、どう返事したらよいか分からなかった。——問題を解決すべく、わたしの精神は自分への非難を思いやりのヴェールで包んでしまおうと企みつつも、自分から最初に仲直りの気配を見せはしまいと、こちらも仰々しい口調でゆこうと考えた。——「あな、た、」と精神も慇懃《いんぎん》を装って言った……（この呼びかたがわたしの精神に対して使われていたとき、そんな言葉づかいは場違いだろうと思っていた読者は、少しばかり口論の原因を思い返してみたまえ、今度は何と言うだろう？ ——わたしの精神は、こうした喋《しゃべ》りかたが滑稽きわまりないとは、まったく思わなかったのだ。激情は知性をこんなにも曇らせる！）——そして精神が言うには「あなた、あなたが生まれつき味わえるような快楽を味わうのは、たとえわたしがそれを共有していなくとも、わたしにとってこの上なく喜ばしいことですよ、ただ、それがあなたに有害なものでなく、また調和を乱さないものでさえあれば……」精神は、ここでぴしゃりと話を遮られた。「いやいや、親切そうな態度を見せられたって騙《だま》されません。——わたしたちが旅をしているこの部屋に無理やり同居しているのも、わたしが命を落としかけたこの傷、まだ血の滲むこの傷を負ったのも、——何もかもあなたの異常な傲慢と野蛮な偏見の結果ではないですか？ あなたが昂奮に引きずられているときには、わたしの安息も、わたしの存在さえも、あなたにとって何でもないのですからね、——それなのにあなたは、わたしを心配しているふりをする、その忠告が友情から来ているですって？」

わたしの精神は、自分がこの場面における最良の役柄を演じていないと、はっきり分かった。——ただ、口論が白熱して目的を失ったことにも気づきはじめたから、情況に乗じて気を逸らそうと、部屋に入ってきたジョアネッティに「コーヒーを淹れてくれ」と言った。——カップの音が叛乱軍[040]の注意を引きつけ、すぐさま他のことをすべて忘れさせた。子どもが地団駄を踏んで毒のある果物をほしがったとき、がらがらのおもちゃを見せて果物のことを忘れさせるのと同じだ。

お湯が沸いているうちに、いつの間にかわたしはうとうとしていた。——以前読者にお話しした、眠気を覚えたときに感じる心地よい楽しみを味わっていたのだ。ジョアネッティがコーヒーポットを薪台にぶつけた愉快な音が、わたしの頭に響いて、ハープの弦の震えが音階を奏でるように、心の琴線を震わせた。——わたしの前に影が見えた。目を開けるとジョアネッティがいた。ああ！　何という香りだろう！　何と嬉しい驚きだろう！　コーヒーだ！　クリームだ！　焼いたパンのピラミッドだ！　——読者よ、一緒に昼食としよう。

第四十章

楽しみを知る心を持つ人間に対して、慈悲深い自然は、何と豊かな喜びの宝庫を与えてくれたことか！

その喜びは、何と変化に富んでいることか！　ひとりひとりの老若さまざまな時代に与えられた喜びの無数の色調を、数え上げられる者などいるだろうか？　少年時代に味わった喜びの雑然とした思い出さえ、いまだにわたしを身震いさせる。青年時代、心があらゆる感情の炎を燃え立たせはじめた若者の味わう喜びを、描いてみようか？　私利とか野心とか憎悪とか、人間を堕落させ苦悩させる恥ずべき感情の一切を、名前すら知らない幸せな年頃、ああ！　あまりに短かいこの年代には、太陽は年を重ねてからでは二度と見られない輝きを放っている。空気は澄みきっている。——泉はじつに清らかで瑞々《みずみず》しい。——自然はさまざまな姿を見せ、林には大人になってからでは見つけることのできない小逕が通っている。神よ！　花々の何と香り立っていることか！　果物の何と美味なことか！　暁の何と色鮮やかなことか！　——どの女性も可愛らしく誠実である。どの男性も善良で寛大で繊細である。親切で率直で損得なしの出会いがありふれている。世界には絢爛《けんらん》と美徳と快楽しかない。

恋の悩みや幸福への願いが、鮮烈かつ多彩な感覚で、わたしたちの心を一杯にするではないか？

自然の姿を眺め、その全体と細部を見つめると、理性の前には広大な喜びの世界が開ける。やがて空想は快楽の海を飛んでゆき、その数と力を増してゆく。さまざまな感情が渾然《こんぜん》一体となって、新しい感情を作る。栄光への夢が恋の動悸《どうき》と溶けあう。慈悲の心が自尊心と手を取りあって進む。ときに憂愁がわれわれの上に厳かな布をかけ、涙を喜びに変える。——精神の知覚、心の感覚、官能の記憶さえも、人間にとっては快楽や幸福の尽きせぬ源泉なのだ。——だから、ジョアネッティの立てたコーヒーポットと薪台の音を聞き、クリームを盛ったカップが目に入ったとき、わたしがあれほど強烈で愉快な印象を受けたのも、驚くには当たらない。

第四十一章

わたしは旅行服をにこやかな目で眺めると、すぐにそれを着た。そして特別な一章を設けて読者に紹介しようと決めた。形状や用途については広く知られているから、わたしはもっぱら旅行者の精神に与える影響について取り上げよう。——わたしの冬用の旅行服は、見つけられたかぎりでは最も暖かく柔らかい生地でできている。頭から足まですっぽり包まれ、安楽椅子に座って両手をポケットに突っこみ、頭を襟に埋めていると、まるでインドの寺院にある手足の欠けたヴィシュヌ像のようだ。

わたしは旅行服は旅行者に影響を及ぼすと思うが、これを思いこみだと非難したければ、それでも構わない。この点について確かに言えるのは、わたしが軍装帯刀で部屋をめぐる旅に出るのは、部屋着で人前に出るのと同じくらい滑稽だということだ。——そんな服で実際の規則どおりに正装していたら、わたしは旅を続けられないばかりか、これまで書いてきた旅行記を読むことも、まして理解することもできないだろうと思う。

しかし、驚くような話だろうか？　鬚《ひげ》を伸ばしっぱなしにしていたり、誰かに病気のようだと思われてそう言われたりしたために、自分を病気だと信じこんでしまうひとを、よく見かけないだろうか？　服は人間の精神に大きな影響を与えるから、病気がちのひとも新調の服を着て粉を振った鬘《かつら》をつければ快癒した気になる。そうして立派な恰好をしていると、世間も本人も騙される。――ある日、髪の整ったまま亡くなって、皆が驚くのだ[041]。

某伯爵が、警備の番に当たるときは何日も前に本人へ通達しておくことになっていたのが、何度か伝え忘れられることがあった。――当番となった日の朝早く、ある伍長が伯爵を起こしに行って、その残念な通達を伝えた。ところが、すぐに起床してゲートルをつけて出かけるというのは、前日までまったく考えてもいなかったことだから、伯爵はたいそう困惑し、病気だと言って家を出ないことにした。部屋着を羽織り、来ていた鬘屋も帰らせた。すると伯爵は青ざめて病気のようになり、夫人や家族は驚いてしまった。――彼自身、その日は確かに少し調子が悪いような気がした。

彼は皆にそう言った、幾分かは目論見を押し通すためであり、また幾分かは本当に体調がよくないと思っていたからだ。――気づかぬうちに、部屋着の影響が表われていた。嫌々飲んだブイヨンスープは吐き気を催させた。間もなく親戚や友人たちが容態を尋ねに使いを寄越した。些細なことから本当に臥せってしまったのだ。

夜、ランソン医師[042]が伯爵を診て脈づまりがあると言い、翌日までに瀉血するよう命じた。もし警備の番があと一カ月でも続くものだったら、病人はおしまいだっただろう。

気の毒な某伯爵が、この世で部屋着を変なふうに着たために、あの世の旅を一度ならず考える破目になったことを思えば、旅行服が旅行者に与える影響を疑うことができようか？

第四十二章

夕食を済ませ、暖炉の傍に座って、旅行服にくるまり、進んでその作用に身を任せ、出発の時を待っていると、食後ののぼせが脳まで上がってきて、さまざまな概念が知覚を通じて脳に到る経路を塞いだので、一切の交感が断たれてしまった。知覚が脳に何の概念も伝えなくなったのと同様、脳のほうでも、かの奇才ヴァリ博士[043]が死んだカエルを甦《よみがえ》らせるのに使った、知覚を活性化させる電流を送らなくなった。

こうした前置きを読んだら、どうしてわたしの頭が胸の上に垂れ、電流の刺激を受けなくなった右手の親指と人差指の筋肉が弛み、二本の指で挟んでいたカラッチョリ侯爵[044]の著作集の一冊が気づかぬうちに暖炉に落ちたのか、容易に分かるだろう。

わたしは来訪者たちと会っていた、彼らはもう帰ったが、そのとき会話が及んだのは、近ごろ皆に惜しまれて亡くなった有名なチーニャ博士[045]のことだった。博識で、勤勉で、立派な物理学者であり有名な植物学者であった。――わたしの頭は、この多才な人物の功績で一杯だった。しかし、こうも考えた。もし彼が看取ることとなったひとたちの魂を呼び出せたら、彼の名誉はいくらか傷つくのではないか？

いつの間にか、わたしは医学およびヒポクラテス以降の医学の進歩についての考察へと向かっていた。――ペリクレスやプラトン、かの有名なアスパシア、あるいはヒポクラテスそのひとのように、ベッドで亡くなった古代の有名人たちが、凡人たちと同じようにチフス熱や感冒症や蛔虫病《かいちゅうびょう》に罹《かか》って死んだのか、瀉血を施されたり山ほど薬を飲まされたりしたのか、わたしは考えていた。

どうして他でもないこの四人について考えたのか、それはわたしには語れまい。――夢の理由を説明できる者がいるだろうか？　わたしに言えるのは、コス島の医師〔ヒポクラテス〕やトリノの医師〔チーニャ博士〕、そして優れた事績も大きな過ちも為した有名な政治家〔ペリクレス〕を呼び出したのは、わたしの精神だということだけである。

もっとも、彼の上品な恋人〔ペリクレスの愛人だったアスパシアのこと〕のために、こっそり白状すると、そちらへ誘《いざな》ったのは他者なのだ。――しかし考えてみると、わたしは些か誇りたい気分でもある。というのも、この夢において理性のほうにかかるバランスが四対一であったことは確かなのだ。——わたしのような年頃の軍人にしては上出来である[046]。

ともかく、こうした考えに耽っているうち、わたしの目は閉じて、ぐっすり寝入ってしまった。しかし目を閉じたとき、それまで考えていた人物たちの姿は、いわゆる記憶の薄布に描かれたまま、わたしの頭の中で、死者を呼び出すという考えと混ざり合い、ヒポクラテスやプラトンやペリクレスやアスパシア、そして鬘をかぶったチーニャ博士が列になって来るのが見えた。

彼らは暖炉の周りに並んだままの椅子に腰掛けた。ペリクレスだけは立ったまま新聞を広げた。

ヒポクラテスが博士に言った。「あなたの言った発見が本当だとすると、そしてあなたの言うとおりその発見が医学にとって有用だとすると、冥府へ毎日やって来る人間の数が減るはずですが、わたしが自分でミノスの台帳を確かめたところ、名簿一覧は昔とまったく変わりませんよ」

チーニャ博士はわたしのほうを向いて言った。「あなたはこの発見について聞いたことがあるでしょう？血液循環についてのハーヴェイによる発見や、今日われわれがすべての仕組みを知っている消化についてのスパランツァーニによる不朽の発見を、ご存じでしょう？」——医学におけるあらゆる発見、化学によって得られた多数の医薬について、彼は事細かに説明し、近代医学を称える学術的な演説を行なった。

わたしは答えた。「ここにおられる偉人の方々が、今あなたのおっしゃったことを知らないのでしょうか、物質的な束縛から解放された魂にとって、万物の中に何か不明なところがあるのですか？」ペロポネソスの主席医師[047]は叫んだ。「ああ！　それは思い違いです！　自然の神秘は、生きている者たちに隠されているように、死んだ者たちにとっても隠されているのです。万物を創造し、また司っておられる御方だけが、その大いなる秘密を知っているのであって、いくら努力しても人間には届かないのです。これは、わたしたちがステュクス〈三途の川〉の河辺に立って分かる確たる事実なのです」そして博士に向かって言い足した。「わたしを信じて、あなたが人間界から持ってきた職業意識の残骸は捨ててしまいなさい。何世代にも亘る研究や、多くの人間たちによるいくつもの発見は、人間の寿命を少しも延ばせなかったのです。毎日カロンの渡し舟が同じ数の魂を運んでいるのだから、わたしたちが今いる死者の世界で、医師の役にさえ立たない医術を弁護しようと頑張るのは、もう止めましょう」——高名なヒポクラテスがこう言うので、わたしはとても驚いた。チーニャ博士は含羞《はにか》んだ。賢者は明白な事実を否定したり真理を黙殺したりできないものだから、彼はヒポクラテスの意見に賛同しただけでなく、そうではないかと自分もずっと思っていたのだと、知識人らしく顔を赤らめながら白状した。

窓の傍にいたペリクレスが大きな溜息《ためいき》をついた。わたしには原因が分かった。彼は藝術と科学の退廃を伝えたモニトゥール誌のある号を読んでいたのだ。有名な学者たちが崇高な思索を捨てて新しい罪を考案していると知った。人喰い族どもが敬うべき老人や女性や子どもを恥も後悔もなく断頭台に送り、あまりに残酷で無益な罪を平然と犯しながら、自分たちを高潔なギリシアの英雄になぞらえていると知って、戦慄していた。

プラトンは何も言わずに会話を聴いていたが、予期せぬ結論で急に話が終わったのを見て、口を開いた。「あらゆる形而下の学問分野で偉人たちの為した発見が、いかに医学にとって無益だったか。人命を失うことについて、医学は自然の流れを変えられないでしょう。しかし政治についての研究は、おそらくそうではないでしょう。人間精神の本質についてのロックの発見〔『人間知性論』〕、印刷技術の発明、歴史から導かれた観察の蓄積、大衆にも学問を広めた多くの奥深い書物、――こうした沢山の偉業は、人間をよりよくするために、間違いなく貢献したことでしょう。わたしも想像はしたものの、わたしの生きていた時代には絵空事だと思われていた、あの幸福で賢明な共和国は、きっと今日では現世に存在しているのでしょう？」――こう問われると、正直な博士は目を伏せ、ただ涙で答えるばかりだった。そして、ハンカチで涙を拭っているうちに、意図せず鬘の向きを変え、顔の一部が隠れてしまった。アスパシアが鋭い声で叫んだ。「まあ、何と奇妙な顔でしょう！　他人の頭をかぶるのも、偉いひとの発見から考え出されたことなんですか？」

アスパシアは、哲学者たちの議論に欠伸して、先ほどから暖炉の上にあった流行雑誌を手にとって眺めていたが、博士の鬘を見て驚きの声を上げたのだった。彼女が腰掛けていた椅子は小さく、ぐらついて座り心地が悪いので、彼女は編靴をつけた素足を彼女とわたしの間にある藁《わら》椅子の上に投げ出し、プラトンの広い肩の上に肘をついていた。

博士は鬘を取って火に投げこみながら答えた。「これは頭ではありません、鬘ですよ、お嬢さん。皆さんと一緒になったとき、こんな馬鹿げた飾り物を、どうしてタルタロスの火の中に投げこまなかったのか、自分でも分かりません。ただ、奇習や固定観念は、われわれの哀れな本性とあまりに固く結びついて、墓に入ってすらしばらくはついてまわるのです」——博士が医学も鬘も一度に捨ててしまうのを見て、わたしは不思議な喜びを覚えた。

アスパシアは博士に言った。「まったく、わたしの見ている雑誌に載っている髪型は、大概あなたの鬘と同じ運命になるのがよさそうね、馬鹿げていますもの！」——このアテナイの美女は、たいそう面白がって次々に挿絵を眺め、多様で奇抜な現代の服装に対して真っ当な驚きを示した。とくに目を惹いたのが、きわめて優雅な髪型の若い女性を描いた絵で、髪のほうは少し高く盛ってあるだけかとアスパシアは思ったのだが、首元を覆うヴェールが非常にゆったりしていて、やっと顔の半分が見えるかというくらいだった。糊をつけてこんな奇妙な形を作っているだけだと知らないアスパシアは、驚きの色を隠せなかった。もしヴェールが透明だったら、その驚きは逆向きに倍加されたことだろう。

彼女は言った。「でも、教えてください、どうして今日の女性たちは、服を着るというより自分を隠そうとして衣服を身にまとっているのでしょう。ほとんど顔を見せていないし、その少しだけ見える顔からようやく女性だと分かる、それほど着物に変な襞を作って体つきを見にくくしています！　どのページの絵を見ても、首や腕や脚を出しているひとはいません。お若い戦士たちは、どうしてこんな服装を止めさせようとしなかったのですか？」さらに畳み掛けた。「おそらく、こうした服装を見せている今の女性たちは、わたしの時代の女性たちよりも遥かに貞淑なのでしょう？」――こう言い終わると、アスパシアはわたしを見つめ、答えを待っているようだった。――わたしは気づかないふりをした。――気品を示そうと[048]　炎からはみ出て燃え残っていた博士の鬘を火箸で燠火のほうへ押しやった。――それから、アスパシアの編靴の紐が片方ほどけているのに気づいた。わたしは「失礼します、お嬢さん」と言いながら、さっと体を屈《かが》め、かつて偉大な哲学者たちを惑わせた二本の脚が見えていた椅子のほうへ両手を伸ばした。

　わたしはこのときまったく夢遊病も同然だったと確信する、いま言った動作にはきわめて現実感があったからだ。しかし実際には、ロジーヌが椅子の上で休んでおり、この動きを自分に対してのものだと思って、ひらりとわたしの腕に飛びこんできた。わたしの旅行服が呼んできた名士たちの魂を、ロジーヌは冥府へ送り返してしまった。

　素敵な空想の国、慈悲深い御方が現実を慰められるよう特別に人間に与えてくださった国よ、わたしは去らねばならない。――まさに今日、わたしの身上を差配する方々が、わたしに自由を返してくれる、まるで彼らがわたしから自由を奪っていたかのように！　わたしから一瞬でも自由を奪ったり、いつもわたしの前に開けている広大な空間を歩き回るのを禁じたりする力を、彼らが持っているかのように！——彼らはわたしに、ひとつの街を、ひとつの点を、歩き回るのを禁じた。けれども全宇宙を残しておいてくれたのだ。無限かつ永遠の時空が、わたしの意のままにある。

だから、今日わたしは自由なのだ、あるいは再び鎖に繋がれるのだ！　雑事の束縛が、また圧《お》しかかってくる。儀礼とか義務とか考えないでは、もう一歩も動けなくなるだろう。——気まぐれの女神か何かが儀礼や義務を忘れさせようとしてこなければ、そして、この新たな恐るべき囚われの身から逃れられれば、まだ幸いだ！

ああ！　どうして最後まで旅させてくれなかったのか！　わたしを部屋に閉じこめたのは、もしや罰するためだったのか？　——世の中のあらゆる幸福と財産がしまいこまれている、この心地よい国に？　ネズミを穀倉に流刑するほうがまだましだ。

けれどもわたしは、自分が二重であると、これほどはっきり感じたことはなかった。——わたしが空想の楽しみを名残惜しんでいるときでも、無理やり安堵させられているように感じるのだ。隠れた力が、わたしを引っぱる。——その力は、わたしには風と空が必要であり、孤独は死のようなものだと、わたしに言う。——準備はできた。——扉が開く。——わたしはポー通りの広々とした柱廊へ彷徨い出る。——いくつもの楽しい幻影が眼前を飛び回る。——そうだ、確かにあの邸宅、——あの扉、——あの階段、——わたしは早くも身震いしている。
レモンを食べようと切っているとき、もう酸味の予感がしているのと同じだ。
おお、わたしの獣性、哀れな獣性よ、用心せよ！ 049

部屋をめぐる夜の遠征

第一章

わたしが夜の遠征を行なった新しい部屋について、いくらか興味を呼び起こすため、どうしてわたしがその部屋を持つに至ったか、好奇心のある方にお教えしなければなるまい。わたしの住んでいた家は騒々しく、仕事中いつも気が散っていたから、近場にもっとひっそりとした隠れ家がほしいと長らく考えていたが、ある日ビュフォン氏〈十八世紀フランスの博物学者〉の略伝を読んでいたところ、この名士は自分の庭に離れ屋を持ち、肘掛椅子と書きもの机、そして執筆中の原稿のほかは何も置かなかったという。

わたしの耽る妄想は、ビュフォン氏の不朽の著作には遠く及ばないから、それで氏の真似をしようとは、ある事件によって思い立たなければ、考えもしなかっただろう。召使が家具の埃を払っていたときのこと、彼はわたしが描き上げたばかりのパステル画に埃が溜まっていると思って、布巾でよく擦《こす》ったため、わたしが念入りに配置した粉を拭い去ってしまった。わたしは大いに立腹したが、召使は留守だった、そして帰ってきてからも普段どおり彼には何も言わず、すぐに家探しに出かけ、プロヴィダンス通り〈現在のヴェンティ・セッテンブレ（九月二十日）通り〉にある家の六階[001]に小さな部屋を借り、鍵を持って帰宅した。その日のうちに、わたしは趣味の資材を運ばせ、それからは自分の時間の大半を、家中の騒がしさや絵の掃除人から逃れて、その部屋で過ごしたのだった。

隔絶された小部屋にいると、数時間が数分のように過ぎてゆき、夢想しているうちに夕食の時間を忘れることも多々あった。

ああ、甘美なる孤独よ！　わたしはお前が孤独を愛する者たちを酔わせる魅力を知った。人生の一日でも独りで過ごしたら退屈で苦しくなる人間、自分自身と語り合うくらいなら愚か者とでも喋っていたほうがましだという人間に不幸あれ！

とはいえ白状すると、わたしは大都市の中の孤独も好きではあるが、部屋をめぐる旅のときのように何か重大な事情でやむを得ないのでなければ、朝だけ世捨て人でいて、晩にはまた人間の顔を見たいのだ。こうして社会生活の不都合と隠遁生活の不都合は相殺され、ふたつの生活様式は互いを美化しあう。

しかし現世には変転あり宿命あり、わたしの新しい住み処《か》で味わった喜びが鮮烈であれば尚更、それが長続きしないことを予想すべきだった。フランス革命はあらゆる方向に溢れ出し、アルプスを越えてイタリアに迫った。その第一波を受けて、わたしはボローニャまで流された。時世がよくなるまで隠れ家を手放さないことにして、家具一式をそこへ移した。祖国を失って数年、ある朝わたしは職も失ったことを知った。丸一年、好きでもないひとやものにつき合い、二度と会えないひとやものを望んだ挙句、ふたたびトリノに戻ってきた。けりをつけるときだ。わたしは荷物を降ろしてボンヌ・ファム旅館を出た、小部屋を家主に返して家具を処分するつもりだったのだ。

隠れ家に戻ってみると、わたしは言いようのない感覚を味わった。一切が元の秩序を保っていた、つまりわたしが放っておいたとおりに散らかっていた。壁際に積んだ家具は、部屋の階が高いために埃をかぶっていなかった。ペンは乾いたインク壺に差しこまれたままで、机には書きかけの手紙があった。

また自分の家にいるのだ、とわたしは呟いた、まぎれもない喜びだった。それぞれの物がわたしの半生の何らかの出来事を呼び起こし、部屋は思い出で覆われていた。わたしは、宿には戻らないで、わたしの物の真ん中で一夜を過ごすことにした。召使に旅行鞄を取りに行かせると同時に、翌日には誰にも別れを告げず助言も求めず、ただ神慮《プロヴィダンス》のままに出立しようと決めたのだった。

第二章

そんなことを考え、練られた旅の計画に得意になっているうちに、時は過ぎていったが、いっこうに召使が帰ってこない。この男は、必要に迫られて何週間か前に雇った召使だが、忠義については疑わしいところがあった。わたしは旅行鞄を持ち逃げされたかと思い、すぐさま旅館へ駆けつけた。まさにそのときだった。ボンヌ・ファム旅館のある通り〔現在のジュゼッペ・バルバロー通り〕の角を曲がると、彼が旅行鞄を担いだ人夫を先に立て、急いで門を出るのが見えた。彼自身はわたしの手箱を持ち、こちらへは曲がらず、進むべき方向と逆の、左のほうへ歩いて行った。彼の意図は明らかになった。わたしは難なく追いつくと、気づくまでしばらく何も言わずに彼の横を歩いた。人間の顔に表われる驚きと恐怖の極致を描こうとしたら、わたしが横にいるのを見たときの彼こそが申し分ないモデルとなっただろう。わたしは思う存分その表情を観察できた、というのも彼は、わたしの予期せぬ出現と、彼を見つめる真剣さに驚いて、まるで一緒に散歩しているかのように、しばらく一言も発さずわたしと歩き続けたのだ。ようやく彼は、グラン・ドワール通り〔現在のジュゼッペ・ガリバルディ通り〕に用事があって、とたどたどしく言い訳を述べた。しかしわたしは彼を行くべき道に引き戻し、家に帰るなり解雇した。

　このとき初めて、ここで過ごす最後の夜、わたしの部屋を再び旅しようと思いつき、さっそく準備に取り掛かった。

第三章

　久しく前から、かつてあれほど愉しくめぐった、まだ充分に描き切れていない場所を、再び訪れたいと思っていた。作品を気に入ってくれた友人たちは続きを書くよう勧めたし、わたしとしても、もし旅の連れ合いと別れることがなければ、もっと早くに決意していただろう。わたしは気乗りしないまま旅路に戻った。ああ！　今度は独り旅だ。いとしのジョアネッティも、可愛いロジーヌもなく、旅を始めたのだ。わたしの最初の部屋もまた、陰惨な革命に荒らされていた。いや！　もはや存在していなかった、部屋は焼けて黒ずんだ不気味な廃屋となっていた、戦争のもたらしたあらゆる殺人的な発明が部屋を根こそぎ打ち壊すべく押し寄せたのだ[002]。オーカステル夫人の肖像画を掛けていた壁は砲弾に打ち抜かれていた。ともかく、わたしがこの災厄よりも前に旅していたからよかったものの、そうでなければ今日の学者たちがこの素晴らしい部屋を知ることはなかっただろう。ヒッパルコスの観察がなければ、かつて昴《すばる》にはもうひとつ星があって、この高名な天文学者より後に消滅したのを、今日の学者たちは知らなかっただろう、というのと同じことだ[003]。

諸事情により、その少し前から、わたしは自分の部屋を捨てて他のところに移り住んでいた。大した不幸ではない、と言われるかもしれない。だが、ジョアネッティやロジーヌの代わりが、どうやって得られよう？　ああ！　できやしないのだ。ジョアネッティはわたしにとって大切な存在となっており、彼を失うことは何によっても埋め合わせようがない。もっとも、いつまでも大切なひとと一緒に生きられると自負できる者がいるだろうか？　心地よい夏の晩に空を飛び回る羽虫の群れのように、人間は偶然、ほんの僅かな時間だけ、互いに出会うのだ。忙しない動きの中でも、羽虫のような機敏さで、互いに頭からぶつからずに済めば、なお幸いだろう！

ある晩、わたしが床に就いたときのことだ。ジョアネッティは普段どおり献身的にわたしの世話をしてくれていた、いつもより丁寧なようにも思われた。彼が明かりを持って行くとき、わたしが目をやると、彼の表情に何か変化が見えた。だが、可哀そうなジョアネッティにとって、それがわたしに仕える最後のときだったのだと、わたしは思い至れただろうか？　読者をこれ以上、真実よりもいっそう残酷である不確かさの中に留め置くことはしまい。躊躇わず言ってしまおう、その晩ジョアネッティは結婚し、翌日わたしの許《もと》を去ったのだ。

しかし、こうして急に主人の許を去ったからといって、彼を恩知らずだと責めないでほしい。だいぶ前から彼の意思は知っていたし、わたしがそれに反対したのは間違いだった。あるお節介なひとが朝早くわたしの家に来て知らせてくれたので、わたしはジョアネッティと顔を合わせる前に腹を立てるなり気を落ち着かせるなりの余裕はあったから、ジョアネッティは予期した叱責を受けずに済んだ。部屋に入る前、彼は廊下で誰かに大声で話すふりをして、自分は何も怖がっていないのだと、わたしに思わせようとした。そして、彼のような善良な心でも持ちうる最大限の厚かましさをまとって、腹をくくった様子で現われた。その顔つきから、わたしは彼の心中を一瞬で読み取ったので、まったく不愉快には思わなかった。意地の悪い冗談を言う現代人たちが、結婚は危険なものだといって善良な人々を脅かすので、しばしば新郎は、ひどい転落をしながら何の怪我もなく、いちどきに恐れと喜びで動転させられた人間に似て、滑稽な様子を見せる。だから、わたしの忠実な召使の振舞いに、彼の奇妙な立場が影響していても、驚くには当たらなかった。「お前、結婚したんだって、ジョアネッティ？」わたしは笑って言った。彼はわたしが怒るとばかり思って身構えていたが、その心支度はまったく無駄になった。すぐに普段の調子に戻ったが、いささか気落ちが過ぎたのか、泣き出してしまった。彼は擦《かす》れた声で言った。「仕方ないのです、ご主人！　もう誓ったことなのです」「ああ！　とんでもない！　よかったじゃないか。奥さんとお幸せに、そして何よりお前自身が幸せでありますように！　お前に似た子たちが生まれますように！　では、いよいよお別れだな！」「はい、ご主人。わたしたちはアスティに住むつもりなのです」「それで、いつ発つんだい？」するとジョアネッティは困惑した様子で目を伏せ、二音ほど低い声で答えた。「家内が、空車を牽《ひ》いて帰るという郷里の車屋を見つけまして、それが今日発つというのです。渡りに船ですが、ただ……しかし……ご主人の都合のよいときにしましょう……またとない好機ではありますが」「何と！　そんなに急に？」愛惜の念に、恨めしさも多分に混じって、わたしは少しばかり黙りこんだ。そして強い口調で言った。「いや、もちろん、引き止めはしないよ。すぐに行きなさい、そのほうがよければ」ジョアネッティは色を失っていた。「そうだ、お行き、奥さんのところへ。わたしのところにいたときと同じように、いつも優しく正直でいてくれ」わたしたちは幾つかの片づけを済ませた。わたしは彼に寂しく別れの言葉を告げた。彼は出て行った。

彼はわたしに十五年も仕えていたのだ。一瞬にしてわたしたちは別れた。その後わたしが彼に会うことはなかった。

わたしは部屋を歩き回りながら、この突然の別れについて考えた。ジョアネッティは気づかなかったが、ロジーヌが彼のあとについて行った。十五分ほど経って、扉が開いた。ロジーヌが入ってきた。ジョアネッティの手がロジーヌを部屋へ押し入れるのが見えた。扉が閉まり、わたしは心が締めつけられた……。もう彼は二度とわたしの部屋に入ってこない！――十五年来の古い友人が他人になるのに、たった数分で事足りたのだ。ああ、最も小さな愛情を寄せる確かなもののひとつさえ見つけられない、哀れな、哀れな人間の身上よ！

第四章

ロジーヌもわたしと離れて暮らしていた。いとしのマリーよ、ロジーヌが十五歳になってなお最も愛すべき動物であり、かつて彼女を他の犬から抜きん出たものとした優れた知性によって、彼女が老齢の重みにも耐えられたと知ったなら、あなたは些か心動かされるに違いありません。わたしは彼女と別れたくはなかったが、しかし友人の境遇に関しては、友人の喜びや利益のみを考えるべきではないか？　わたしの流浪の人生について回るのを止め、もはや主人には期待できない安息を晩年に味わうというのが、ロジーヌのためであった。彼女は高齢だったから、運んでもらわねばならなかった。恩給を出してやる必要があると思った。ある慈悲深い修道女が余生の面倒を見てくれることとなった。この隠居生活で、ロジーヌが善良な性格と年齢と声望に相応しい充分な厚遇を受けたことを、わたしは知っている。

人間の本質として、幸福は人間のためには作られていないようで、友人を心ならず傷つけたり、恋人どうしでさえ喧嘩せずには暮らせなかったりする。リュクルゴス〔スパルタの国制を築いた立法者〕いらい今日に至るまで、あらゆる立法者が人間を幸福にしようとして失敗してきたのだから、わたしとしては、一匹の犬を幸せにしたということが、せめてもの慰めである。

第五章

これで、ジョアネッティとロジーヌの物語の結末を読者にお伝えしたから、あとは精神と獣性について一言でも述べれば、読者との話はすべて片づくはずだ。この二者、とりわけ後者は、もうわたしの旅で面白い役回りを演じないだろう。わたしと同じ道を辿った、ある愛すべき旅行者[004]は、両者とも疲れているに違いないと言っている。ああ！　ごもっともだ。わたしの精神はまったく活力を失っていない、少なくとも自覚できるほど失ってはいない。だが他者との関係が変わったのだ。そいつの口答えには以前のような元気がなかった。そいつはもう……何と説明したらよいか……！　獣性にも才気があるとすれば、それを失ったと言いたいところだ！　ともかく、小難しい説明には立ち入らないが、これだけは言っておこう。年若いアレクサンドリーヌがわたしに示してくれた信頼に惹かれて、わたしは彼女に愛情をこめて手紙を書いた。しかし返事は丁寧だが冷たいもので、こう結んであった。「わたしが貴方に心から尊敬の念を持ち続けるであろうと、どうか信じてくださいませ」何ということだ！　すぐにわたしは叫んだ。もうおしまいだ。この致命的な日いらい、わたしは精神と獣性についての自説を持ち出すまいと決めた。だから両者に区別をつけず、切り離しもせず、ある種の商人が商品を持って歩くときのように、一方を他方に担いで行かせることにする。あらゆる不都合を避けるために、一体となって旅するのだ。

第六章

わたしの新しい部屋の大きさについて語るのは、無駄なことかもしれない。この部屋は、建築士の配慮によって、天井が道路のほうへ傾けてあり、雨水を流下させるために水力学の法則が要求する方向づけを屋根に施されているが、そうでなければ、ちょっと見ただけでは以前の部屋と間違うくらい似ている。明かりの入る窓は部屋にひとつしかなく、幅が二ピエ半、縦に四ピエ、床から六、七ピエで、小さな梯子《はしご》で昇るようになっている。

窓が床から高いところにあるのは、偶然によるのか建築士の才智によるのか、ともかく好都合なことのひとつだ。ほぼ垂直に窓から射しこむ陽光は、小部屋に充ち、神秘的な光景を見せる。古代のパンテオン神殿も似たような方法で採光している。それに、外のものに気を散らされることもない。大洋で航路に迷って天と海ばかり眺めている航海者のように、わたしは天と部屋だけを眺め、わたしに見える最も近い外のものはといえば、月や明星だったのだ。こうしてわたしは天と直接の繋がりを持ち、一階に居を構えていたら高くは跳べなかったであろう思考の飛翔をさせたのだった。

この窓は屋根の上に突き出していて、じつに素晴らしい天窓となっていた。地面よりずっと高くにあるから、暁光が窓を照らす頃、まだ通りは暗かった。だからわたしは、人間の想像しうる最も美しい光景のひとつを楽しむことができた。しかし、どんなに美しい眺めでも、何度も見ていたら早々に飽きてしまう。目が慣れて、有難くなくなる。わたしの窓は、こうした不都合も防いでくれた、なぜなら梯子を四、五段は昇らなければ、トリノの平野の見事な眺めを見ることはできなかったのだ。あまり見られないものだから、いつもわたしに鮮烈な喜びを与えてくれた。わたしが疲れて、心地よい息抜きを得たいと思ったときは、窓に昇って一日を終えるのだった。

梯子の一段目では、まだ空が見えるだけだ。やがて巨大なスペルガ聖堂[005]が見えてくる。聖堂があるトリノの丘は、森や豊かなブドウ畑に覆われ、少しずつ眼前に高まり、夕日に向かって誇らしげに庭園や邸宅を見せる。他方、質素で慎ましい家々は、半ば谷間に姿を隠し、賢者の隠れ家となって瞑想を助けているようだった。

うるわしい丘よ！　お前は度々、わたしが人里離れた隠れ家を求め、煌びやかな都会の遊歩道よりも丘の小逕を好むのを見たものだ。わたしが緑の迷宮を彷徨い、昧爽《あさあけ》の雲雀《ひばり》の歌に耳を傾け、ぼんやりとした不安に胸ふたぎ、お前の美しい谷間に住み着いてしまいたいと強く希《こいねが》うのを、度々見たものだ。――お別れだ、うるわしい丘よ！　お前はわたしの心の中に描かれている！　どうか天の甘露が畑を肥えさせ、緑を茂らせますように！　お前の許に住むひとたちが穏やかに幸せを楽しみ、木蔭が彼らを心地よく健やかにあらしめますように！　お前の幸福な大地が、永遠に、わたしがそこで見出した本当の哲学や、ささやかな知識や、真摯《しんし》で寛大な友情の、優しい安息所でありますように！

第七章

わたしは夜八時きっかりに旅を始めた。天気は穏やかで、よい夜になりそうだった。家が高いところにあるのと、また当時の境遇もあって、訪問者はほとんどなかったものの、誰か来て邪魔されることなく夜半まで独りでいられるよう用心しておいた。今度は部屋を一回りしたいだけだから、四時間もあれば充分だった。前の旅が四十二日間も続いたのは、わたしが自分で短かくするわけにはゆかなかったからだ。また、わたしは前回のように乗物でばかり旅したくはなかった、駅馬車を走らせて旅したら見逃してしまうことも足で旅すればたくさん見られるに違いないと思ったからだ。それで、場合に応じて徒歩か馬で交互に行こうと決めた。馬という新しい方法はまだ紹介していないが、その効用は近いうちに分かるだろう。そして、何事も忘れないよう、道すがら記録をつけ、観察したとおり書きつけることにした。

わたしは、計画に秩序をつけ、ふたたび成功の機会を与えるには、最初に献辞をつけねばならない、そして興を添えるために献辞は韻文で書かねばならない、と思った。しかし、そうするのがよいといっても、ふたつの難題がわたしを妨げ、計画を諦めさせかけた。ひとつは誰に献辞を捧げればよいかということ、もうひとつは韻文を作るには何から取り掛かったらよいかということだ。よく考えた末、まずは最良の献辞を作り、それから相応の宛先を探すのがよいと、程なく思い至った。ただちに制作を開始したが、はじめに作った第一行に合う韻を、一時間以上も苦心してまったく見つけられなかった。この第一行は、とても名句に書けた気がしたから、そのままにしたかったのだ。ちょうどそのとき思い出したのが、どこで読んだのだったか、かの有名なポープは、大声で長々と吟じ、書斎を縦横に動き回って詩想を沸き立たせなければ、趣ある詩を詠めなかったという。さっそくわたしも真似してみた。オシアンの詩集を手に取り、高らかに朗読して闊歩し、気分を昂らせようとしたのだ。

なるほど確かに、この方法は徐々に想像力をかき立て、韻文の献辞を見事に作り上げられる詩才があるような気も内心してきたが、残念なことに、天井が傾斜していて、急に低くなっているから、そのまま進んだら足と同じだけ顔を前に出すことはできないのを忘れていた。わたしは忌まわしい仕切板に頭を強打し、屋根が揺れるほどだったから、瓦の上で眠っていた雀たちは驚いて飛び去り、わたしは反動で三歩あとじさった。

第八章

わたしが詩想を沸き立たせようと歩き回っていると、下の階に住む若くて美しい人妻が、わたしの起こす騒ぎに驚き、部屋で舞踏会をしているとでも思ったのか、物音の原因を確かめるために夫を寄越した。わたしがまだ頭をぶつけてくらくらしていると、扉が少しばかり開いたのだ。年取った男が、憂鬱そうな顔で、頭を覗かせて、怪訝な目で部屋を見回した。彼はわたしが独りなのを見て驚いたが、気を取り直すと、怒った様子で言った。「家内は頭痛なのです。ちょっと言わせていただきますが……」わたしはすぐに遮った。わたしの口調は、気高い思考の余韻を残していた。吟唱詩人の言葉づかいで喋ったのだ。「麗しき隣人の尊き使者よ、何ゆえ其方の双眼は、クロマーティの黒き森を奔《はし》る遊来星のごとくして、濃き眉の下に輝くや？　其方の美しき伴侶は一条の光なり、かの孃子の安らぎを乱さんよりは、われ寧《むし》ろ万死に能うべし。さりとて其方の姿は、おお尊き使者よ……！　其方の姿は、嵐の積雲が夜の面を覆い、モルヴァンの静かなる野に立ちこめしときの、カモラの巌窟の奥深き穹窿《きゆうりゆう》のごとく暗き哉」

　どうやらオシアンの詩を読んだことがないらしいこの隣人は、わたしを突き動かした感情の昂りを狂気の発作と見誤り、ひどく当惑したようだった。彼を侮辱するつもりはなかったので、わたしは椅子を差し出し、座るよう勧めた。だが、彼がそっと後じさって、「気ちがいだ、いやはや、気ちがいだ！」[006]と言いながら十字を切るのが見えた。

第九章

わたしは彼が出てゆくにまかせ、彼の観察がどこまで正当か追究するつもりもなく、普段どおり机に向かって、この出来事を書きとめようとした。ところが、紙を求めて抽斗《ひきだし》を開けてすぐ、人間の感じうる最も不愉快な感情のひとつ、つまり自尊心の毀損に心を乱され、ばたんと閉めてしまった。このときわたしを襲った戸惑いは、喉の渇いた旅人が、澄んだ泉に口をつけようとして、水底にこちらを見つめるカエルを発見したときの驚きに似ている。もっとも、それはわたしがかつてアルキタス〈古代ギリシアの政治家・数学者。数学を力学・工学に応用し、飛行機械を作った〉に倣って空を飛ばそうとした手作り鳩《ばと》のバネと骨組に他ならない。わたしは三カ月以上も休まず努力して鳩を作り上げた。いざ試してみようという日、発明の秘密を守り、また友人たちに愉快な驚きを与えるために、用心深く扉を閉めてから、鳩をテーブルの端に置いた。機械の動きは、一本の糸で止めておいた。運命の糸を切ろうと鋏を近づけるときの、わたしの胸のときめきと自尊心の不安を、誰が想像できよう……？　ズズッ……！　鳩のバネが動き出し、音をたてて進みはじめた。わたしは鳩が飛んでゆくのを見ようと視線を上げた。ところが、鳩は何度かぐるぐる回ったあと、テーブルから落ちて下に隠れてしまった。テーブルの下で寝ていたロジーヌが、情けなさそうに出てきた。雛鶏でも鳩でも、どんなに小さな鳥でも目についたら飛びついて追いかけるロジーヌが、床の上でばたばたしているわたしの鳩には目もくれなかった……。わたしの自尊心はとどめを刺された。わたしは風に吹かれに城壁へ出かけた。

第十章

これが、わたしの手作り鳩の運命だった。機械工学は手作り鳩を空飛ぶワシに倣わせようとしたのに、運命が鳩をモグラのようにしてしまった。

大きな期待が裏切られたときの常として、わたしは悲しく気落ちして歩き回っていたが、目を上げると頭上を飛んでゆくツルの群れが見えた。わたしは立ち止まって群れを眺めた。ツルの群れは、フォントノワの戦い〔オーストリア継承戦争中の会戦〕におけるイギリス軍の縦隊のように、三角の陣形で飛んでいた。雲から雲へと空を横切ってゆくのが見えた。わたしは小さく呟いた。「ああ、よく飛ぶ！　あんなに自信を持って、見えない小逕を滑ってゆくかのようだ！」正直に言ってしまおうか？　ああ！　どうか許してほしい！　ぞっとするような嫉妬の気持ちが一度、ただ一度だけ、わたしの心の中に起こったのだ。ツルに対する嫉妬だ。わたしは羨望の眼差しでツルの群れを地平線の果てまで見送った。行き交う雑踏の只中で、しばらく身じろぎもせず、わたしはツバメの敏捷《びんしょう》な動きを観察した。ツバメが空中に浮いているのを見て、これまで一度もそうした現象を見たことがなかったかのように、驚いたのだった。それまで感じたことのなかった深い敬服の念が、心を明るくした。わたしは自然というものを初めて見た気がした。羽虫のうなり、鳥の歌、意図せずして創造主を称えている生きものたちの神秘的で渾然とした音を、わたしは驚きをもって聞いた。人間だけが崇高な特権によって感謝の響きを加えられる、えも言われぬ協奏！　わたしは昂奮して叫んだ。「この素晴らしい仕掛けを作ったのは誰なのか？　創造の手を開いて、最初のツバメを空に放ったのは？　——大地から生えて枝々を天に伸ばすよう木々に命じたのは？　——美しい女性よ、尊敬と愛情を抱かせるような顔立ちで、おごそかに木蔭を行かせるのは誰なのか、世界を彩るために貴女を地上に置かれたのは？　貴女の麗しい姿を描き、無垢《むく》の美を湛えた眼差しと微笑みを創った力強き思し召しとは、どのようなものだったのか……？　そしてわたし自身は、この心の震えを感じているわたしは……わたしが存在する目的とは何だろう？　——わたしは何者か、わたしはどこから来たのか、向心性の機械鳩を作ったところのわたしは……？」こうした訳の分からぬことを言い終えて、はっと我に返り、眠っていたひとが手桶で水を浴びせられたようになると、昂奮して独りで喋っている間に多くの人々がわたしを取り巻き、じろじろ見ていたことに気づいた。そのとき、わたしの数歩前を歩いてゆく美しいジョルジーヌが見えた。紅をさした左頬がブロンドの巻髪から半分ほど覗いたとき、わたしは少しばかり留守にしていた地上界の物事の流転に引き戻された。

第十一章

手作り鳩を見たような動揺が少し落ちつくと、今度は打撲の痛みが増しはじめた。額に手をやると、ガルと博士[007]が詩的隆起の場所としたちょうどその部分に、新しい瘤《こぶ》ができていると気づいた。もっとも、そのとき分かったのではなく、この名士の説の正しさを証明することとなったのは、のちの経験に他ならない。

献辞を書く力をふりしぼるべく、しばし内省したのち、ペンを持って制作に取り掛かった。何と驚いたことか……！　詩句がペン先から自ずと流れ出てくるではないか。わたしは一時間もかからずに二ページを埋めつくした。それでわたしは、ポープの頭にとっては詩作のために動き回る必要があったかもしれないが、わたしは頭をぶつけるだけで詩を引き出せたのだ、と結論づけた。ただ、この詩を読者のお目にかけるのはやめておこう、というのも、この旅では驚くほど矢継ぎ早に事件が起こったから、最後の仕上げをしていないのだ。だから詩そのものは省くけれども、わたしに降りかかった災難が、貴重な発見であり、詩人にとって限りなく有益な災難であろうことは、分かってもらえるはずだ。

わたしは実際この新しい方法の実効性を確信している、というのも、その後わたしは『ピネローロの囚われ女』[008]とともに公刊されるはずの二十四篇の詩を書いたが、これまでのところ、あえて韻文を書きはじめようとする必要を感じたことはないからだ。もっとも、わたしは五百ページの丁寧な筆写帳をつけてもいた、お分かりのとおり、現代の詩の価値や分量のほとんどということだ。

部屋を歩きながら自分の発見について考えこんでいるうちに、わたしはベッドに行き当たって、その上に腰を落とし、たまたまナイトキャップに手が乗ったので、それをかぶって横になることにした。

第十二章

わたしは十五分も前から床についていたが、いつもと違って、まったく眠れないでいた。献辞のことを考えたあとに、とても悲しい考えが浮かんできたのだ。消えかけた灯りは、蠟《ろう》受皿の底から揺らめく陰気な光を投げかけるばかりで、部屋は墓場のようだった。風の一吹きが、ふいに窓を開け、蠟燭《ろうそく》を消し、荒々しく扉を閉めた。わたしの思考の暗さも、闇とともに深くなった。

過去の喜びや現在の苦しみが、いちどきにわたしの心へ溶けこみ、追憶と悲嘆で心を一杯にした。

わたしは、悲しみを忘れよう、頭から追い払おう、と絶えず努めているのだが、気を抜くと、ときどき急に堰を切ったように記憶の中へ流れこんでくる。そうなるともう奔流に引きずられるがままにする他なく、わたしの思考は真っ黒になり、すべてが陰鬱に見え、ついには自分の錯乱を笑ってしまうのが常なのだ。だから、救いは苦痛の激しさそのものの中にある。

わたしがまだ憂鬱の発作に捉われていると、窓を開け扉を閉めていった風の残りが、部屋を何周かして、本のページをめくり、旅行記の一枚を床に落とし、最後にベッドへ入ってきて、わたしの頬の上で消えた。わたしは夜の心地よい涼しさを感じ、夜に誘われたように思えたので、すぐに起き上がって、自然の静けさを味わおうと梯子に昇った。

第十三章

天は澄んでいた。薄雲のような銀河が天を劃《かく》していた。それぞれの星からやわらかな光がわたしのところまで届き、ひとつの星をじっと見つめていると、ほかの星たちはわたしの目を惹こうとして、いっそう生き生きと煌めくようだった。

星空を眺めるのは、わたしにとっていつも新鮮な魅力があった。ただ一回の旅、いや単なる夜の散歩でさえ、わたしが天空の驚異に捧げるべき讃辞を惜しんだことはない。こうした高尚な瞑想をするとき、わたしの思考はとても非力に感じられるが、それでも瞑想に耽るのは、えも言われぬ喜びである。遠い世界を出た光がわたしの目にまで届き、それぞれの星の輝きが心に希望の明かりを注いでくれるのは、けっして偶然の仕業ではない、と考えるのが好きなのだ。何だって！　あの素晴らしい星々は、わたしの目に向かって輝いている以外には、わたしと何の関わりもないのか？　あの星々のところまで昇りつめるわたしの思考も、星々を見て感動するわたしの心も、星々にとっては知らぬことだというのか……？　とこしえの光景を眺める、はかない観客である人間は、一瞬だけ天を仰ぎ見て、永久に目を閉じる。しかし、この与えられた僅か一瞬の間に、天の随所、宇宙の果てから、慰めの光がそれぞれの世界を発って人間の目に到り、人間は無限と繋がっている、人間は永遠と結びついていると、教えてくれるのだ。

第十四章

しかし、ある残念な思いが、こうした瞑想に耽りながら味わっていた喜びを惑わせた。わたしは呟いた。こうして天が崇高な光景を広げていても、まどろむひとたちには届かず、今わたしとともに味わっているひとなど、ほとんどいない……！　寝ているひとは仕方ない、けれども漫《そぞ》ろに歩いているひとや、劇場から一斉に出てくるひとにとって、頭上一面に輝く星座を一瞬でも眺めて感嘆するのが、そんなに大変なことだろうか？　――いや、スカパンやジョクリス009に見入るような観客たちは、あえて視線を上に向けようとは思うまい。天というものが存在することなど考えもせず、さっさと自宅かどこかへ帰ってしまう。おかしなことだ……！　天など何度でも無料で見られるから、わざわざ見ようとは思わないのだ。いつもは天に幕が掛かっていて、天の見せる光景が興行師に委ねられていたとしたら、屋根の上の一等桟敷は法外な値段がつくだろうし、トリノのご夫人がたはわたしの天窓を奪い合うことだろう。

わたしは然るべき義憤に駆られて叫んだ。「ああ！　もしわたしが一国の君主だったら、毎晩鐘を打たせて、老若男女も身分も問わず、すべての臣民たちに、窓辺に出て星々を眺めさせるのだが」このとき、わたしの王国において進言する権利を少しばかり持っている理性が、わたしの国に布告しようとした思慮に欠ける王令に対し、いつもより得意げな調子で意見を述べた。「陛下、雨の夜について例外を設けられないのでしょうか、なぜなら空も曇っており……」わたしは答えた。「うむ、そのとおりだ、それには考えが及ばなかった。雨の夜は除く、と書いておくように」理性は加えて言った。「陛下、よく晴れた夜でも、あまりに寒く、北風の吹くときは除いたほうがよいと存じます。ご命令を律儀に実行すれば、よき臣民たちが風邪や炎症に罹ってしまいます」わたしは計画の実行に多くの困難が伴なうことを理解しはじめた。しかし撤回するのも癪《しゃく》だった。「医師会と学術院に照会して、この気温のときには臣民たちは窓辺に出なくともよいという摂氏温度計の目盛を定めさせよう。しかし命令は厳格に実行したい、絶対に遵守させるぞ」「病人はどうしますか、陛下?」「もちろん除外だ、人道は何より優先だ」「うんざりさせるようですが、陛下、盲人についても(特例として適当であり、そして大きな不都合もなければ)除外してはいかがですか、なぜなら彼らは視覚を失っており……」わたしは不機嫌になって遮った。「わかった、それで全部か?」「すみません、陛下。しかし恋人たちは? 寛大なる陛下は恋人たちにも星を見るよう強いるのでしょうか?」王は言った。「わかった、わかった。そのことは延期だ。落ち着いて考えるとしよう。この件に関して、細かい報告書を出してくれ」

ああ、神よ……! 神よ……! 最高規則の王令を出す前に、どれほど熟考せねばならないことか!

第十五章

わたしが最も楽しく眺めるのは、最も輝いている星ではない。むしろ最も小さな、計りしれないほど遠くの、微かな点のようにしか見えない星こそ、わたしは好きなのだ。理由は至って単純である。誰でも簡単に理解できるだろうが、視線が星々に達するのと同じ道のりだけ、わたしの空想も星々のある世界の彼方まで行かせられるのだから、わたしはほとんど旅行者の行かなかったような距離まで、わたしは難なく運ばれてゆく、ところが驚くことに、そこはまだ広大な宇宙の入口に過ぎないのだ。というのは、まるで存在よりも無のほうが理解しやすいかのごとく、無の始まる境界があると考えるのは、馬鹿げているからだ！　わたしは最後の星の次に、また別の星を想像するが、これとて最後の星ではあるまい。創造に限界があるとすれば、その限界がどれほど遠くにあろうとも、それを取り巻く広大な無の空間、恐ろしく真っ暗な虚空、その真ん中に宇宙をたったひとつのランプのように吊《つ》り下げている空間に比べれば、宇宙はただ一点の光にすぎないように思われる。——ここでわたしは、両手で目を覆い、何事にも気を散らされないようにして、こうした問題に必要な深さで、じっくりと考えた。そして、驚異的な頭の働きによって、これまで提唱されたうちで最も完璧な世界の体系を組み上げた。詳しく述べれば、次のとおりである。これはわたしの一生ものの熟考の結果だ。「わたしが思うに、空間は……」いや、これは別に一章を設けねばなるまい。この章は、問題の重要性に鑑み、わたしの旅行記の中で唯一、題名を持った章としよう。

第十六章

世界系

わたしが思うに、空間は果てしないのだから、創造も果てしないのだろう、そして永遠なる神は、無辺の空間のうちに、広大な世界を作られた。

第十七章

しかし正直に言うと、これまでに古今の哲学者の想像から生まれたあらゆる学説と同じくらい、自分の説についても、わたしはほとんど理解していない。ただ、わたしの説は巨大でありながら数行に収まっているという貴重な長所を持っている。寛大な読者は、わたしの説が全て梯子のてっぺんで作られたことにも気づいてくれるだろう。解説や註釈で自説を飾り立てることもできただろうが、この問題を熱心に考えているとき、魅惑の歌声が心地よく耳に入ってきて、気が散ってしまったのだ。そのような美しい調べは今まで聞いたことがなく、いつも心の琴線を震わせるジナイーダ[010]の声にも勝り、すぐ近くで恋歌を響かせるものだから、わたしは一言も聞き漏らさなかったし、永遠に覚えているだろう。耳を澄ましていると、その声はわたしよりも下にある窓から来ていると分かった。残念なことに、わたしの天窓は屋根の上に突き出ているから、軒先に隠れて、その窓を見ることはできなかった。それでも、旋律でわたしを魅了するセイレーンを一目見たいという欲望は、いかに非情な人間からも涙を誘うような心打つ言葉で綴《つづ》られた恋歌の魅力につられて、なおさら昂った。すぐに好奇心を抑えられなくなって、わたしは梯子の最上段まで昇り、片足を屋根の端に置き、片手で窓枠に摑まって、落ちる危険も顧みず、街路の上にぶら下がった。

するとわたしの左手、やや下のほうのバルコニーに、白い部屋着の若い女性が見えた。頬杖をついて美しい顔を傾けていたので、とても素敵な横顔が星明かりで朧げに見えた。その姿勢は、すらりとして整った彼女の姿を、わたしのような空の旅人に、よく見せるためであるかのようだった。片方の素足を無造作に後ろへ投げ出し、その足が好ましい寸法であると、わたしが暗がりの中でも推測できるくらいに曲げていた。足から脱げた可愛らしい小さな部屋靴は、わたしの好奇の目に、彼女の足の寸法をよりはっきりと分からせた。いとしのソフィー[011]よ、わたしの情況がいかに危ういものだったか、それはご想像にお任せします。わたしは、美しい隣人を驚かせぬよう僅かな声も立てず、路上に落ちぬよう少しの身動きもしなかった。思わず溜息を漏らしそうになったが、何とか半分に留めた。残り半分は微風が運び去った。また歌を聞けるという希望を頼りに、危ない姿勢を続けながら、夢見る女性をじっくりと眺めていた。だが、ああ！　恋歌は終わり、悲しいかな彼女は黙ったきりだった。長いこと待った末、わたしは思いきって彼女に声をかけてもよいだろうと考えた。彼女に相応しい、そして彼女がわたしに抱かせた感情に見合った挨拶を見つければよいだけだ。ああ！　韻文の献辞を完成させておかなかったのを、どれほど後悔したことか！　これほど適切に献辞を使える機会があったか！　しかしわたしの機知は、必要に迫られたわたしを見捨てなかった。星々のもたらす甘美な作用と、美しい女性の心を惹きたいという一層の強い願望に促され、前もって彼女に気づかせるため、また声色を優しくするために軽く咳払いをしてから、あらんかぎりの愛情を籠めた調子で「じつに天気のよい晩ですね」と彼女に言った。

第十八章

こうしていると、わたしの一言を見逃さないオーカステル夫人が、前の章で述べた恋歌について、わたしに説明を求めるのが聞こえる気がする。わたしは人生で初めて、彼女を拒絶すべき強い必要性を感じる。わたしが旅行記の中に恋歌の詩句を挿入したら、それはわたしが作ったものと思われるだろうし、そうすると頭を打ったに違いないなどと言われたくもない悪い冗談をあれこれ言われるだろう。だからわたしは、愛すべき隣人との出会いについて、報告を続けよう。その出会いの予期せぬ破局は、わたしの繊細な取り運びと同様、どのような読者にも興味を惹き起こすだろう。とはいえ、彼女がわたしに何と答えたか、わたしの投げかけた巧みな挨拶がどのように受け止められたかを説明する前に、わたしよりも自分のほうが雄弁だと信じている読者、わたしの口火の切りかたは自分の感覚からするとあまりに陳腐なやりかただといって容赦なく非難しようという読者に対して、あらかじめお答えしておかねばなるまい。あのような重大な局面で才を弄していたら、慎みと嗜《たしな》みの規範に公然と叛《そむ》くことになっただろうと、読者に明示しておこう。美しい女性と話すきっかけに気の利いた台詞やお世辞を言う男は、いかに口が上手くとも下心を露わにしているのだが、そういうことは土台ができて初めて表わすべきものだ。それに、男が才を弄するときは、自分をよく見せようとしているに違いなく、つまり相手の女性よりも自分自身について考えている。けれども女性というのは自分だけを見てほしいのであって、今わたしが書いたとおりの考察をしなくとも、ただ会話をつなごうとか彼女に近づきたいとかいった動機から発せられる平凡な言葉のほうが、虚栄心から出た言い回しや、さらには（こう言うと驚かれるだろうが）韻文の献辞よりも、千倍も価値があるものだと分かるだけの、優れた天性の感覚を持っているのだ。さらにわたしは（わたしの感覚が逆説的に思われようと）主張したい、本当に心からの永遠の交際であれば、軽やかで輝かしい弁才など、必要ないのだ。半端にしか愛したことのない者は、恋とか愛とかいった強烈な感情のうちには幾度か長い幕間があるものだと言うが、恋人の傍で過ごす一日はいつも短かく、会話と同じくらい沈黙もまた味がある。

長談義はともかく、屋根の端にいたのでは、あの台詞よりも上手いことなど言えなかったのは確かだ。言い終わらぬうちから、わたしの全霊は両耳の鼓膜へと移り、わたしの聞きたい響きの僅かな機微まで捉えようとした。美しい女性は顔を上げてわたしを見た。長い髪がヴェールのように広がり、星々の神秘的な光を反射した可愛らしい顔の背景を成していた。口が開きかけ、優しい言葉が唇から漏れようとしていた……。それなのに、ああ！　わたしの驚愕と恐怖がどれほどのものだったか……！　不吉な音が聞こえたのだ。「そこで何をしているんだ、こんな時間に？　戻りなさい！」部屋の中で、よく響く男の声がした。わたしは固まってしまった。

第十九章

燃え盛るタルタロスの門が突如として眼の前に開いて罪人たちを恐れさせる音とは、このようなものに違いない。あるいは、詩人たちが語ることを忘れたステュクスの七つの滝が地獄の穹窿の下で立てる音も。

第二十章

このとき、ひとつの火球が空を横切り、すっと消えた。わたしの目は流星の輝きで一瞬逸らされ、ふたたびバルコニーを見たときには、もう小さな部屋靴しかなかった。隣人は慌てて引っこむときに部屋靴を履き忘れたのだ。わたしはプラクシテレス〔紀元前四世紀のギリシアの彫刻家。多くの優美な裸婦像を制作した〕の鑿《のみ》にも相応しい脚の麗しい型を長いこと眺めていた、そのときの心の動きを詳らかにするつもりはないが、不思議なことに、わたし自身にも不可解ながら、抗えない魅力のために、どんなに目を逸らそうとしてもできなかった。

ヘビがウグイスを見つめると、哀れな鳥は、たまらない魅力に憑かれて、貪欲なヘビに近寄らずにはおれないという。すばしこい翼はもはやウグイスを破滅へと導くばかりで、逃げようとすればするほど、自分を目で追って離さない敵に近づいてしまう。

これが部屋靴のわたしに及ぼした作用だった、もっとも部屋靴とわたしのどちらがヘビとはいえない、なぜなら物理法則によれば引力とは相互作用であるはずだからだ。この不吉な作用が想像力の悪戯でないことは確かだ。わたしは実際に強く引きつけられ、二度も手を離して落ちそうになった。ただ、わたしが行きたかったバルコニーは正確に窓の真下ではなく、やや脇に寄っていたから、ニュートンの考え出した重力と部屋靴による斜めの引力の合力で、落ちるとしたら対角線状に、わたしのいる高さからは卵くらいの大きさにしか見えない哨舎《しょうしゃ》の上に落ちるだろうから、的を逸れてしまうであろうことは、はっきりと分かった……。だからわたしは、いっそう力をこめて窓にしがみつき、強く決心して、ようやく目を上げて天を見ることができた。

第二十一章

このときわたしが味わっていた喜びについて、正確に説明したり定義したりするのは、とても難しい。ただ、確かに言えるのは、少し前に銀河や星空を眺めて感じた喜びとは、まったく共通点がなかったということだ。しかしわたしは、人生のどれほど困難な情況にあっても、わたしの精神に起こったことには道理をつけたいと常に思ってきたから、この場合も、然るべき男が女性の部屋靴を見たときに感じる喜びについて、星々を眺めたときの喜びと比較して、きちんとした考えを作りたかった。そのため、わたしは天空で最も目につく星座を探した。わたしに間違いがなければ、それは頭上のカシオペヤ座だったので、わたしは星座を見ては部屋靴を見、部屋靴を見ては星座を見た。そして、このふたつの感覚がまったく違った性質であると分かった。一方は頭の中に、他方は心の中にあるようだった。しかし、告白するのは些か恥ずかしいことだが、わたしを魅惑の部屋靴へと惹きつける引力が、わたしの全能力を夢中にさせていた。先ほど星空を見たときの感動は僅かに存在するだけで、やがてバルコニーの扉が再び開き、雪花石膏《せっかせっこう》よりも白い可愛らしい脚がそっと出てきて、小さな部屋靴を摑むのが見えると、もうまったく消え失せてしまった。わたしは話をしたかったが、最初のときのように準備する時間はなかったため、いつもの機転が利かず、何か相応しい言葉を思いつく前に、ふたたびバルコニーの扉が閉まるのを聞いた。

第二十二章

以上の数章が、恋の場面が皆無だという理由で、わたしの以前の旅を容赦なく非難したオーカステル夫人の告発に対して、立派な応答となっていることを願う。夫人は今度の旅に対して同じ文句を言うことはできまい。そして、愛すべき隣人との椿事はそれ以上進展しなかったとはいえ、そのときわたしは、比較対象がなかったために自分がとても幸福だと思っていたいくつかの情況より、もっと多くの満足を見出せたと断言できる。誰もが各々の方法によって人生を楽しんでいる、しかしわたしは、今日まで何事にも増してわたしの幸福に寄与してきたある発見を読者に知らせずにいては、読者の好意に背くこととなろう（もっとも、これはわたしたちの間だけの話にしておきたい)。その発見とは、これまでの方法よりも多くの利点があり、様々な不都合のひとつもない、新しい愛の方法に他ならない。この発明は、とりわけ、わたしの新しい旅の方法を採用しようというひとのためにあるから、彼らに教えるために何章か充てねばなるまい。

第二十三章

わたしの半生を省みれば、普通の方法によって恋をしたとき、わたしの感情が期待に応えたことはなく、思い描いた計画は全て失敗してきた。よくよく考えた末、愛するひと個人に対する感情を拡張し、すべての女性を対象とすれば、自分を危うくすることなく新たな喜びを得られるだろうと思った。実際、世界中の愛すべき女性すべてを愛することのできる強い心の持ち主に対して、どんな非難ができよう? そうです、ご夫人、わたしは全ての女性を愛するのです、知っている女性や会いたいと思う女性だけでなく、地上にいるすべての女性を愛するのです。それどころか、かつて存在した女性、これから存在するであろう女性、さらには想像力が無から引き出すもっと大勢の女性を愛するのです。わたしの愛情の大きな輪の中に、入れられるだけの女性を入れるのです。

わたしのような心を、ひとつの社会の狭い限界の中に閉じこめるのは、どれほど不公正でおかしな気まぐれだろう？　いや！　どうして心の飛躍を、ひとつの王国、ましてやひとつの共和国の境界の中に閉じこめるのか？　嵐で倒された樫《かし》の木の根元に座って、うら若きインドの寡婦が、荒れ狂う風に溜息を混ぜている。愛していた戦士の武具が頭上に掛けられ、擦れ合って悲痛な音を立て、彼女の心に幸せな過去の記憶を呼び起こす。その間にも雲に雷が走り、据わった目に青白い稲光が映る。彼女を火葬にする薪が積まれ、ただ独り、慰めもなく、絶望で呆然《ぼうぜん》としたまま、生よりも死を選ばせる残酷な慣例による恐ろしい死を待っている。

この不幸な女性を慰めようと近づくとき、情のある人間は、何と甘くも悲しい喜びを感じないだろうか！　わたしが彼女の傍で草の上に座り、恐るべき犠牲を思いとどまらせようとし、ともに溜息をつき、ともに涙し、彼女の苦しみを紛らせようとしているとき、街の人々は皆、夫が卒中で亡くなったという某A夫人のところへ駆けつける。この夫人もまた、こんな不幸には耐えられないと、周囲の涙や懇願にも心を動かさず、食を断って死のうというのだ。今朝がた不用意に訃報を伝えられてから、不幸な夫人は一枚のビスケットと一杯のマラガ酒しか口にしていない。わたしは、この悲しみにくれる夫人に対しては、わたしの一般的な行動規則に背かぬよう最低限のいたわりを示すだけで、すぐに夫人の家を去る。というのも、生来わたしは嫉妬深いし、慰める者たちの群れにも、あまりに容易《たやす》く慰められる者たちにも、交わりたくはないからだ。

薄幸の佳人はとりわけわたしの心を動かすが、彼女に捧げる感情が、幸福な女性への関心を弱めることはない。この性向は、わたしの喜びを無限に変化させ、陰気から陽気へ、平静から昂奮へ、代わる代わる移ろわせてくれる。

古代史の中に愛の筋書きを作り上げ、運命の古い台帳から数行を完全に消し去ることも多々ある。ウェルギニウスが娘を殺そうという手を抑え、度を越した罪悪と貞節の犠牲となった彼の不幸な娘を、何度救ったことか！　この事件を思い出すと、わたしは恐ろしさで一杯になってしまう。この事件が革命を生んだというのも、まったく驚きではない。

理性あるひとたちや同情心あふれるひとたちは、この問題を円満に解決したことで、わたしに感謝してほしいものだ。世間というものを少しでも知っているひとならば皆わたしと同じように考えるだろうが、かの十人委員[012]の好きにさせておけば、その情念に燃えた男は間違いなくウェルギニアの貞節を尊重しただろうし、親族たちも話に加わって、ついには父ウェルギニウスの心も鎮まり、法の求める形式に則った結婚が行なわれる運びとなったはずだ。

しかし捨てられた可哀そうな恋人はどうなったのか？　はて、あの殺人事件によって彼は何か得たのか？　だが、いとしのマリーよ、あなたは彼の運命に深く同情しているから、教えてあげましょう。ウェルギニアが死んで六カ月後、彼は立ち直ったばかりか、とても幸せな結婚をし、たくさん子をもうけたところで妻が亡くなったのだが、その六週間後には護民官の未亡人と再婚したのだ。このいきさつは今日まで知られていなかったが、ある博識なイタリアの古代史学者によって、アンブロジアーナ図書館にあった一枚のパリンプセストから発見され解読された[013]。この話は、ローマ共和国の、忌まわしく、またすでに長すぎる歴史書に、悲しいかな更なる一ページを加えることとなろう。

第二十四章

わたしは可愛いウェルギニアを救ったが、慎ましく彼女の感謝を退ける。佳人に尽くしたいと常に思っているわたしは、雨夜の闇に機を見て、ひそかにヴェスタの巫女の墓を開けに行く。ローマの元老院は彼女を、ヴェスタ神殿の聖火を消したか、あるいは聖火で軽い火傷をしたかの理由で、野蛮にも生き埋めにしたのだ。よい行ないをするとき、とりわけ危険を顧みずに行なうとき、それに先立って心の中に起こる魅惑とともに、わたしはローマの道々を静かに遠回りして行く。ガチョウの目を覚まさぬようカピトリヌスの丘を避け、コッリーナ門の衛兵たちをすり抜けて、誰にも見つからず無事に墓に着く。

わたしが彼女を覆っている墓石を擡《もた》げた音に、不幸な娘は、湿った墓地の土に伏せていた乱れ髪の頭を上げた。陰気なランプの薄明かりで、わたしは彼女が困惑して周りを見回しているのが分かった。この哀れな犠牲者は、取り乱して、コキュートス〈嘆きの川、ステュクスの支流〉の河辺にいるものと思っている。彼女は叫ぶ。「おお、ミノスさま！　峻厳《しゅんげん》なる審判さま！　わたしは地上にいるとき、ヴェスタの厳しい掟《おきて》に背いて、確かに恋をしていました。もし神さまも人間のようにむごいのでしたら、どうぞタルタロスの淵をお開けください！　わたしは恋をしていました、そして今も恋をしているのです」「いや、違います、あなたはまだ死者の国にいるのではありません。来なさい、不幸なお嬢さん、再び地上に出るのです！　光と恋に甦りなさい」そう言いながら、わたしは墓の冷たさで凍《い》てついた彼女の手をとり、腕で抱えあげ、胸に抱きしめ、恐怖と感謝に震える彼女を、この恐ろしい場所から救い出した。

ご夫人、どうか信じてください、この善行の動機にはいかなる利己心もないことを。ヴェスタの巫女だった彼女に好かれたいなどという望みは、わたしの行為の中にはまったくないのです。それでは古い方法に後戻りしてしまう。旅行者の面目に懸けて断言しますが、コッリーナ門から、今日ではスキピオ家の墓のあるところ[014]まで、真っ暗闇ではありましたが、そして彼女が弱っていたため腕に抱いて支えねばならぬときもありましたが、それでもわたしは常に彼女の不幸に対して払うべき配慮と尊敬をもって接し、路上で待っていた彼女の恋人に、しっかりと返してやったのです。

第二十五章

またあるとき、わたしは空想に導かれ、偶然サビニの女たちが掠奪されるところに出くわした[015]。わたしは、サビニの男たちが歴史の伝えるところとはまったく違ったふうに出来事を捉えているのを見て、とても驚いた。揉《も》み合いの中で何も分からぬまま、わたしはひとりの逃げる女に庇護を申し出た。彼女を連れてゆくとき、あるサビニの男が、がっかりした調子でこう怒鳴るのを聞いて、わたしは笑わずにはおれなかった。「神よ！　どうしておれは女房を祭りに連れてこなかったんだろう！」

第二十六章

わたしが強い愛情を捧げている人類の半分のほかにも、これは言ってよいものか、信じてもらえるだろうか？　すべての生きものを、そして無生物をも愛しむに充分な能力が、わたしの心には授けられている。木蔭を与えてくれる樹々を、葉叢に囀る鳥たちを、フクロウの夜鳴きを、渓流のせせらぎを、わたしは愛する。

すべてを愛するのだ……わたしは月を愛する！

お嬢さん、お笑いになりますね。自分が感じたことのない気持ちを嗤うのは容易いことです。しかし、わたしと似た心を持っている方には、わたしの言うことが分かるでしょう。

そう、わたしは自分の周りにある一切のものと、真の愛情で結ばれているのだ。自分の通る道を、自分の飲む泉を、わたしは愛する。行きがかりに生垣から手に取った小枝を捨てるときでも、わたしは否応なく悲しみを覚え、捨てたあとも小枝を見つめている、わたしたちはもう知り合ったのだから。落ちる葉を、吹き抜ける微風を、わたしは名残惜しむ。エリザよ、わたしの傍に座って、ドーラ川（アオスタを流れるドーラ・バルテア川のこと。トリノを流れるポー川の支流）の岸辺で、わたしたちが永遠に別れる前日、悲しく黙ったままわたしを見つめていたとき、お前の黒髪をそよがせた微風は、今どこにいるのだろう？　お前の眼差しはどこに？　あの苦しくも大切な瞬間はどこに？

おお、時よ！　恐ろしい神よ！　わたしを怯《おび》えさせるのは、お前の残酷な大鎌ではない。わたしが恐れるのは、お前の忌まわしい子たち、無関心と忘却だけだ、そいつらがわれわれの人生の四分の三を長い死に変えてしまう。

ああ！　あの微風、あの眼差し、あの微笑は、わたしにとってアリアドネの冒険と同じくらい遠いものだ。わたしの心の底には、未練と空しい記憶が残っているだけだ。わたしの人生は悲しい渾沌の上に浮かんでいる。嵐に砕かれてなお、まだしばらく荒海に漂う船のように……！

第二十七章016

しまいには、裂けた板の間から少しずつ水が浸みこんで、哀れな船は姿を消し、深淵に呑《の》まれてしまう。波が船を覆い隠し、嵐が静まると、ウミツバメが誰もいない穏やかな大洋をかすめて飛ぶ。

第二十八章

この辺で新しい恋の仕方を説明するのは終わりにせねばなるまい、というのは説明が陰気になると分かったからだ。ただ、この発見について、なおいくつか註釈を加えても悪くはないだろう、この発見は誰にとっても何歳であっても相応しいわけではないのだ。わたしは二十歳のときにこの方法を使うことを勧めはしない。発明者自身、その年頃には使わなかった。この方法を最大限活用するには、人生のあらゆる悲しみを経てなお気落ちせず、あらゆる喜びを経てなお飽きないことが必要なのだ。何も難しくない！　この方法がとくに役立つのは、理性がわれわれに若いころの習慣を捨てるよう忠告する年齢においてであり、快楽と節度の媒介、見えない通路となりうる。この道は、あらゆるモラリストが認めるように、とても険しい。颯爽《さつそう》と通り過ぎる気高い勇気を持った男は稀で、たいてい行ってから向こうで退屈し、白髪で戻って大恥をかく。わたしの新しい恋の仕方であれば、こうしたことは難なく避けられる。実際、われわれの悦びの大部分は空想の戯れに他ならないのだから、害のない餌を空想に見せてやって、諦めざるを得ない物事から空想の気を逸らさせることが肝要だ。子どもに飴を与えたくないとき、おもちゃを見せてやるのと同じようなものだ。こうすれば、節度の側に来ていると気づかぬままに、そちらで身を落ち着けるだけの時間が経っている。熱中を経て節度の側へと渡るのだ、奇妙なことに多くのひとにとって熱中こそ節度への道を開いてくれる。

そういうわけで、役に立ちたいという思いからペンを取ったのは間違いでなかったと、わたしは信じている。これ以上わたしがすべきは、このような真理を人々に明かしてみせたときに自ずと湧いて然るべき自惚《うぬぼ》れを抑えることだけだ。

第二十九章

いとしのソフィーよ、いろいろ打ち明け話をしてきたが、わたしが窓の上で苦しい恰好をしたままでいるのを、お忘れではないだろう。隣人の美しい脚を見た感動はまだ続いており、わたしは部屋靴の危険な魅力にいっそう捉われていたが、思いがけない事件がわたしを六階から路上へと落ちる危機から救ってくれた。家の周りを飛んでいた一匹のコウモリが、わたしがとても長いこと動かないのを見て、煙突と勘違いしたのか、とつぜん舞い降りてきて、わたしの耳に留まったのだ。わたしは湿っぽい翼のぞっとする冷たさを頬に感じた。思わず悲鳴を上げると、トリノ中からこだまが返ってきた。遠くで哨兵が誰何《すいか》し、巡査が路上を駆けるのが聞こえた。

わたしは苦もなくバルコニーから目を離した、もう何の魅力もなくなっていた。夜の冷たさがわたしを捉えた。軽い震えが頭から足まで走り、暖かくしようと部屋着の襟をかき寄せたとき、この寒さの感覚は、コウモリの侮辱と合わさって、わたしの思考の流れを変えるに充分であったと、残念ながら思ったのだった。このとき、もう魔法の部屋靴は、ベレニケのかみのけ座やその他の星座よりも、わたしを感化しなくなったのだろう。眠りを勧める自然の意向に従わず、夙に曝されて夜を過ごすのが、どれほど愚かなことか、わたしはすぐに考えた。わたしのうちで独り働いていた理性は、それがユークリッドの命題のように証明済みであることを、わたしに教えた。ついにわたしは、急に空想と昂奮を失って、何の救いもないまま惨めな現実に投げ出された。哀れな存在！　森の中の枯木か、広場の真ん中のオベリスクも同然だ！

人間の頭と心、何と不思議なふたつの機械だ！　わたしは叫んだ。このふたつの原動力によって、代わる代わる逆方向へと運ばれ、いつも最後に採った方向が最善と思わされる！　おお、愚かな昂奮と感傷よ！と冷たい理性が言えば、おお、か弱く頼りない理性よ！　と感情が言う。どちらかを採るか、誰が決められるのか、決めようというのか？

わたしは、この問題を取り上げ、ふたりの案内人のどちらに残りの人生を任せるべきか、この場できっぱりと決めてしまうのがよいだろうと考えた。今後は頭と心のどちらに従おうか？　検討してみよう。

第三十章

そんなことを言っていると、梯子に乗せているほうの足に鈍い痛みを覚えた。そのうえ、ずっと難しい恰好をしていたから、とても疲れていた。わたしはそっと身をかがめて座り、両足を窓の左右に垂らして、騎馬旅行を始めた。わたしはいつでもこの旅の方法を何より好んでいた、わたしは馬が大好きなのだ。けれども、見聞きしたことのある馬で、手に入れたいと強く願ったものはといえば、空を駆けることができ、耳の間にある小さなつまみをひねれば稲妻のように走り出すという、あの『千夜一夜物語』に出てくる木馬である。

さて、わたしの馬が『千夜一夜物語』の馬とよく似ていることに、気づかれるだろう。この体勢、窓の上で馬に乗った旅行者は、一方で天と繋がり、自然の壮大な光景を味わう。流星も天体も意のままにできるのだ。他方、自分の住まいやその中の品々を眺めると、自分の生活に引き戻され、自分自身に立ち戻る。ただ頭を動かすだけで、それが魔法のつまみの代わりとなって、旅行者の心に素早く不思議な変化を起こすのだ。天と地に交互に住まい、人間が経験すべく授かった喜びのすべてを、頭と心で駆けめぐる。

わたしは自分の馬から引き出せることを前もって予感しつくしていた。鞍《くら》に腰を据え、上手い具合になったと感じたとき、盗賊に襲われたり馬が躓いたりといった心配もないと確信して、まさに時宜を得た、理性と感性のどちらが勝るかという解決すべき問題の検討に専念しよう、と思った。しかし考えはじめてすぐに行き詰まった。こうしたことに判断を下すのが、わたしであってよいのか？　と小声で呟いた。わたしは内心すでに感性のほうに軍配を上げているのに？　――けれども他方で、心が頭に勝るというひとを除外したら、いったい誰の話を聞けばよいのか？　幾何学者か？　けっ！　あの連中は理性に身を売ったのだ。決着をつけるには、まったく同量の理性と感性を生まれつき持っていて、決断を下すときには両者が完全に均衡するような人物を見つけねばなるまい……無理な話だ！　まだ共和国を安定させるほうが容易いだろう。

したがって、判断を下すに相応しいのは、両者とまったく共通するところのない人間、頭も心もない人間だけ、ということになろう。このおかしな結論は、わたしの理性を憤慨させた。わたしの心も、まったく同意できないと抗議した。けれども推論の筋は正しかったように思われ、こうした高度に観念的な思索において一流の哲学者たちが推論を続けた挙句しばしば人間社会の幸福に影響を及ぼす恐ろしい事態を招いてきたことに思い至ったが、そうでなければ自分の知能についてまったく誤った見方をするところだった。それでわたしは、わたしの思索の結果は誰の害にもならないだろうといって、自分を慰めた。問題を未解決のままにして、これからは自分の頭と心のどちらが他方に勝るかに応じて、頭か心に代わる代わる従うことにした。実際これが一番よいと思う。本当のところ、この方法は今日までわたしに多大な幸福をもたらしたわけではない。わたしは独りごちた。それで構わないのだ、わたしは不安も腹案もなく、笑ったり泣いたり、ときには泣き笑いしたり、道中の退屈しのぎに昔の歌を口ずさんだりしながら、人生の険しい小逕を降りてゆくのだ。またあるときは、生垣の片隅からマーガレットを摘んで、花びらを一枚また一枚とちぎって「彼女はわたしのことが少し好き、とても好き、激しく好き、ちっとも好きじゃない」と言ってゆく。するとたいてい最後の一枚はちっとも好きじゃないに来る。実際、もうエリザはわたしのことを好きでないのだ。

考えこんでいる間にも、あらゆる世代の人間が通り過ぎてゆく。やがて彼らもわたしと一緒に、大きな波となって永遠の岸辺に砕けるのだ。人生の嵐が充分に激しくないとでもいうように、嵐がわれわれを存在の果てへと押し去るのが遅すぎるとでもいうように、国々は群れを成して奔流の中で殺し合い、自然が定めた期限を早めている。征服者たちさえも時勢の目まぐるしい旋風に呑まれながら、幾千もの人々を斃して喜んでいる。ああ！　諸君、いったい何を考えているのか？　待ちたまえ……！　あの善良なひとたちは、もうすぐ天寿を全うしようというのだぞ。寄せて来る波が見えないのか？　もう岸の近くで泡立っている……。後生だから少しだけ待ってくれ、お前も、お前の敵たちも、わたしも、マーガレットも、何もかも終わるのだ！　あんな狂気の沙汰、いくら怯えても足りるものか！　行こう、話は決まった、これからはわたしもマーガレットをむしるのはやめだ。

第三十一章

これまでの数章で見たとおり、明快な論理によって向後のための思慮深い行動規則を定めてしまうと、わたしが始めようという旅について決めるべきは、とても重要な点をひとつ残すのみとなった。確かに、駅馬車に乗るか騎馬旅行とするか決めれば終わりとはならない、どこへ行きたいのか知らなければ。観念的な思索に耽って疲れたから、地球上の行きたい場所を決める前に、しばし何も考えず休みたいと思った。こうした存在の仕方もまたわたしの発明であり、しばしば大いに役立ったが、しかし誰でも使える方法ではない。というのは、ある問題に専念して考えを深めるのは簡単だけれども、急に考えを止めるのは、時計の振り子を止めるのと同じく、簡単でないからだ。井戸の水に波紋を作って遊んでいるひとをモリエールは馬鹿にしていたが[017]、それは大きな間違いだ。そのひとは休息のために知的活動を一時停止できる哲学者であって、これは人間の精神に為せる働きとしては最も難しいことのひとつなのだ、とわたしは考えたい。自ら望んだわけでもないのにこの能力を授かって、普段から何も考えていない者たちが、わたしを剽窃《ひょうせつ》のかどで非難し、発明の優先権を主張するだろう。けれども、わたしの言いたい知的静止状態とは、こうした人々が行なっていることとはまったく別物であり、またネッケル氏の称賛したもの[018]とも違う。わたしのは常に意識的であり、また一時的でしかあり得ない。この状態に完全に入りこむため、わたしは疲れた騎手が鞍の前橋《ぜんきょう》に寄りかかるように両手を窓について、目を閉じた。すると、過去の追憶も、現在の感傷も、未来の心配も、たちまち心から消えたのだった。

　この存在の仕方は眠気を強く誘うもので、三十秒も経つと、頭が胸のあたりに落ちてくるのを感じた。はっと目を開けると、わたしの思考力は元に戻った。これは、この意識的な活動停止状態が眠りとは違うことの証明となる、眠りこそがわたしの目を覚まさせたのだから。こういうことは誰も経験していないに違いない。

　天を仰ぐと、家の棟に北極星があった。長い旅へ出るというときに、これは吉兆であるように思われた。今しがたまでの休息の間に、わたしの想像力は完全に恢復し、わたしの心はどんなに甘美な感銘でも受け入れる準備ができていた。一時的に思考を無にすると、これほど活力が漲《みなぎ》るのだ！　わたしが社会の中で不安定な情況にあるために感じていたぼんやりとした不安は、とつぜん生き生きとした希望と勇気の感覚に取って代わられた。わたしは人生に、そして人生のもたらす幸不幸のあらゆる運命に、立ち向かってゆける気がした。

輝く星よ！　わたしは心地よい昂奮に充たされて叫んだ。永遠なる思し召しによる不思議な作品！　お前だけが、天に静止して、創造の日から地球の半生を見守っている！　荒涼とした大洋で航海者を導き、一目お前を見れば嵐に迫られた船乗りも希望と生気を取り戻した！　澄んだ夜に天を眺めることができると、わたしは必ず星々の中にお前を探したものだ。わたしの助けとなってくれ、天の光よ！　ああ！　大地はわたしを見捨てている。どうか今日は相談役となり案内役となってくれ、地上のどこに身を落ち着けたらよいか教えてくれ！

こう祈っていると、星はいっそう輝きを増し、天空で喜び、庇護する力へとわたしを引き寄せているようだった。

わたしは予感というものを信じないが、しかし不可知の方法によって人間を導く神の摂理は信じている。われわれの存在の一瞬一瞬が新たな創造であり、全能の意志による行為なのだ。雲の絶えず新しい形や説明しがたい現象をもたらす無常の配置は、雲を構成する水滴ひとつに至るまで、瞬間ごとに定まっている。われわれの人生における出来事にも他の原因などなく、これを偶然のせいにするのはあまりに愚かなことだ。

いまや自分が世界を導いていると思っている最も偉大な人物さえ、摂理が操り人形のように動かす微細な糸を、わたしは何度か見たと断言できる。彼の心に神が僅かな驕慢《きょうまん》を吹きこんだら、大軍を全滅させ国家を転覆させるに充分なのだ。ともかくわたしは、北極星の誘いが本物であると確信し、北へ向かおうと即断した。その遥かなる地には、とくに好みの場所も決まった目的もなかったが、翌日トリノを発ったときは、北極星はわたしを見捨てないだろうと信じて、街の北にあるパラティーナ門から出たのだった。

第三十二章

ここまで旅を進めたところで、わたしは急いで馬を降りねばならなくなった。わたしの旅の方法を真似てみようというひとに対して、たくさん利点があることを説明したら、小さな不都合もいくつかあると正直に伝えねばならないと思わなかったら、今から述べる細目には触れなかっただろう。

おおよそ窓というものは、本来わたしの考えた新しい目的のために発明されたのではないから、窓を作る建築士は、イギリス式の鞍にあるような使いやすさや丸みを持った形にしようとは考えないのだ。賢明な読者は、加えて説明しなくとも、わたしに休止を余儀なくさせた原因である痛みを察してほしい。わたしは非常に苦労して馬から降りると、凝りをほぐすために部屋の中を何周か歩き回りながら、人生に散りばめられた苦楽の混淆や、人間をごく些細な情況の奴隷にしてしまう運命というものについて考えた。それから、羽毛の座蒲団を持って、急いで馬に戻った。こういうことは数日前なら騎兵に嗤われるだろうと思ってしなかったのだが、前日にトリノの城門で、アゾフ海やカスピ海の沿岸から来たコサック騎兵の一団が似たような座蒲団に座っているのを見たので、彼らと同じく座蒲団を使っても、わたしが尊重している馬術の法に背くわけではなかろうと考えたのだ。

読者の賢察にお任せした、あの不快感から解放されたので、わたしは心置きなく旅の計画に取り掛かることができた。

良心にかかわる事柄ゆえ、最もわたしを悩ませた難題のひとつは、祖国がわたしを半ば見捨てているとはいえ、わたしが祖国を見捨てるのは、はたしてよいのか悪いのか、ということだった[019]。これは軽々しく決められないきわめて重大な行為のように思われた。祖国という言葉について考えていると、わたしはこの言葉の明確な概念を持っていないことに気づいた。「わたしの祖国？　祖国とは何で成り立っているのか？　家や畑や川の集まりだろうか？　そうは思えない。わたしの家族や友人が祖国を作るのだろうか？　だが家族も友人も既に祖国を去った。ああ！　なるほど、政府だろうか？　だが政府も代わった。神よ！　では一体どこにわたしの祖国があるのか？」わたしは言いようのない不安で額に手をやった。祖国愛とはこんなにも強いのだ！　祖国を捨てると考えただけでわが身に感じた愛惜の念は、この難問を考え抜かずに去るくらいなら一生この馬の上に留まっていたほうがましだと思うくらい、真に迫ったものだった。

すぐに分かったのは、祖国愛は様々な要素の集まり、つまり子どもの頃から抱いてきた個々人への愛着とか、風土とか、政府とか、そうしたものに依っているということだった。この三つの基礎が、それぞれどのくらい祖国を作るのに寄与しているかを考えればよいのだ。

同国人に対する愛着は、たいてい政府に依存するもので、つまり政府がわれわれに共通して与える力や幸福の感覚に他ならない。本当の愛着というのは、家族とか、ごく近くにいる少数の個々人に限られるからだ。日常的な交流や気軽な往来を妨げるものは、ことごとく人間を敵対させる。山脈は両側に山向こうの人間なるものを作って、両者は互いに好きになることがない。川の右岸に住むひとは、自分が左岸に住むひとよりもずっと優れていると信じこんでいるし、左岸に住むひとのほうも右岸に住むひとを馬鹿にしている。こうした傾向は大都市の中を流れる川ですら見られるもので、多くの橋が両岸を結んでいてもそうなるのだ。言葉の違いは尚更、同じ政府の下にある人間を離反させる。そして、われわれの真の愛の基礎となる家族でさえ、祖国の中でばらばらに住んでいることも多い。家族は絶えず形や数を変える。それに家族は他所へ移ることもできる。だから同国人の中にも家族の中にも絶対的な祖国愛は存在しないのだ。

風土もまた、少なくとも同程度には、われわれが生まれ故郷に対して抱く愛着に寄与している。ここでとても興味深い問題がでてくる。いつの時代でも、山の民は自分の郷土に誰よりも愛着を持っており、流浪の民は概して大平原に住んでいる。このように風土への愛着が違うのは、どうしてなのか？　わたしが間違っていなければ、理由はこうだ。山では、祖国は表情を持っている。平野では、祖国に表情がない。それではのっぺらぼうの女のようで、いくら性格がよくても、好きにはなれない。実際、杜の村に敵が攻めてきて、村が焼かれ、木々が切り払われたら、住んでいたひとたちにとって、郷土には何が残っているだろう？　この不幸なひとたちが、単調な地平線に、何か思い出を甦らせてくれる馴染《なじみ》のものを探しても、空しいばかりだ。何もない。空間上のどの点も、まったく同じ姿、同じ価値なのだ。このひとたちは、政治的な慣習に引き留められなければ、事実上の流浪の民である。けれども、彼の住まいはこちらでもよいし、あちらでもよい、どこでも構わない。彼の祖国は政府の治めているところであればどこでもよい、つまり不完全な祖国しか持たないということになろう。山の民は、子どもの頃から眺めてきた、目に見えるし壊されようもないものに結びついている。谷間のどこにいても、斜面にある自分の畑が目に入り、はっきりと分かる。岩間を流れる水音は絶えたことがない。村へ続く小逕は、どっしりとした花崗岩《かこうがん》の傍を縫ってゆく。長いことステンドグラスを眺めると目を閉じても見えているように、夢の中でも山々の稜線《りょうせん》が心に描かれるのだ。記憶に刻まれた景色は彼自身の一部を成し、けっして消えることがない。それに思い出もまた風土と結びついている。もっとも、風土には、始まりが分からず終わりも考えられないようなものが必要である。昔の建物、古い橋、巨大で永続的なものは、場所への愛着という意味で、ある程度は山々の代わりになる。けれども自然の威容のほうが心に強く働きかけるのだ。ローマに相応しい異名を与えようと、誇り高きローマ人たちは、ローマを七つの丘の都市と呼んだ。一度できた習慣は、ずっと消えないものだ。山の民が大人になってから大都市の風土に愛着を持つことはできないし、都会人が山の民になることもできないだろう。こうしたことから、ある現代の文豪[020]は、優れた文才でアメリカの荒野を描いたが、アルプスをみすぼらしく思い、モンブランを実に小さいと感じたのだろう。

政府の役割は明白だ。政府は祖国の最も重要な基礎である。人間どうし互いに愛着を抱かせ、また生まれつき持っている風土への愛着を強くするのは、政府である。幸福や栄光の記憶によって、人間を生地に結びつけることができるのは、ただ政府のみである。

政府が正しかったら？　祖国は十全に力を発揮できる。政府が堕落したら？　祖国は病んでしまう。政府が変わったら？　祖国は死ぬのだ。そしたら新しい祖国ができる、それを受け入れるか、他の祖国を選ぶかは、各々の自由である。

アテナイの住民が皆、テミストクレスを信じてアテナイを去ったとき、彼らは祖国を捨てたのか、それとも祖国を船に乗せて持ち出したのか？[021]

コリオラヌスが……

ああ！　何という議論を始めたのだ！　わたしは窓で馬に乗っているのを忘れていた。

第三十三章

わたしの親戚に、とても話の面白い機知に富んだおばあさんがいた。しかし彼女の記憶は気まぐれでもあり豊かでもあるので、話は挿話から挿話へ、余談から余談へと移り、聞き手に助けを求めねばならなかった。「何について話そうとしたのでしたっけ？」しかしたいてい聞き手のほうも忘れているので、一同は何とも言えず困惑したものだ。さて、わたしの話においてもしばしば同じことが起こっていると、お気づきだっただろう。実際、わたしの旅の計画や秩序は、このおばあさんの話の秩序や計画にそっくりであると、認めねばなるまい。しかしわたしは誰の助けも求めない、なぜならわたしの主題は最も予期せぬときに自ら帰ってくるものだと気づいたからだ。

第三十四章

祖国についてのわたしの議論に賛成できない方々に対して、お断わりしておかねばならないのだが、少し前からわたしは眠気に襲われ、どうにも抗えないでいた。もっとも、あのとき本当に眠っていたのか、これからお話しする奇妙な出来事が夢のせいなのか神秘的な幻想のせいなのか、今となっては定かでない。

わたしは、煌めく雲が空から降りてきて、だんだんわたしに近づくのを見た。その雲は、透明なヴェールのように、二十二、三歳の若い女性を包んでいた。その光景を見たときの気持ちを述べようにも、上手い表現が見つからない。彼女の顔は優しさと思いやりで輝き、青春のまぼろしのように魅力的で、将来の夢のように甘かった。その眼差し、穏やかな微笑み、表情のすべてが、わたしの心が長いこと探し求めながらも会えはしまいと諦めた理想のひとであることを、わたしの目に示していた。

甘美な昂奮のうちに彼女を眺めていると、北風に吹き上げられた彼女の黒髪の巻毛ごしに、煌めく北極星が見え、同時に温かい言葉が聞こえてきた。何だって？　あれは言葉だろうか！　それは、わたしの知覚が眠気に捉われているときに、わたしの知性に未来を明かした、天の意思の神秘的な表われであった。わたしが加護を祈った慈しみの星からの、預言的な知らせであった。その意味を人間の言葉で表わしてみよう。

アイオロスの琴[022]の音色で響く声が言った。「あなたがわたしに寄せた信頼は、けっして裏切られないでしょう。ご覧なさい、これがあなたのために取っておいた伴侶です。幸福を打算と考え、天から得るしかないものを地上に求める人間が、憧れながらも得られない宝というのは、これなのです」こう言うと、流星は天の奥深くに帰り、空に浮いていた女神は地平線の霧に消えた。しかし彼女が去り際に投げかけた眼差しは、わたしの心を信頼と希望で満たしたのだった。

わたしは、彼女を追いかけたくてたまらず、すぐさま力任せに拍車を掛けた。だが、拍車をつけていなかったため、わたしは右足の踵を瓦の角に強打して、あまりの痛さにはっと目が覚めた。

第三十五章

この災難は、わたしの旅の地質学的な部分に対して、実際の利益をもたらした。わたしの部屋の、トリノの街が建っている土地を形成する沖積層からの高さを、正確に知る機会となったからだ。

わたしの心臓は激しく鼓動していた、そして拍車を掛けてから三つ半の鼓動を数えたとき、わたしの部屋靴が道に落ちる音を聞いた、このことから、質量のある物体が加速度をもって落下する時間と、音波が道からわたしの耳へ届くのに要した時間を計算すると、幻想に昂奮したわたしの脈拍が毎分百二十回、これは事実と大差ないだろう、そう仮定して、わたしの窓がトリノの路面から九十四ピエ三・九リーニュ〔約三〇メートル〕の高さにあると導き出せる。美しい隣人の魅力的な部屋靴について話したあとで、あえて自分の部屋靴について言及するのは、科学的観点からに他ならない。だから、この章はまったく学者のためだけに書かれたものであると、お断りしておく。

第三十六章

目が覚めると、ついさっきまでわたしを楽しませていた輝く幻想は、かえってわたしの置かれた孤独の恐ろしさを痛いほど感じさせた。わたしは周りを見回したが、もう屋根と煙突しか見えなかった。ああ！　天と地の間で六階に宙吊りにされ、後悔と願望と不安の海に囲まれ、もはやわたしは、不確かな希望の微かな光、わたしが何度も脆さを感じた架空の支えによってのみ、生に繋がれていた。まだ人生の誤算に傷ついているわたしの心に、すぐさま疑念が戻ってきて、北極星はわたしをからかったのだと強く信じた。筋違いで罪深い猜疑《さいぎ》心《しん》だ、これがあるから天はわたしを十年も待たせたのだ！　ああ！　あのとき、約束はすべて果たされる、天に面影を垣間見た愛するひとに地上で会える日が来る、と分かっていたら！　いとしのソフィーよ、わたしは望んでいた以上に幸福になれるのだと知っていたら……！　しかし物事を先取りしてはいけない。旅行記を書くにあたって自らに課した体系的で厳格な順序を乱したくはないから、もとの話に戻ろう。

第三十七章

聖フィリッポ教会の鐘楼の大時計が、ゆっくりと真夜中を打った。わたしは鐘の音をひとつひとつ数え、最後の音を聴くと溜息をついた。わたしは呟いた。「これで一日がわたしの人生から去っていった。消えゆく鐘の音がまだ耳元で震えていても、日付が変わる前のわたしの旅は、もはやオデュッセウスやイアソンの旅と同じくらい、わたしにとって遠いものとなっている。過去の深淵の中では、瞬間も世紀も同じ長さだ。未来にはもっと現実性があるのか？」わたしは、ふたつの無のあいだで、剣の刃先に乗っているかのようにバランスをとっている自分に気づく。実際、時というものはあまりに不可解で、時など本当は存在しない、時と呼んでいるものは思考の罰に他ならない、と考えたくなるほどだ。

こうして、時そのものと同じくらい謎めいた時の定義を発見して喜んでいると、別の大時計が真夜中を打って、わたしは気分を害した。解決しがたい問題を闇雲に考えこむと、いつも不愉快な後味が残るものだ。この鐘の音、わたしのような哲学者に対する二度目の警告は、たいへん場違いに思われた。しかし数秒後、第三の鐘、ポー川の対岸にあるカプチン会の修道院〔サンタ・マリア・デル・モンテ修道院〕の鐘が、嫌がらせのように遠くで真夜中を打つのが聞こえ、本当に忌々しく思った。

わたしの叔母は、少し強情だが非常に可愛がっていた古くからの女中を呼ぶとき、気が短かいので呼び鈴を一度鳴らしただけでは気が済まず、女中が来るまで何度も呼び鈴の紐を引いたものだった。「来てくれったら、ブランシェ！」そうすると、急かされてむっとした女中は、なるべくゆっくりと来て、部屋へ入る前に、じつに刺々しく答えるのだった。「いま行きますから、奥さま、いま行きます」カプチン会の修道院の不躾な鐘が三度目に真夜中を打ったとき、わたしの感じた苛立ちは、まさにこれだった。わたしは大時計のほうへ両手を伸ばして叫んだ。「分かっている、分かっているのだ。真夜中だということは、もう充分すぎるほど分かっている」

人間が時によって人生を区切るようにしたのは、悪魔の陰険な助言のせいに違いない。自分の生を繋ぐ糸の一本を時が切っているのに、人間は家に籠って眠ったり遊んだりしている。翌日には元気に起きて、それが別の一日だとはまったく気に留めない。預言的な鐘の音が永遠の近づきを知らせ、時が過ぎ去るのを一時間ごとに悲しく繰言しても、人間は何も聞かない、あるいは聞いても何も理解しないのだ。ああ、真夜中……！　恐ろしい時刻だ……！　わたしは迷信家ではないが、この時刻にはいつも一種の恐怖を覚える。いつかわたしが死ぬとしたら、それは真夜中だろうという予感がする。ということは、ある日わたしは死ぬのか？　何だって！　わたしが死ぬ？　わたしは喋っている、自分を感じている、自分に触れている、このわたしが死ぬなんてあり得るのか？　にわかには信じられない。他人が死ぬ、これはごく当たり前のことだ。毎日でも目にする。幾度も見て、慣れきっている。しかし当人が死ぬというのは！　自分が死ぬとは！　ちょっと酷すぎる話だ。さて、こうした考えを訳の分からないものだと思っている諸君、こうした考えこそ世間一般の考えであり、また君自身そう考えているのだ。自分が死ぬはずだと思っている者はいない。もし死なない人種がいたとしたら、死という概念はわれわれ以上に彼らを恐がらせるだろう。

ここがわたしには理解しがたいところだ。人間が、将来の希望や妄想に絶えず昂奮しながら、未来が人間にもたらす確実不可避なことについてほとんど気にかけないのは、どうしてなのか？　慈悲深い自然こそが、われわれが心穏やかに人生を全うできるよう、こうしたおめでたい無頓着さを与えてくれたのではないか？　確かに、陰鬱な思索をもたらすような考えかたを人生の現実の苦労に加えなくとも、不吉な亡霊で想像力を曇らせなくとも、われわれはきちんと真っ当な人間でいられると、わたしは信じている。それに、無邪気でいられる場面が来たらいつでも、気兼ねなく笑うか、少なくとも微笑むくらいはすべきだと思っている。

聖フィリッポ教会の大時計から始まった瞑想は、こうして終わった。いま定めた教訓の厳しさについて、ふと幾つかの疑念を覚えなければ、さらに考察を進めていただろう。しかし、その疑念を突き詰めたといは思わなかったので、わたしは口笛で「スペインのフォリア」[023]を吹いた。これは、わたしの思考が悪いほうへ向かおうとするとき、その道筋を変えられるという特性を持っている。効果は覿面《てきめん》で、わたしは馬での散歩を終わりにした。

第三十八章

部屋の中へ戻る前に、もう永遠に去ってしまうであろうトリノの暗い街と平野を一瞥し、わたしは最後の別れを告げた。夜がこれほど美しく見えたことはなく、眼下の光景がこれほど激しくわたしを惹きつけたことはなかった。わたしはスペルガの丘と聖堂に挨拶してから、塔に、鐘楼に、これほど強く名残惜しさを感じるとは思わなかった馴染のもの全てに、風に、空に、微かな囁《ささや》きでさよならの返事をくれている河に、別れを告げた。ああ！　この胸いっぱいの温かくも苦しい気持ち、小さな妖精のようにまとわりついてトリノに引きとめようとする過ぎ去った美しい半生のあらゆる思い出を描けたら！　しかし、ああ！　過去の幸福な記憶は、魂にできた皺なのだ！　不幸なときには、今のありさまを嘲る皮肉屋の亡霊として、頭から追い出さねばならない。こういうときは偽りの希望の幻想に浸ったほうが遥かにましであり、とりわけ逆境には何喰わぬ顔をして、誰にも不幸を打ち明けぬよう用心すべきだ。人間たちの中を普通に旅していたとき、あまりに不幸を重ねると遂には滑稽になってしまうことに、わたしは気づいた。こうした酷い境遇にあるときは、これまで説明をお読みになったような、新しい旅の方法こそ相応しい。このときわたしははっきりと経験したのだ。わたしは過去を忘れるに至った、のみならず現在の苦難に対して勇ましく覚悟を決めた。時が苦難を流し去るだろう、そう言って自分を慰めた。時は万物を摑み、何も置き去りにしない。時を留めようとしても、よく言うように肩を入れて押そうとしても、われわれの努力は等しく徒労であり、不変の流れを少しも変えることはない。わたしは概して時の速さを気にしないほうだが、情況によって、思考のなりゆきによって、はっきりと思い起こすことがある。人間が喋っていないとき、喧騒の悪魔が自分の殿堂の真ん中、眠れる街の真ん中で黙っているときがそうだ。このとき時は声を高め、わたしの心に響いてくる。静寂と暗闇が時の代弁者となり、ひそかな時の歩みをわたしにはっきりと見せる。時の歩みは、頭で捉える理屈でできた代物ではなくなり、感覚そのものが時の歩みを悟る。星々を西へ進ませる空に、わたしは時を見る。時は大河を海へ押しやり、丘に沿って流れる霧と共に去る……。わたしは耳を澄ます。風は時の素早い翼に打たれて呻《うな》り、遠くの鐘は時の恐るべき通過に震える。

わたしは叫んだ。「行こう、時の歩みに乗ろう。時がわたしから奪ってゆく一瞬一瞬を有効に使いたい」

――この立派な決意を活かしたかったので、勇気をもって人生に飛びこむべく、すぐさま前方に身を屈め、舌を打ち鳴らした。これはいつの時代も馬を走らせるために使われる方法だが、綴り字の規則に従って書き記すことはできない。

グッ！　グッ！　グッ！

わたしは最後に一駆けして馬での遠征を終わりにした。

第三十九章

馬から下りようと右足を上げたとき、わたしは強く肩を打たれるのを感じた。この出来事に少しも驚かなかったといったら嘘になろう。そして今こそ、こうした旅をするのがわたし以外のひとにとっていかに難しいか、虚栄に過ぎることなく、読者に忠告し、また証明する機会である。今後わたしの千倍もの手段や才能を持つ旅行者が現われたとして、わたしが四時間のうちに体験した、わたしの運命にはっきりと関わりのある出来事と同じくらい奇妙かつ無数の出来事に出会えると、その旅行者は豪語できるだろうか？　疑う者がいたら、わたしを殴ったのが誰だか当ててみたまえ！

あっと思った瞬間には、自分がどういう情況にいるのか考えなかったので、わたしは馬が後脚を跳ね上げたか、わたしを木にぶつけたのだと思った。振り返って部屋の中を見るまでの短かい間に、どれほど不吉な考えが浮かんだか、それは神のみぞ知る。そしてわたしは、異常きわまりないと思われる出来事がしばしばそうであるように、わたしを驚かせた原因が至って当たり前のものだと気づいた。旅のはじめに、窓を開け、通りがかりに扉を閉め、一部はベッドのカーテンの間に滑りこんできた風が、このとき手荒く部屋へ戻ってきたのだ。ふいに扉を開け、窓から出てゆくときにガラス戸をわたしの肩にぶつけ、それで今お話ししたようにわたしを驚かせたというわけだ。

わたしがベッドを離れたのは、この風の誘いであったと、覚えておられるだろう。わたしの受けた衝撃は明らかにベッドへ戻れという勧めであり、それに従わねばならないと思った。

このように、夜や空や大気現象と親しい関係にあり、その力を活かす術を知っているのは、間違いなく素晴らしいことだ。ああ！　人間と持たねばならぬ関係は、それより遥かに危険なものだ！　あんなやつらを信じたために、何度わたしは騙されたか！　それについてここにあれこれ註を書いたけれども消してしまった、なぜなら本文全体よりも長くなって、最も小さな冊子だからこそ最も大きな価値を持つわたしの旅行記の適切な均整を歪《ゆが》めてしまいそうだったからだ。

アオスタ市の癩病者

本作品には、ハンセン病（本文中の表記では癩病〔lèpre〕）に対する歴史的な無知や無理解により、今日の観点では差別的に思われる箇所が含まれていますが、当時の時代背景を鑑み、原文に沿った表現で訳しています。

ああ！　考えもしないのだ、陽気で奔放で高慢な、
快楽と力と富に囲まれた者たちは……
ああ！　考えもしないのだ、彼らが踊っているときに……
どれほど多くの者が苦しんでいるか？　……辛酸を舐めて
いることか！　……どれほど多くの者が
あらゆる心痛に打ち震えていることか！

（トムソン『四季』より「冬」）[001]

アオスタ市の南部はほとんど無人境で、かつて賑わっていた様子もない。耕地と草原が見られ、草原の片方の端はローマ人が城郭として築いた古代の塁壁、もう片方の端はいくつか庭園のある城壁となっている。だが、この人里離れた土地は、旅人の興味を惹くだろう。城門の傍には古城の廃墟があり、民俗伝承を信じるならば、十五世紀にルネ・ド・シャラン伯爵が嫉妬に狂って妻のマリー・ド・ブラガンス妃を城の中で餓死させたという。それで土地の者たちは、その城をブラマファン（飢餓の叫びという意味だ）と名づけた[002]。

この逸話は、信憑性《しんぴょうせい》を疑うこともできるが、本当だと信じる感性豊かなひとにとっては、廃屋に興を添えるものだ。

その向こう、数百歩先のところに、古い城壁を背にして、かつて壁を覆っていたのと同じ大理石で造られた四角い塔がある。それは恐怖の塔と呼ばれている、幽霊が棲むと長いこと信じられてきたからだ。アオスタ市の老婆たちは、闇夜に大きな白い女がランプを手に塔から出てくるのを見た、と確かに覚えているのだ。

十五年ほど前、塔は政府の命令により修復されて壁で囲われた、癩病者《らいびょうしゃ》をひとり住まわせ、その悲惨な境遇でも可能なあらゆる娯楽を提供しつつ、社会から隔離するためだ。聖マウリツィオの施療院が世話役となり[003]、癩病者には家具とともに庭を耕すための道具がいくつか与えられた。癩病者は久しく前からそこに独りで住まい、ときどき宗教的な救いを授けに来る司祭と、週ごとに施療院から食糧を持ってくる者の他には、誰とも会わなかった。――一七九七年のアルプス戦役の際、アオスタ市にいた軍人が、ある日たまたま癩病者の庭の近くを通りかかったとき、門が少し開いているのに気づき、入ってみようという気になった。軍人は、質素な服を着た男がひとり、木にもたれて深い瞑想に耽っているのを見つけた。士官の入ってきた物音に、孤独な男は振り返ったり目を向けたりはせず、悲しげな声で叫んだ。「どちら様ですか、わたしに何の御用ですか?」「よそ者をお許しください、あなたの庭がうるわしく見えたもので、無礼をはたらいてしまったかもしれません、しかし邪魔するつもりはないのです」と軍人は答えた。塔の住人は手を振って言った。

「駄目です、進んではいけません、あなたは癩病に冒された不幸な人間の近くにいるのです」「あなたの不幸がどんなものであっても避けはしません、わたしは今まで不幸なひとから逃げたことはないのです。ただ、ここにいると煩わしく思われるようでしたら、すぐに帰りますが」と旅人は答えた。

——すると癩病者は「ようこそ、いらっしゃい」と言って、やにわに向き直った。「いてもよいですよ、わたしを見てもなお留まろうというのであれば」軍人は、癩病によってすっかり醜くなった不幸者の姿に、しばらく驚きと恐ろしさで動けなかった。そして「是非ここにおります、偶然ここに導かれ、しかし確かな好意によって留まっている者の訪問をお許しくださるのであれば」と伝えた。

癩病者　好意から……！　わたしは今まで哀れみしか呼んだことがありません。

軍人　何か慰めを差し上げられたらよいのですが。

癩病者　ひとを見たり、ひとの声を聞いたりするのが、わたしにとっては大きな慰めです、ひとはわたしから逃げようとしますから。

軍人　では、しばしあなたとお話しして、お住まいを拝見してもよろしいですか。

癩病者　是非どうぞ、喜んでいただけるならば（そう言いながら癩病者は大きなソフト帽をかぶり、垂れた縁で顔を隠した）。こちらへ、日の当たるほうへ来てください。わたしは小さな花壇を作っています、その花々がお気に召されるでしょう。かなり珍しいものも見られます。アルプスに自生するあらゆる花の種を集めて栽培し、殖やしたり美しく咲かせたりしようと試みてきました。

軍人　確かに、見たことのない花がたくさんあります。

癩病者　このバラの小さな茂みをご覧ください。棘《とげ》のないバラです、アルプスの高地にしか生えていません。ところが、もうその特徴を失っています、育てて殖やすほど棘が生えてくるのです。

軍人　忘恩のしるしに違いありません。

癩病者　美しいと思われた花があったら、怖がらずに摘んでください、手に取ってもまったく危険はありません。わたしは種を蒔《ま》き、水をやって見守るのを楽しんできましたが、花には一切触れていません。

軍人　どうしてですか？

癩病者　花を穢《けが》すのが怖かったのです、差し上げられなくなってしまいます。

軍人　どなたにあげるのですか？

癩病者　施療院から食糧を持ってきてくださる方々は、その花で花束を作るのを怖がりはしません。たまに街の子どもたちが庭の門口に来ることもあります。そうしたときは、子どもたちを脅かしたり病気にしたりしないよう、すぐに塔へ昇ってしまいます。はしゃぎ回ったり花を取ったりするのを、窓から眺めるのです。帰り際に、わたしを見上げて「こんにちは、癩病者さん」と笑いながら言ってくれるのが、ささやかな喜びです。

軍人　さまざまな植物を沢山ここに集められたのですね。ブドウもあれば、いろいろな果物の樹もあります。

癩病者　まだ若木です、わたしが自分で植えたものですから、ブドウもそうです、あちらの古い壁まで伸びるようにしたのです、壁には幅があって、わたしの小さな散歩道になっています、わたしの好きな場所です……。積石を上がってください、わたしが建築士となって作った階段です。壁を頼りに昇ってください。

軍人　素晴らしい庵だ！　独り者の瞑想に何とうってつけの場所でしょう。

癩病者　わたしもここがとても好きです、ここから田園を眺め、畑の農夫たちを眺めます。草原で起こるすべてのことを見ながら、わたしは誰からも見られないのです。

軍人　何と静かで孤絶した幽居かと感心します。街中にいながら人里離れたように感じるでしょう[004]。

癩病者　孤独とは、いつも深林や岩窟の中にあるわけではないのです。不幸者は、どこにいても独りです。

軍人　どういった経緯で、この幽居に来たのですか？　ここの生まれですか？

癩病者　わたしはオネリア公国〈イタリア北西部、現在のリグーリア州インペリア〉の海辺に生まれました、ここには十五年間しか住んでいません。来歴といっても、長くて代わりばえのしない不幸にすぎませんよ。

軍人　ずっと独りで生きてきたのですか？

癩病者　両親は子どもの頃に亡くしたので覚えていません。妹がひとりいましたが二年前に亡くなりました。友人はいたことがありません。

軍人　不幸な方だ！

癩病者　それが神の思し召しなのです。

軍人　失礼ですが、お名前は何ですか？

癩病者　ああ！　名前なんて恐ろしい！　わたしは癩病者と名乗っています！　わたしが家族から受け継いだ名字も、誕生日に授かった洗礼名も、世のひとは知りません。わたしは癩病者です、これが、誰かの好意に対してわたしが名乗る唯一の肩書なのです。わたしが誰なのか永遠に知られずに済みますように！

軍人　亡くなられた妹さんは一緒に住んでいたのですか？

癩病者　妹は、あなたが今わたしとおられるこの住まいに、五年間わたしと暮らしていました。わたしと同じように不幸で、同じように苦しみ、わたしは妹の苦しみを和らげようとしました。

軍人　これほど深い孤独の中で、今あなたは何を仕事とされているのですか？

癩病者　わたしのように孤独な者のしていることを細々と話しても、社交的な活動に幸せを見出すような世間のひとにとっては、ひどく単調なだけでしょう。

軍人　ああ！　あなたは世間をよく知らないのです、人づきあいでわたしが幸せになったことはありません。

わたしはしばしば進んで孤独を選びます、わたしたちの考えにはあなたの思う以上に似たところがあるでしょう。とはいえ、正直に言うと、永遠の孤独となると怖気づいてしまいます、考えるだに苦しくなります。

癩病者　自らの小房を愛するものは、そこに安寧を見出すだろう。『キリストに倣いて』が教えてくれます[005]。この慰めの言葉が本当であると身をもって知ることから始めるのです。それに、孤独感は労働によっても和らぎます。労働する者がまるきし不幸であることはありません、わたしがその証拠です。夏は庭や花壇を耕すので充分に手一杯ですし、冬は籠や筵を編みます。自分の着るものを拵《こしら》え、施療院からいただいた食糧で毎日自炊し、そうして働いたのちに残った時間は祈っています。ついに一年が流れ、過ぎてしまうと、やはり随分と短かかったように思われるのです。

軍人　あなたには一年が一世紀のように思われるはずでしょう。

癩病者　病苦と心痛は時間を長く感じさせます、けれども年というのは常に同じ速さで過ぎてゆきます。それに、不幸のきわみにあってさえ、普通のひとには分からないひとつの悦びがあるのです、あなたには何とも奇妙に映るでしょうが、それは存在する悦び、息をする悦びです。うるわしい季節には、ひねもす城壁の上で動かずに、風や自然の美しさを味わいます。そのとき、わたしの思考は何もかも漠として揺らいでいます。心の中の悲しみもひと休みして、わたしの心を打ちひしぐのを止めます。あたりの田園や岩壁に目を泳がせると、さまざまな景色が深く記憶に刻まれ、いわばわたし自身の一部となります、それぞれの場所が毎日楽しく顔を合わせる友人なのです。

軍人　わたしも度々そのようなことを経験してきました。悲しみに押し潰され、わたしの心が望むものを人間の心のうちに見出せないとき、自然や無機物の姿が慰めとなります。岩や木に愛着を覚え、森羅万象の被造物が神の授けてくれた友人のように思われます。

癩病者　あなたは、今度はわたしのほうから自分に起こったことを述べる勇気を与えてくださいました。わたしは、人生の伴侶というべき、毎日目にする物たちを、本当に愛しています。それで、夕方になって塔に戻るときは毎日、ルイトール氷河〔アオスタの西、伊仏国境〕やサン＝ベルナール峠〔アオスタの北、伊瑞国境〕の黒い森、レーム峡谷〔アオスタの南、伊仏国境〕の奇峰に別れを告げます。神の力は蟻《あり》一匹の創造のうちにも森羅万象の創造と同じくらい見て取れるものですが、山々の雄大な姿は一層わたしの感覚に神威を認めさせます。万年雪で覆われた巨大な山塊を、宗教的な驚きなしに見ることはできません。ただ、わたしを取り囲む広大な景色の中に、好みの場所、とくに愛している場所が幾つかあります。そのひとつが、シャルヴェンソド山〔アオスタの市街地から川を挟んで南〕の頂高くに見える修道院です。森の中に隔絶され、閑疎な野原の傍で、その修道院は入日の最後の残照を受けています。わたしは一度も行ったことがないけれども、眺めていると不思議な悦びを覚えるのです。日の落ちる頃、庭に座って孤独な修道院を見つめ、そこに想像力を落ち着かせます。修道院はわたしのもののようになりました。かつてもっと幸福だったときそこに住んでいたが、その記憶を失ってしまったのだと、雑然とした追想が教えてくれるかのようなのです。とりわけわたしは、地平線で空と溶けあう遠くの山々に見入るのが好きです。未来と同じく、隔たっているということが希望の感覚を起こさせ、わたしの待ち焦がれる幸福、密かな直観が絶えず可能性を教えてくれる幸福を、ついに味わうことのできる遥か彼方の地があるだろうと、虐げられたわたしの心は信じるのです。

軍人　あなたのように熱い魂をお持ちの方が、自身の運命を受け入れながらも自暴自棄に陥らないためには、たいへんな努力を要したでしょう。

癩病者　わたしが常に自分の運命を甘受していたと思われるのでは、あなたを欺くことになります。さる隠修士たちの至ったような、我欲を捨て去った状態には、まったく達していないのです。あらゆる人間的な愛着を捧げる完全な自己犠牲には、まだ及んでいません。わたしの人生は絶えざる闘いの中にあり、宗教による力強い救済すら、わたしの妄想が迸《ほとばし》るのをいつも抑えられるわけではありません。妄想は、わたしの意に反して、しばしば夢のような欲望の海へと引きずりこみ、そこではすべてがわたしを世間のほうへ、わたしが何も知らない世間、いつも素晴らしい幻想でわたしを思い悩ます世間のほうへと引っぱるのです。

軍人　もしあなたにわたしの心を読ませることができたら、そして世間というものに対して抱いている考えをあなたにお伝えできたら、あなたの欲望や未練は皆たちどころに消えてしまうでしょう。

癩病者　何冊かの本が、人間の邪悪さや、人間性と不可分の災厄について教えてくれましたが、無駄でした。心が信じまいとするのです。真摯で高潔な友人たちの集まりを、健康と若さと財産を兼ね備えて幸福に満ちたお似合いの夫婦を、いつも思い描いてしまいます。わたしのいる木蔭よりも緑濃く瑞々しい森の中を、わたしを照らす太陽よりも輝かしい日差しを浴びて逍遥するのが見える気がして、わたしの境遇が惨めであるだけにいっそう、そのひとたちの境遇が羨ましくなるのです。春のはじめ、ピエモンテからの風がこの谷間に吹くとき、その心躍る暖かさに身を貫かれるように感じて、思わず身震いします。えも言われぬ欲望と、わたしには味わう用意があるのに向こうがわたしを拒絶している大いなる至福に対する複雑な感情を抱きます。

そうしたとき、わたしは部屋を出て、もっと自由に息をしたいと野原を彷徨います。ひとに会いたいと心では熱望しながら、ひとに見られぬように逃げるのです。そして丘の上で、野生の動物さながら藪に身を隠して、アオスタの街に目を向けます。わたしのことなどほとんど知らない幸福な住民たちを遠くから羨望のまなざしで眺めます。呻《うめ》きながら手を伸ばし、幸福の分け前を乞います。白状しましょうか？　激情に駆られて、わたしは森の木々を腕で抱きしめ、どうか木に生命を吹きこんで、わたしに友人を与えてくださいと神に祈ったこともあります！　けれども木は黙っています、冷ややかな樹皮がわたしを押し戻します。わたしの脈打って燃えている心とは大違いです。すっかり疲れ、人生に倦《う》んで、幽居に帰ると、神に苦しみを訴え、祈ることで魂が少し落ち着きます。

軍人　おいたわしい不幸な方よ、あなたは心と体のあらゆる痛みをいちどきに受けておられるのですね？

癩病者　肉体の苦しみのほうが酷いということはありません！

軍人　すると体の痛みは和らぐときもあるのですか？

癩病者　毎月、月のめぐりとともに増したり減ったりします。月が満ちはじめると、だいたい苦しみも増します。それから軽くなってゆき、病気の質が変わったかのようになります。皮膚は乾いて白くなり、ほとんど病苦を感じなくなります。もっとも、病苦の引き起こす恐ろしい不眠さえなければ、いつでも耐えられるのですが。

軍人　何と！　眠りさえあなたを見放すのですか！

癩病者　ああ！　あなた、不眠！　不眠ですよ！　不幸者が、一晩じゅう目を閉じず、恐ろしい境遇と希望のない未来ばかりを考えて過ごす夜の、どれほど長く悲しいことか、あなたには想像できないでしょう。いや！　誰ひとり理解などできません。夜が更けるにつれて、わたしの不安も増してゆきます。夜が明けようかという頃には、どうなってしまうか分からないほど昂奮しています。思考が沸き立ち、そういう悲しいときにしか抱かない異様な感情を覚えます。抗えない力で底なしの深淵に引きずりこまれるようなときもあれば、眼前に黒い斑点を見るときもあります。見つめていると、斑点は稲妻のような速さで行き交い、わたしに迫りながら大きくなり、やがて山となってわたしを重く押しつぶします。またあるときは、周りの地面から雲が湧き立ち、潮の満ちるように、うず高く積もってわたしを呑みこもうとするのを見ます。そうした考えから逃れるために身を起こしたくとも、見えない軛《くびき》に力を奪われて引き止められるように感じます。それは夢なのだと思われるでしょうが、違うのです、わたしは確かに醒めているのです。同じものを休みなく何度も見ます、わたしの他の苦しみのすべてを上回る恐ろしい感覚です。

軍人　そうした酷い不眠のときは熱があるのでしょう、おそらく熱のせいで錯乱しているのです。

癩病者　熱によるものだと思っておられるのですか？　ああ！　あなたの言うとおりであることを願います。わたしは今まで、そうした幻覚が発狂の徴候ではないかと怖れてきました、正直に言うと不安でならないのです。神よ、どうか本当に熱でありますように！

軍人　何とも気の毒に思います。白状しますが、あなたのような情況は考えたこともありませんでした。しかし、もし妹さんが生きておられたら、苦しみもいくらか楽だったはずだと思います。

癩病者　妹を亡くしたことで、わたしが何を失ったか、それは神のみぞ知ることです。――しかし、あなたはそんなにわたしの近くにいて怖くないのですか？　この石にお座りください、わたしはあちらの葉蔭に行きます、互いを見ずにお話ししましょう。

軍人　どうしてですか？　いや、離れないでください、わたしの傍にいてください（そう言いながら旅人は何気なく癩病者の手を取ろうとし、癩病者はさっと手を引っこめた）。

癩病者　不用心な！　わたしの手を摑もうとするとは！

軍人　ええ、喜んで握手するつもりでした。

癩病者　もしそうであったら、そのような僥倖《ぎょうこう》を賜る最初の機会となったのですが。わたしの手は誰にも握られたことがありません。

軍人　何と！　お話しくださった妹さんの他に、あなたは一切の交友を持たなかったのですか、同胞の誰からも愛されたことがないのですか？

癩病者　人類のためには幸いなことです、わたしは現世にいかなる同胞もおりません。

軍人　あなたはわたしを震え上がらせます！

癩病者　お許しください、情け深い異国の方よ！　不幸者は自らの不遇を話したがるものだと、ご存じでしょう。

軍人　話してください、話してください、立派な方！　妹がひとりあって、あなたとともに暮らし、苦しみに耐えるのを助けてくれた、と言っていましたね。

癩病者　それが、わたしをなお他の人間と結びつける唯一の繋がりでした！　神はそれを断ち切り、わたしを世界の中に唯ひとり残すのがよいと思し召されました。いま妹の魂は天国におりますが、それに相応しい魂でした、その模範は妹の死後たびたびわたしを挫こうとする失意に耐えるよう支えてくれます。けれどもわたしたちは、わたしの思い描くような、不幸な友人どうしを結びつける甘美な親しさのうちに暮らしていたのではありません。わたしたちの病の性質は、そのような慰めを奪うものでした。神に祈るために近寄るときでさえ、病に冒された姿によって瞑想を乱されることを怖れて、互いを見ないようにしました、わたしたちは天国でしか目を合わせないのです。祈りを終えると、妹はいつも自室に戻るか庭の端の榛《はしばみ》の蔭に引っこみました、そうしてわたしたちは、ほとんど常に離れて暮らしていたのです。

軍人　しかし、どうしてそのような厳しい制約を自らに課していたのですか？

癩病者　一家全員を蝕《むしば》んだ伝染病に妹も罹って、わたしのところへ隠棲しに来るまで、わたしたちは会ったことがなかったのです。わたしをはじめて見た妹の震駭は甚だしいものでした。妹を苦しめたくなかったし、さらに恐れたのは妹に近づいたせいで病状を悪化させることで、そのためわたしは悲しい生活様式を受け入れざるを得ませんでした。癩病は妹の胸を冒しただけだったので、わたしはまだ幾らか治癒を期待していたのです。放ったらかしになっている格子棚の残骸が見えるでしょう、それは当時わたしが入念に育てていたホップの生垣で、庭をふたつに分けるものでした。両側に小逕を作って、それぞれを歩けば互いを見たり近づきすぎたりすることなく一緒に散歩し会話できるようにしたのです。

軍人　天はあなたがたに残された悲しい楽しみをも台無しにしたかったようですね。

癩病者　ただ、少なくとも当時わたしはひとりではありませんでした。妹の存在は幽居に生気をもたらしました。ひとりでいても妹の足音が聞こえました。明け方、神に祈るために木の下へ来ると、塔の扉がそっと開いて、妹の声が微かに唱和してきました。夕方、庭に水をやっていると、ときどき妹はここを、まさに今あなたとお話ししている場所を、斜陽を浴びながら散歩しました、その影がわたしの花々の上を行き来するのを眺めたものです。姿を見なくとも至るところに存在の痕跡を見出せました。今では、わたしの小逕を歩いても、花びらの散ったあとや通りすがりに落としていった垣根の小枝に出会うことはありません。わたしは独りなのです。周りには動きも生気もありません、妹の好きだった木叢のほうへ行く道もすっかり草に覆われてしまいました。妹は、わたしのことを気にかけていないふうに装いながら、いつもわたしの喜ぶことをしようとしていました。部屋に戻ると、花瓶に生花が挿してあったり、妹の手ずから育てた美しい果物があったりするのを見つけ、驚かされることがありました。わたしは同じことを妹にしてやるのは控え、わたしの部屋に入らないよう頼みさえしました、しかし誰が妹の愛情を制限できるでしょう？　ひとつ話をするだけで、わたしに対する妹の優しさを分かっていただけるでしょう。ある晩わたしは、恐るべき苦痛に苛まれ、部屋を大股で歩き回っていました。真夜中になって、少し休もうと腰を下ろすと、部屋の入口から小さな音が聞こえたのです。近寄って耳を欹てました、そのときの驚きを考えてみてください！　妹が扉の外で神に祈っていたのです。妹はわたしの呻き声を聞いていました。優しい妹は、わたしの心を乱すまいとしながらも、いざというときには助けられるよう近くに来ていたのです。妹が「憐れみたまえ」[006]を囁くのが聞こえました。わたしは扉の傍に跪《ひざまず》き、妹を邪魔しないよう、心の中で輪唱しました。目に涙が溢れました。このような愛情に心打たれない者がいるでしょうか？　妹の祈りが終わったらしき頃、わたしは妹に向けて「さようなら、妹よ、さようなら、もう帰りなさい、わたしは少しよくなったようだ、神がお前を祝福されますように、お前の信心に報いてくださりますように！」と呟きました。妹は静かに立ち去り、その祈りは確かに叶えられました、わたしは何時間か穏やかに眠れたのですから。

軍人　その大切な妹さんが亡くなって間もない日々、どれほど悲しく思われたことでしょう！

癩病者　長い間、自分の不幸の大きさを捉えきれない、ある種の麻痺《まひ》状態にありました。ようやく我に返り、情況を省みられるようになったとき、わたしは理性を失いかけました。わたしにとってその時期はいつまでも二重に苦しいものでしょう、最も大きな不幸と、それに続いて犯しそうになった罪を思い出させるのです。

軍人　罪！　あなたが罪を犯すことのできる方とは思えません。

癩病者　まごうかたなき事実なのです、この生涯の一時期についてお話ししたら甚だ幻滅されるであろうことも重々承知しています、しかしわたしは自分を実際よりもよく見せたくはないし、あなたも罪を咎めつつなお哀れんでくださるでしょう。それまでにも、何度か憂鬱の極まったとき、自ら世を去ろうという考えが浮かんだことはありました。しかし神を畏れて思いとどまっていたのです、ごく単純な、傍目には何も気に病むことでない出来事のために自尽を思い立つまでは。またひとつ悲しみに遭ったのです。何年か前、わたしたちのもとに小さな犬がやってきました。妹は小犬を愛しており、素直にいって、この可哀そうな動物は妹の亡きあと本当にわたしの慰めとなっていました。

　その犬がわたしたちの家へと逃れてきたのは、おそらく不器量だったからでしょう。誰からも嫌われていたのです、しかし癩病者の家にとっては宝でした。このような友を与えてくださった天恵に感謝して、妹が奇蹟と名づけました。その醜容と対照的な名前は、いつも元気なことと並んで、わたしたちの悲しみをしばしば紛らしてくれました。気をつけていても外へ出てゆくことはありましたが、それで誰に害をなすやもしれぬと考えたことはありませんでした。ところが、その犬を怖がり、わたしの病気の菌を運んでくるだろうと信じこんだ市民がおり、意を決して司令官に陳情したため、司令官は直ちに犬を殺すよう命じました。その残酷な指令を実行すべく、すぐさま兵士が住民たちとともに押しかけてきました。わたしの目の前で、犬の首に縄をかけて連れてゆきました。庭の門まで曳《ひ》かれていったとき、もう一度その犬を見ずにはおれませんでした。わたしのほうを振り返って助けを求めていたのです、しかし助けることはできないのでした。ドーラ川に沈めるつもりだったようですが、外で待っていた群衆が石を投げて殺してしまいました。悲鳴を聞いて、わたしは生きた心地がせず塔に戻りました。膝が震えて立っていられず、名状しがたい状態でベッドに倒れこみました。傷心のわたしには、この正当だが酷薄な命令が、無意味で悍ましい嗜虐《しぎゃく》としか思えませんでした。当時の激情を恥じるようになった今でも、やはり冷静には思い返せません。丸一日、極度の昂奮状態にありました。最後に残っていた生きものが奪われたのです、この追い討ちは心のあらゆる傷口を再び開くものでした。

これが、まさにその日の夕方、ここへ来て今あなたの座っておられる石に腰掛けていたときの、わたしの情況でした。しばらく自分の悲しい運命について思いめぐらしていると、あちらの垣根の端にある二本の樺のほうに、結婚したばかりの若い夫婦の姿が見えました。小逕の道なりに草地を横切って進み、わたしの傍を通り過ぎました。確かな幸福のもたらす甘美な落ち着きが、ふたりの美しい顔に刻まれていました。そろそろと歩き、腕を組んでいました。はたと立ち止まるのが見えました。うら若い妻が、夫の胸に頭を凭《もた》せ、熱く抱きとめられていました。わたしは心が締めつけられました。白状しましょうか？　はじめて心のうちに嫉妬が滑りこんできたのです。幸福というものの姿を、これほど強く見せつけられたことはありませんでした。ふたりを野原の端まで目で追っていると、木々に紛れて消えようかというとき、歓喜の叫びが耳を打ちました。迎えに来た家族たちと一緒になったところでした。年寄たち、女性たち、子どもたちが、ふたりを囲んでいました。楽しげな喧騒が聞こえました。木々の間から服の輝く色が見え、集まり全体が幸福の雲に包まれているようでした。わたしはその光景に耐えられませんでした。心のうちに地獄の苦しみが入ってきたのです。目を逸らして自室に駆けこみました。神よ！　その部屋の何と寂しく暗く恐ろしく見えたことか！　わたしは自分に向かって言いました。「つまりはここが、永久に定められたわたしの住処なのか！　惨めな暮らしに耐えながら、引き延ばされた人生の終わりを待つ場所なのか！　永遠なる神は幸福を撒き散らされ、生きとし生けるもの皆の上に溢れるほど降らせられた、それでわたしは、わたしだけは！　救いもなく、友人もなく、伴侶もいない……。何と恐ろしい運命か！」

　こうした悲痛な考えで一杯になって、わたしは慰め主の存在を忘れ、自分自身をも忘れていました。こう息巻いたのです。「どうしてわたしは生を受けたのか？　どうして自然はわたしにだけ不公平で邪険なのか？　勘当された子のように、わたしの眼前には人類という家族の豊かな財産がありながら、狭量な天がわたしの取分を認めてくれない」ついにわたしは激昂して叫びました。「いや、違う、お前のための幸せなど地上にありはしない、死ね、不幸者よ、死ね！　お前は存在することで長々と地上を穢しすぎた、大地がお前を生きたまま呑みこんで、忌まわしい存在を跡形もなく消し去りますように！」常軌を逸した怒りがどんどん募ってくると、自殺願望がわたしを捉え、あらゆる考えを固まらせました。ついに、この幽居に火を放ち、少しでもわたしを思い出させるものは一切合切わたしとともにここで焼滅させようと決心しました。いきり立ち、憤然として、野に出ました。しばらく家の周りの暗がりをうろついていました。押し潰された胸から思わず呻きが洩《も》れ、夜の静けさの中でわたし自身を怯えさせました。怒りに満ちたまま、「お前に不幸あれ、癩病者！　不幸あれ！」と叫びながら、館に戻りました。あらゆるものがわたしの死に手を貸さねばならないかのように、ブラマファン城の廃墟の真ん中から、はっきりと「不幸あれ！」という反響を聞きました。恐怖に駆られて塔の戸口で立ち竦《すく》むと、山からの微かな谺《こだま》がいつまでも「不幸あれ！」と繰り返していました。

ランプを手に取り、わが家に火をつけようと意を固め、乾いた柴や薪《たきぎ》を持って一番下の部屋に降りました。そこは妹の住んでいた部屋で、亡くなってからは入っていませんでした。肱掛椅子が、最後に妹を連れ出したときのままになっていました。妹の面紗や衣服が部屋に散らばっているのを見て慄きました、部屋から出るときに妹の発した最後の言葉が、はっきりと心に浮かんだのです。「わたしは死ぬからといってあなたを見捨てるのではありません、あなたの苦しいときにはいつも共にいることを覚えていてください」ランプを机に置くと、妹がよく首に着けていた十字架の紐が見えました、妹が自ら聖書のあるページに挟んだのです。それを見て、聖なる畏れに後じさりしました。わたしの飛びこもうとしていた奈落の深さが、啓かれた目に忽然《こつぜん》と映し出されたのです。震えながら聖書に近づき、叫びました。「これだ、これだ、妹がわたしに約束した救いというのは！」聖書から十字架を取り出すと、封をされた書置が目に留まりました、親切な妹がわたしのために遺してくれたのです。そのときまで苦しみに堰《せ》きとめられていた涙が、滂沱《ぼうだ》のごとく流れ落ちました。陰鬱な計画は瞬く間にすべて消え失せました。その大切な手紙を読むことができるようになるまで長いこと胸に押し当てていましたが、神の許しを請うために跪いて、手紙を開き、わたしの心にいつまでも刻まれるであろう言葉を咽《むせ》び泣きながら読んだのです。「お兄さま、わたしは間もなくあなたの許を去ります、しかしあなたを見捨てるのではありません。わたしは天に昇りたいと願っています、天からあなたを見守ることでしょう。わたしは神に、わたしたちをあの世で再会させてくださるまでの間、諦念を抱きながら人生を耐え忍ぶ勇気をあなたに与えてくださるよう祈ります。再会の暁には、ありったけの愛情をあなたにお示しできるでしょう。わたしがあなたに近づくのを妨げたり、わたしたちを引き離したりするものは、何もないでしょう。わたしがずっと着けていた小さな十字架をあなたに遺します。この十字架は苦しいときに何度もわたしを慰めてくれました、わたしが涙を見せた唯一の存在でした。どうか十字架を見たら思い出してください、わたしが最後に願うのは、あなたが生きているときも死ぬときも善きキリスト教徒であることなのです」いとしい手紙！　けっしてわたしを見捨てないでしょう。わたしは墓の中まで手紙を持ってゆくでしょう。わたしが罪を犯して永遠に閉ざすところだった天への扉を開いてくれるのは、この手紙なのです。読み終わると、今しがた経験してきた一連の出来事にすっかり疲れ、気絶しそうに思われました。視界に雲が広がり、しばらく不幸の記憶も存在の感覚も失っていました。我に返ったのは夜も更けた頃でした。思考が晴れてくるにつれて、えもいわれぬ穏やかな気持ちになりました。一晩のうちに起こったことのすべてが夢のように思われました。わたしは真っ先に天を見上げました、最も大きな不幸から守ってくださったことに感謝するためです。天穹がこれほど澄んで美しく見えたことはありませんでした。窓の正面に星がひとつ輝いていました。しばし言いようのない喜びとともに見つめていました、神がわたしになお星を見る喜びを与えてくださったことに感謝し、星の光の一筋がやはり癩病者の哀れな小房に向けられたものだと思うと密かな慰めを覚えました。

　わたしはいっそう心静かに自室へ昇りました。夜の残りはヨブ記[007]を読むことにしました、ヨブ記によって魂にもたらされた聖なる昂揚は、わたしの憑かれていた暗い考えをすべて消し去ってくれました。妹の生きていたときには、そんな恐ろしい時間を過ごしたことはありませんでした。妹が傍にいると知るだけで落ち着きが増したのです、妹のわたしに対する愛情を考えるだけで自らを慰め勇気づけるには充分なのです。

　情け深い異国の方よ！　神があなたを独りで生きさせることなど断じてありませんように！　わが妹、わたしの伴侶はもういません、しかし天はわたしに勇ましく人生に耐える力を下さるでしょう、そう願っています、心から天に祈っているのですから。

軍人　妹さんは亡くなったとき何歳だったのですか？

癩病者　ようやく二十五歳になったところでした。しかし苦しみのために年齢よりも老けて見えました。妹を奪っていった病、顔だちを変えていた病にもかかわらず、ぞっとする蒼白さで顔色を失ってさえいなければ、妹はまだ美しかったのです。生きた死体といった様相で、見るたびに嘆かずにはおれませんでした。

軍人　とても若くして亡くなられたのですね。

癩病者　か弱い体質のため、押し寄せる病に耐えられなかったのです。妹の死が避けがたいことは少し前から察していました、わたしでさえ妹の死を願うほど悲惨な境遇にありました。日ごとに弱り衰えてゆくのを見て、妹の苦しみの終わりが近づいていることを、不吉な喜びとともに認めていました。すでに一カ月前から衰弱が進んでいました。度重なる失神が刻々と生命を脅かしていました。ある晩（八月のはじめごろのことです）あまりにぐったりしているのを見て、わたしは傍を離れまいと思いました。妹は肱掛椅子に座っていました、数日前からベッドでは辛くなっていたのです。わたしも隣に座って、真っ暗闇の中、一緒に最後の会話をしました。涙がとめどなく零れました、恐ろしい予感に心を乱されていたのです。妹は言いました。「どうして泣くのですか？　何故そんなに悲しむのですか？　わたしは死ぬからといってあなたを去るのではありません、あなたの苦しいときにはいつも共にあるでしょう」

しばらくして、妹はわたしに、塔の外に連れ出してもらいたい、慣れ親しんだ榛の植込で祈りたい、と頼みました。夏の大半を過ごした場所だったのです。「空を見て死にたい」と言うのです。しかしわたしは、その時が迫っていることを信じませんでした。抱え起こそうと腕を回すと、妹は「支えてくださるだけで結構です、まだ歩く力くらいはあるでしょう」と言いました。そろそろと榛まで連れて行き、妹の集めていた枯葉を座布団にしてやり、夜の湿気に当てられないよう薄布を羽織らせて、傍に座りました。しかし妹は、最期の瞑想に際して独りになることを望みました。わたしは妹の見えなくならないところまで離れました。ときおり薄布が持ち上げられ、白い手が天に伸ばされるのを見ました。植込に近づくと、妹は水を欲しがりました。妹の杯に水を汲んで持ってゆくと、唇を濡らしましたが、もう飲むことはできませんでした。顔を背けながら、「いよいよと思います、間もなく渇きは永遠に治まるでしょう。わたしを支えてください、お兄さま、あなたの妹の、望んでいたけれども恐ろしい往生を、助けてください。どうか支えてください、臨終の祈りを唱えてください」と言いました。これが、妹からわたしへの最後の言葉でした。わたしは妹の頭を胸に凭せ、臨終の祈りを唱えました。「永遠へと渡りたまえ！　いとしい妹よ、今生《こんじょう》から解き放たれ、わたしの腕に亡骸《なきがら》を残して行きたまえ！」こうして三時間わたしは最期の闘いを遂げる妹を支えていました。

とうとう妹は静かに息を引き取り、その魂は苦もなく地上を去りました。

この話を終えると、癩病者は手で顔を覆った。旅人は苦しみに声を失っていた。しばし沈黙ののち、癩病者が立ち上がった。「異国の方よ、もし哀傷や失意に襲われるときがあったら、アオスタ市の隠者のことを思ってください、あなたがかつてそのひとを訪ねたのは無駄ではなかったでしょう」

ふたりは一緒に庭の門のほうへ歩いて行った。外へ出ようというとき、軍人は右手に手袋を嵌め、癩病者に言った。「あなたは誰の手も握ったことがないのでした、どうかわたしの手を握ってください、これはあなたの運命に深く惹かれた者の手です」癩病者は空恐ろしさを感じて何歩か後じさり、目と手を天に向けて叫んだ。「慈しみの神よ、どうかこの情け深い方を祝福で満たしてください！」

旅人は続けて言った。「では別の温情をお願いします。わたしはもう発ちます、久しく再会できないでしょう。必要な注意を払いつつ、ときどき手紙をやりとりできませんか？　そうした文通はあなたの気を紛らせ、わたしにも大きな喜びとなるでしょう」癩病者は少し考えこんだが、ついに言い渡した。「わたしが偽りの希望を抱こうとして何になるでしょう？　わたしは自分自身としかつき合ってはならず、神のほかに友を持ってはならないのです。神の許で再会しましょう。さようなら、心の広い異国の方よ、お幸せに……。さようなら、永遠に！」旅人は立ち去った。癩病者は門を閉め、閂《かんぬき》をかけた。

註

部屋をめぐる旅

001——初版では以下のようなエピグラフがついている。

「多くの碩学の本に曰く
　世界を駆け回りすぎると損をするという
　　　　　グレッセ」

出典はジャン＝バティスト＝ルイ・グレッセ『ヴェルヴェル あるいはヌヴェール聖母訪問会のオウムの旅』の第一歌で、このあと「それでよくなることはきわめて稀で／放浪の境遇は過ちに至るのみである」と続く。「転石苔むさず」といった意味でよく引かれる箇所。

002——ジュルダンのこと。モリエール『町人貴族』第三幕第三場で、ジュルダンは自分をからかった女中のニコル相手に剣術の真似事をする。

003——ジョヴァンニ・バティスタ・ベッカリーア（Giovanni Battista Beccaria 一七一六－八一）、トリノ大学で物理学教授を務め、またサルデーニャ国王カルロ・エマヌエーレ三世の命により子午線の測定を行なった。北緯四十五度はトリノの緯度。

004——初版では「わたしのものぐさ」。

005——初版では「いかに怠惰の不都合を研究しつくした弁舌も」。

006——シャルル・ルブラン（Charles Le Brun 一六一九－九〇）、ルイ十四世の寵を受けた十七世紀フランスの宮廷画家。王立絵画彫刻アカデミーを設立し、そこで「情念を描く方法について」という講義を行なった。

007——かつてはUの文字が存在せず、現在でいうUもVと書いていたので、区別するため「子音のV」ということがある。

008——マグネティスムはメスメルの提唱した説。宇宙には目に見えない物理的な流体が充満しており、そのうち体内を流れるものを動物磁気という。この流れの乱れが心身の不調であり、手かざしなどによって患者の動物磁気を整えることで治療できると考えた。マルティニスムはマルチネス・ド・パスカリによって創始され弟子のサン・マルタンによって広められた密教的キリスト教神秘主義。堕落して神と分かたれた人間が、類縁性や象徴関係を読み解くことで万物の間に存在する照応を知覚し、原初の調和を取り戻すという再統合を目指す。どちらも十八世紀ヨーロッパで流行し、兄のジョセフが若いころ傾倒していたので、それへの当てこすりと思われる。いずれにせよ、人間と人間以外のものとの間に目に見えないつながりが存在するという考えの例として挙げたのだろう。

009——シチリア島にあるエトナ山の火口のこと。古代ギリシアの哲学者エンペドクレスは、自身が神々に並ぶものと証明すべくエトナ山の火口に身を投げて死んだという説がある。

010——ゲーテ『若きウェルテルの悩み』の大詰となる場面。自殺を決意したウェルテルは、旅に出るから護身用にピストルを借りたいと言伝してアルベルトに使いを送る。アルベルトの妻で、かつてウェルテルが思いを寄せていたシャルロッテは、事情を察するも夫の隣でどうすることもできず、ピストルを拭いて使いの者に渡す。アルベルトは、旅に出るというウェルテルの道中無事を祈ると使いの者に言っている。

011——〔原註——ウェルテルの物語の、八月十二日付の第二十八の手紙を見よ〔この手紙は「確かに、アルベルトは地上で一番素晴らしい人物だ」と始まる。アルベルトは勤勉かつ善良と評判で、ウェルテルとしても自分より遥かに優れた好人物であるのは認めざるを得ないが、理知的で隙のないところが冷淡に感じられて好きになれない。世評に反して自分は「確かに」と思えないということ〕。〕

012——グザヴィエの一歳上の姉、ジャンヌ＝バティストのこと。グザヴィエには（幼くして亡くなった者を除いて）姉が四人、妹が一人いた。

013——ダンテ『地獄篇』第三十三歌。

014——ルイ・ダサス（Louis d'Assas 一七三三－六〇）、七年戦争でオーヴェルニュ連隊長を務めていたが夜間哨戒中に襲われて戦死した。

015——この《アルプスの羊飼い》は、有名なクロード＝ジョゼフ・ヴェルネによる同名の作品ではなく、グザヴィエ自身の描いた絵とみられる。

016——一七九三年夏にバルム峠やプチ・サン＝ベルナール峠で行なわれた、サルデーニャ王国の対フランス防衛戦のことと思われる。

017——ローレンス・スターン『トリストラム・シャンディ』の登場人物。トリストラム・シャンディの叔父（父の弟）にあたる。

018——どちらも十八世紀後半のオペラ作曲家。

019——ラファエロ《ラ・フォルナリーナ》。

020——ラファエロは恋人との情事が過ぎて死んだという説がある。

021——初版ではこのあと以下のように続くが、のちの版では削除されている。

「たとえば、もしわたしの精神が、そこでさっさと議論を打ち切らなかったら、——もし他者にこの美しいローマ女のふくよかで気品あふれる姿を好きなだけ眺めさせていたら、知性は哀れなほどに主導権を失ってしまっただろう。
もしこの危機的情況で、突然かの幸せなピュグマリオンと同じ特権が手に入ったら〔現実の女性に失望していたピュグマリオンは、ガラテアという理想の女性像を作り、女神アプロディテに祈ったところ、その彫像に命が吹きこまれた。ここでは絵に描かれた女性が現実の人間となることを言っているのだろう〕、――才能に免じて奇矯も許されたラファエロのような天性の煌めきなど微塵もないけれども、わたしは――そう、わたしは彼と同じように死んだってよいのだ。」

022――アペレスは古代ギリシア最高の画家とされる。したがって「アペレスの藝術」とは絵画のこと。

023――グザヴィエは謝肉祭（カルナヴァル）の前日に決闘騒ぎを起こして軟禁刑となった。四旬節は早春の四十日間の斎戒期間で、その前に謝肉祭、後に復活祭を盛大に祝う。キリスト教では四十という数字が忍耐や待機の期間を意味する。

024――ルイージ・マルケージ、ミラノ出身のオペラ歌手、カストラート。

025――〔原註――――『部屋をめぐる旅』の時代に流行っていた服飾屋。〕

026――ラシーヌ『アタリー』第二幕第五場。

027――〔原註――――この章は一七九四年に書かれたと分かる。読んでいれば、この作品が放っておかれたのちに書き直されていることは、容易に分かる。〕

028――〔原註――――作者は約束を守らなかった。もし同じ題の何かが著されたとしても、『部屋をめぐる旅』の作者はそれとは何の関係もない。〕

029――〔原註――――裾上げのことを冗談でいうお国ことば〔原文は、現在でいうペプラムを指すbaste(＝basque)という単語。カラコの裾をペプラムにして、腰つきを目立たせる〕。〕

030――この時代、小説は詩歌よりも低俗とされていたため、あえて強調している。

031――リチャードソン『クラリッサ』。

032――ゲーテ『若きウェルテルの悩み』。

033――アベ・プレヴォ『イギリスの哲学者、あるいはクロムウェルの私生児クリーヴランド氏の物語』。

034――アイリアノス『ギリシア奇談集』に、ピレウスの港に入ってくる船はすべて自分のものだと妄想するトラシュロスの逸話がある。

035――ふたつは同じ河を指す。ホメロスによれば、神々はクサントスと呼び、人間はスカマンドロスと呼ぶとされる。

036――ミルトンのこと。アルビオンはグレートブリテン島の古名。ミルトンは失明したのちに『失楽園』を書いた。

037――ミルトンは、清教徒革命から共和政を経て王政復古に至る、イギリス史のうちでも多難な時代を生き、共和政の挫折を目の当たりにして、人間の意志と神の摂理をめぐる思索から『失楽園』制作へと向かった。これをグザヴィエは当時のフランス革命と重ねているか。

038——これはグザヴィエの記憶違いで、ミルトン『失楽園』第二巻では、大軍を覆えるほど大きいのはサタンの翼ではなく地獄の門扉である。

039——グザヴィエの父フランソワ＝グザヴィエ・メーストルは、フランス革命の起こる直前、一七八九年一月十六日に亡くなっている。

040——アメリカ独立戦争で、独立を求める勢力（フランスはそちらを支援した）がイギリスからinsurgentと呼ばれており、この英単語がフランス語に借用された。

041——初版ではここに以下のような一節があるが、のちの版では削除されている。

「それに、同期兵の中には、制服を着飾ったために、自分を士官だと固く信じこむ者が、どれほどいることか、——思いがけない敵の出現でようやく目を覚ますのだ。——さらには、彼らのうちのひとりが、服に何か刺繍をつけてもよいという王の許しを得ようものなら、もう将軍になったつもりでいるし、また兵士も皆、嗤いもせずに、将軍と呼ぶ、——それほど服は人間の想像力に強く働きかける。次の例は、わたしの主張をさらによく証明するだろう。」

042——〔原註——この章が書かれたときにトリノでよく知られていた医者。〕

043——エウセビオ・ヴァリ（Eusebio Valli 一七五五－一八一六）、生体電気やワクチンの研究を行なった。

044——ルイ＝アントワーヌ・カラッチョリ（Louis-Antoine Caraccioli 一七一九－一八〇三）、十八世紀フランスの文人。

045——ジョヴァンニ＝フランチェスコ・チーニャ（Giovanni-Francesco Cigna 一七三四－九〇）、トリノ大学の解剖学教授、医学博士、物理学者。トリノ科学アカデミーの前身であるトリノ科学協会を設立した。

046——初版では「一介の中尉にしては上出来である」。

047——〔原註——サルデーニャ王国の制度ではよく知られた肩書であり、まったく局地的な冗談である〔侍医のうちで、あるいは街で最も位の高い医師を、こう呼んでいたようだ〕。〕

048——初版では「気を逸らそうと」。

049——初版では「哀れな動物よ！　用心せよ。」

部屋をめぐる夜の遠征

001——原文では「五階」だが、ヨーロッパでは地上階をゼロ階とするので、日本とはひとつずつ階数がずれる。

002――〔原註――部屋はトリノの城塞にあり、新たな旅はそこがオーストリア・ロシアによって占領された少し後に企画された〔トリノは一七九八年フランスに占領されたが、一七九九年五月二十六日スヴォーロフ率いるオーストリア・ロシア軍によって第二次対仏大同盟の側に奪還された。ここでサルデーニャ王国は立て直しを図るが、翌一八〇〇年マレンゴの戦いにより再びフランス領となる〕。〕

003――かつて七つ見えていた昴（プレアデス星団）が、いつしか六つしか見えなくなった、という伝承は、ギリシア神話も含め世界各地で見られる。

004――〔原註――作者不詳『部屋をめぐる第二の旅』、第一章〔このような題の模倣本が出たらしい〕。〕

005――〔原註――一七〇六年、ヴィットーリオ・アメデーオ二世が聖母マリアに、トリノを包囲するフランスの撤退を祈願し、その成就を記念して建てられた荘厳な教会が、スペルガ聖堂である。サヴォイア王家の霊廟となっている。〕

006――この台詞は原文イタリア語。

007――フランツ・ヨーゼフ・ガル（Franz Joseph Gall　一七五八－一八二八）、脳の各機能をつかさどる部位の大きさを頭蓋骨の形から知ることで本人の性格や能力が分かるという骨相学の創始者。

008――〔原註――のちに作者は、あまりに小説的になりすぎた『ピネローロの囚われ女』の出版を完全に諦めたようだ〔『部屋をめぐる旅』第二十四章も参照のこと。ピネローロの囚人というと鉄仮面の男が有名だが、グザヴィエは囚われ女としているので別の人物のことか〕。〕

009――スカパンもジョクリスも喜劇の登場人物。スカパンは狡猾、ジョクリスは鈍間。

010――ジナイーダ・ヴォルコンスカヤ（Зинаида Волконская　一七八九－一八六二）、モスクワでサロンを主催していた公爵夫人。美しい歌声で有名だった。

011――のちに妻となるソフィー・ザグリアツカのこと。第二十九章、第三十六章にも登場する。

012――ウェルギニアを奪おうとしたアッピウス・クラウディウスのこと。アッピウスは、すでに許婚のいたウェルギニアを強引な裁判によって娶ろうとし、ウェルギニウスは娘の貞操を守るために娘を殺したあと叛乱を起こして十人委員会を解散させた。

013――アンジェロ・マーイ（Angelo Mai　一七八二－一八五四）のこと。はじめミラノのアンブロジアーナ図書館、のちバチカン図書館で写本研究を行なった。パリンプセストと呼ばれる上書きされた羊皮紙から、化学薬品を使って元の文字を復元することで、多くの文献を発見した。

014——スキピオ家の墓はアッピア街道沿いにあるとされていたが、正確な場所は長らく不明で、一七八〇年に発見されたばかりだった。

015——「サビニの女たちの掠奪」は古代ローマの伝説。ローマが建国されたとき、女性が少なかったので、子孫を残すためサビニの未婚女性を攫っていった。

016——この章は一八二五年版にはなく、以下ひとつずつ章番号がずれて全三十八章となっている。

017——『人間嫌い』第五幕第四場。

018——［原註——『愚か者の幸福について』一七八二〔考えすぎない人間のほうが幸せだという話〕。］

019——［原註——作者は、生地サヴォワがフランスに併合されたとき、ピエモンテで従軍していた。］

020——シャトーブリアンのこと。

021——サラミスの海戦のこと。

022——風によって鳴る琴のこと。エオリアン・ハープ。

023——スペインの民謡か、それを基にしたマラン・マレの曲。フォリアは三拍子の舞曲。

アオスタ市の癩病者

001——エピグラフは英語で掲載されている。

002——ルネ・ド・シャラン（René de Challant 一五〇二－六五）はサヴォイア家に仕えた軍人・外交官で、生涯に四度結婚したが、最初の妻は愛人と駆け落ちし、そのあと三人の妻とはいずれも死別した。こうしたことが混ざった伝承と思われる。したがって十六世紀の出来事であり、グザヴィエが挙げているのは二番目の妻メンシア・デ・ブラガンサのことか。

003——一七七三年に聖マウリツィオ騎士団がこの塔を買い受け、アオスタの施療院に供した。

004——この塔があるのはアオスタの街はずれだが、とはいえ街の中である。表題に「アオスタ市」とあるのは、アオスタ渓谷（ヴァッレ・ダオスタ）と区別するため。

005——第一巻第二十章「孤独と沈黙を愛すべきこと」。

006——聖歌「ミゼレーレ」、詩篇第五十一篇を歌にしたもの。

007——義人ヨブが罪もなく受ける試練のひとつに、重い皮膚病がある。無辜の者の苦しみは、ジョゼフ・ド・メーストル『サンクトペテルブルク夜話』でも主題となっている。

サント＝ブーヴ「グザヴィエ・ド・メーストル伯爵略伝」★01

これまで、このフランスの作家たちというシリーズでは、フランス生まれでない作家をひとりならず紹介し、未知の名前に長い讃辞が捧げられているというので読者を驚かせることがあった。その点、少なくともこの人物は充分に知られているから、読み始めるのに用心は無用だ。グザヴィエ・ド・メーストル伯爵は、この冬はじめてパリを訪れるまで、一度も来たことがなかった。かろうじてフランスの片隅をかすめたことがあるだけだった、というのは一八二五年ごろ、ロシアから故郷サヴォワへ戻る際に、ストラスブールからジュネーヴへ行く途中で、ブザンソンを通ったのだ。そのあと長年ナポリで暮らしていたとき、その太陽と忘却の地では、自分がフランスで最もよく知られ愛読される作家のひとりになっているとは、思ってもいなかった。真の文学的祖国に到着したとき、知名度の大きさに、驚きも大きかった。自分は異邦人だと思っていたのに、誰もが『シベリアの少女』や『アオスタ市の癩病者』について、旧知のように話しかけてきたのだ。

これほどの人気は、華々しい兄の名声が、好対照となって彼を浮き立たせたことも、大きな要因だろう（こう言われるのを彼も喜ぶだろう）。輝かしい兄の雄弁な逆説、煌めく文彩、堂々たる呪《じゅ》詛《そ》は、この傑出した人物の周りに多くの心酔者と敵対者を集め、熱狂と驚嘆と憤慨で一波乱まき起こし、人目を惹いたので、すぐ横の、ときに苛烈でもある太陽の焼けつくような日射から休ませてくれる穏やかで慎ましい星も、いつの間にか僥倖を得ていた。ふたつの光にはたいそう差があって、姿もまったく異なるが、強いほうが弱いほうを消すことはなく、むしろ目立たせるばかりなのだ。幸福なる信服の生涯！　グザヴィエ伯爵の文学的資質は全てジョゼフ伯爵の影響下にあった。徒然に書いて、兄に草稿を渡し、預けたきりにして、よかれと思うとおりの計らいに任せたのだ。はなから信用して兄の裁定や検閲に従い、ある日気づくと、兄の横で、控え目ながらも兄とはまったく別の栄光を得ていた、すると今度はその栄光が偉大な兄にも及び、弟の魅力を幾らか兄に伝え渡すことで、まばゆい厳しさを和らげているようだった（何という恩返し！）。大作家や、それに限らず全ての名士、あるいは単に当代流行の有名人であれ、自分より優れた人物の弟となると、えてして難しい立ち回りを迫られる。ミラボー子爵〔アンドレ・ミラボー、革命期に雄弁で鳴らしたオノレ・ミラボー伯爵の弟〕、儀礼なしのセギュー

★01――〔原註――このグザヴィエ・ド・メーストル伯爵についての研究は、グザヴィエ伯爵のたった一度きりのパリ旅行の際に、サント＝ブーヴ氏によって一八三九年に書かれたものである。『現代作家たちの肖像』の著者は、多感な人柄と愉快な才能の様相を、すれ違いざまに大急ぎで捉えた。これは、ありのままの素描なのだ。〕

[★02]ル、クィントゥス・キケロ〔マルクス・キケロの弟〕、小コルネイユ〔トマ・コルネイユ、ピエール・コルネイユの末弟〕。いつでも頭だけで困難にけりをつけられるわけではない。最も簡単なのは、心が混ざり合うことだ。一年ほど前に亡くなったフレデリック・キュヴィエは、墓石にフレデリック・キュヴィエ、ジョルジュの弟とだけ銘ずるよう頼んでいた。グザヴィエ伯爵も、兄への尊敬から、喜んで同じように言うだろう。ただしグザヴィエの場合、役を演じたり、面倒だと思ったりしたことはなかった。自分の傍に立派な心の拠りどころがあるのを心地よく感じていた。むしろ文豪の弟のうちでは最も上手くやった、素朴さや感受性や親しみやすさを持ち味としたのだ。[★03]

　才能を宣告された特別な資質とされるもののうちには、当然ながら、一般的な素地も、自身の生地による気質も、欠けることはない。優れたフランスの作家として、ジュネーヴがジャン＝ジャック〔・ルソー〕を、ローザンヌがバンジャマン・コンスタンを、そしてサヴォワがメーストル兄弟を輩出したことが分かるだろう、とくにメーストル兄弟は、サヴォワを離れてからもフランス以外の地でのみ暮らした。実際サヴォワは、古来の起源によって、フランス文学圏に深く属している。隅に追いやられ、辺境で忘れられていても、成り立ちは同じなのだ。中世、騎士道の時代、連綿たる勇ましい伯爵たちの下、君主旧家の幹は華やかに栄えたが、文学的痕跡は明確でなく、より詳しい調査が俟たれる。才人フロワサールが君主の気前よさをたいそう喜んでいた時代だ。

サヴォイア伯アメデーオ★04は
立派な上衣〔コタルディ〕を下さった
二十フィオリーノ金貨に相当するものだ
わたしは今でもよく覚えている

しかし、そこまで遡らずとも、もっと近い時代、厳密な意味でフランス語がロマンス語から完全に分かれたと確かに言える時代、十六世紀の初め以降だけでも、幾つか突出した点を見出せる。フランス語で印刷された最初期の本（聖史劇や騎士道物語など）のうちには、シャンベリで作られたものが数多く存在する。ルイ十二世の伝記作家であり倦むことのない翻訳家であったトリノの大司教クロード・ド・セセルを見つけられる、彼はサヴォワのエクス生まれだ。文体においてセセルより

★02――〔原註――セギュール子爵は、ナポレオンの下で儀典長を務めていた兄と区別するため、いくらか皮肉もこめて、友人への手紙に自ら儀礼なしのセギュールと書いている。〕

★03――〔原註――こうした悌順な弟として最も古いのは、間違いなくメネラオスである。「メネラオスが立ち止まって動こうとしないとき、それは怠惰や無思慮のためではなく、わたしを見つめて待っているのだ（『イーリアス』第十歌第百二十三行）」とアガムメノンは言っている。〕

★04――〔原註――一三六八年当時のサヴォイア伯はアメデーオ六世。〕

もむしろアミヨを受け継いだ素晴らしい作家フランソワ・ド・サール（イタリア語ではフランシスコ・サレジオ）は、その名の城に生まれ、アヌシーに住んだ。友人で、著名な法律家で、アカデミー会員ヴォージュラの父でもある元老院議長アントワーヌ・ファーヴルとともに、ちょうどアカデミー・フランセーズの三十年前、アカデミー・フロリモンタンという学会を設立し、神学や科学、もちろん文学からも代表者を集めた。親しかったオノレ・デュルフェも加わった。★05 おそらくこの愛すべき聖人の選択によって（それには彼が適役だからだ）、花と実をつけたオレンジの木を陽気な紋章とし、通年の花と実という標語をつけた。しかしアルプスから風が吹きおろし、オレンジの木はほとんど花をつけず、すぐに枯れてしまった。とはいえ、その着想だけでも、先立って存在した文化的基盤が、はっきりと示されている。ヴォージュラは正確で洗練されたフランス文法学者の第一人者で、サヴォワからフランスに来た。サン＝レアルもまたサヴォワから来てサヴォワに帰った簡明な作家で、また幾らか深遠な文体ということではモンテスキューの先駆者でもある。こうした文学的に顕著な継承が長く途絶えたことはなく、デュシ（シェイクスピアをフランス語に翻案した劇作家。アカデミー・フランセーズ席次三十三（ヴォルテールの後任））がヴェルサイユの最上段からアロブロージュ（サヴォワの古名）の血を誇っているとき、山の向こうからジョゼフ・ド・メーストルの声が響いてきたのだ。★06

　グザヴィエ伯爵についていえば、天性が全てを決めていた。文体の研鑽は些細なことだった。フランスの優れた作家たちを読んでいたが、外国人作家という立場の難しさを気にしたことはほとんどなかった。期せずして上品で繊細で心打つ物語作家となった。どこであれオリーヴやオレンジの挿穂を慎ましく守り育てる術を知っていたのだ、それらが珍しい灌木《かんぼく》だとは考えてもいなかった。

幸せな、羨むべき男だ、そのアッティカの灌木は、ルテチア〔パリの古名〕の泥の肥やしを一度も必要とせずに、花開いたのだ！　フランスから遠く離れて、サヴォワで、ロシアで、ナポリの空の下で、わざと自身をフランスに見せ惜しみしているかのようだった、それが七十六歳にならんとするときのごく短かい来訪でわれわれの前に現われた、自身の著作と最も精神的に似た人物、その著作から窺えるのは、おそらく今日では唯一、心から自身の過去にそっくりで忠実な、素朴で、驚きやすく、からかい好きで、にこやかな、そして何より善良で、恩に篤《あつ》く、最も若々しいときのように感受性豊かで涙もろい、意図せず著者となっただけにいっそう彼の著作と似ている著者である。

彼は一七六三年十月にシャンベリで貴族の大家族に生まれた。われわれの知っている以外にも多くの兄弟がいた。ジョゼフ伯爵が、アントワーヌ・ファーヴルの時代たる十六世紀から続く高い教育のすべてを受け、官吏の貴族として高等法院と元老院での道を歩む一方、グザヴィエ伯爵は軍務に就いた。青年時代は、いささか成りゆき任せに、ピエモンテのあちこちの駐屯地で過ごした。文

★05――〔原註――〔シャルル＝ニコラ・〕アルー氏の『フランス語の普遍性についての試論』による。〕

★06――〔原註――サヴォワ生まれのフランスの作家としては、『十字軍の歴史』や『追放されし者の春』の著者〔ジョゼフ＝フランソワ・〕ミショー氏も挙げねばならない。〕

学趣味に溢れ、暇を見ては文学に耽っていたのか？――「実を言うと、そうした余暇のとき、わたしは丹念に駐屯地の放埒《ほうらつ》生活を過ごし、書くことなど考えず、読むこともほとんどありませんでした。『部屋をめぐる旅』に書いた、しばらく軟禁状態に置かれるという情況★07がなければ、わたしが話題になることもなかったでしょう」と、かつて出自について訊ねたとき、笑いながら答えてくれた。その独創的な旅に先立って、もっと大胆で開放的な旅、気球の旅をしている。シャンベリ近くの野原から気球で飛び立ち、二、三里ほど先に降りた。決闘罪による軟禁、気球の旅、若さゆえの潑剌《はつらつ》ぶりである。『部屋をめぐる旅』を書いたのは二十六、七歳のときで、海兵隊の士官としてアレッサンドリアに駐屯していた。しかし、より後の日付を示唆する記述も幾つか見られる。何年か抽斗にしまっておき、少しずつ項目を書き足していたのだ。九三年か九四年ごろ、ローザンヌに兄ジョゼフを訪ねたとき、グザヴィエはジョゼフに草稿を渡した。「兄は推薦者であり庇護者であったのです。兄は、わたしが熱中して下書きを溜めていた新しい暇つぶしを褒め、わたしが帰ったあとで整理してくれました。間もなく兄から印刷された冊子★08を受け取って、わたしは乳母に預けた息子と大人になってから再会した父親のように驚きました。とても嬉しくなって、すぐさま『部屋をめぐる旅』に取り掛かりました。しかし兄は、わたしの計画を伝えると、翻心を促しました。続きを書くと、煌めく掌編の価値が全て失われてしまう、というのです。兄は、あらゆる続編は碌《ろく》でもない、というスペインの諺〔『ドン・キホーテ』続編第四章で、学士サンソンがドン・キホーテに言った台詞「続編がよかったためしはない」から〕を述べて、何か他の題材を探すよう勧めてくれました。それで、もう続きは考えなかったのです」

この愉快な『部屋をめぐる旅』を読み返すと、著者が直接われわれに告白するよりも深く、著者について知ることができる。確かに、それは半ば自嘲的な雰囲気で行なう、告白のひとつの方法なのだ。穏やかな諧謔に覆われているが、それは多くの章から想起される〔ローレンス・〕スターンほど顕著ではない。★09 わたしにはむしろ、全体的に、チャールズ・ラムのにこやかで繊細な気品を見て取れる。若い士官の読書や嗜好、純真で自然で移ろいやすく暁光に開かれた魂、（あとで引用するような）軽快な韻、同じくらい軽やかなパステル画、描くことへの情熱、それについて必要とあらば「これはトウビー叔父さんの十八番なのだ」と長話をする情熱、といったものが見られるのだ。ダンテが既に、当時の粋を極めた描写をしていた。アンドレ・シェニエも描いていた。ふたつの筆を執るのはいたって自然でないか？　メーストル氏は、ふたつの藝術のうち彼が名声を博していないほうについて、より多くの考察や検討をしたようだ。もう片方については、あまり文彩の研究や分析をせずに筆を走らせている。もっとも、絵画にしても、自慢げで論説めいた『部屋をめぐる旅』

★07――〔原註――決闘の道理を述べている第三章を参照のこと。〕

★08――〔原註――トリノ版、一七九四年――パリでは一七九六年に出版された。一七九六年五月二十三日の「パリ新聞」には、とても好意的な書評が載っている。〕

★09――〔原註――第十九章でジョアネッティを責めたことに後悔の涙を零したり、第二十八章で貧しいジャックを手酷く扱ったことに涙したりというのは、実にスターン的である。〕

第二十四章とは裏腹に、彼にとっては、愛する顔や幸せな光景、アルプスの谷間、地平線を飾る風車、ナポリ近くの曲がりくねった道、かつて腰を下ろしたがもう座ることのないであろう岩棚、かつて祖国であった様々な場所の心地よい追憶の一切を、いつでも留めておくための手段なのだ。『部屋をめぐる旅』の優しいからかいは、精神に対する獣性と呼ぶところの他者によるあらゆるしでかしに及び、一貫している。モラリストの観察が、驚きと発見の態度のうちに、素朴な表現によって研ぎ澄まされた多くの皮肉として現われている。オーカステル夫人の肖像画（第十五章）を思い出してみよ、全ての肖像画と同様、そしておそらく、ああ！　全てのモデルと同様、見る者みなに対して同時に微笑みながら、ひとりに対してしか微笑んでいないかのように見せかける。自分だけが見つめられていると信じこむ哀れな恋人！　そして乾いたバラ（第三十五章）だ、謝肉祭の日に心弾ませながら温室へ行って摘んできたときには瑞々しかったのに、舞踏会でオーカステル夫人に捧げても、一瞥もくれなかった！　遅かったのだ、身づくろいの大詰だった。夫人は最後のピンをよく取るところだった。誰かが鏡を持ってやらねばならなかった。「わたしは、彼女が自分の姿をよく見られるよう、しばらく後ろで別の鏡を持っていた。すると、彼女の顔は鏡から鏡へと映り、艶っぽい姿が連なって見えたが、その誰一人として、わたしに気を向けることはなかった。結局のところ、正直に言おうか？　わたしたち、つまりバラとわたしは、きわめてみじめな恰好だったのだ……彼女が身づくろいを始めたら、もはや恋人は旦那でしかなく、舞踏会だけが恋人となる」

この素晴らしい章のうちに、気品ある掌編には珍しい瑕をひとつ指摘できよう。最後の考えを増幅させて、著者はこうつけ足すのだ、もしあなたがそうした舞踏会で誰かに笑顔を向けられたら、それはあなたが舞踏会そのものの一部であり、したがって彼女に新しく征服された部分のひとつだからである、あなたは恋人の小数点以下なのだ。この小数点以下が凝りすぎであることは納得されよう。こうした趣向の過ちは、グザヴィエ・ド・メーストル氏には極めて少ない。兄は、より高尚な作風だから、あえてそのような言葉選びをすることも多く、凝った文体だと思われるがままにしている。しかし弟のほうは、いつもは簡潔そのものなのだ。フランス語で書くけれどもパリに来たことのない外国人作家たちの中で彼が傑出しているのは、まさしく簡素な風味ゆえである。その点ではシャリエール夫人に似ている、ふたり以前に類例はない。〔アントワーヌ・〕ハミルトンはアイルランド人だったが、少なくとも若い頃はフランスの宮廷で過ごし、またほとんど同じことではあるがチャールズ二世の宮廷でも過ごした〔当時チャールズ二世は清教徒革命のためフランスに亡命していた〕。

この作風の素朴さを、最も洗練された当人の素朴さと結びつけても、驚かないでほしい。実際そうなのだから。グザヴィエ・ド・メーストル氏自身、シベリアの少女について「世の中を深く学べば、実り多い探究のできた者は、素朴で何の衒《てら》いもなくなるのが常だから、出発点とすべきところへ辿りつくために長々と苦労することもある」と述べている。つまり、ハミルトンの趣向が自然で素朴なのは、ヴォルテールがそうであるのと同じなのだ。グザヴィエ伯爵はむしろ、到達点と思わ

れていけれども出発点である素朴さに満足している。[★10]

『部屋をめぐる旅』に戻ろう。精神と他者の対立や口論や和解は、この愛すべき諧謔家に、細やかで深みのある哲学的考察をもたらしている、[★11]心理学会の方法体系が職業的分析家に与えることのできなかったものだ。すぐに気品と情感も混ざりこみ、やわらかな真面目さを加えている。友人の死と霊魂不滅の確かさについて書かれた、心打つ第二十一章を再読してみよ。さらに続けて「先の章は長いこと筆先まで出かかっていながら書かずにおいたものだ。この本ではわたしの精神の明るい側面だけを見せようと決めていたが、ほかの試みと同じように、これも上手くは行かなかった」と述べている。実際、メーストル氏の作品に憂鬱は表われていない、ただ時おり漏れ出すのみである。峻厳な国の只中に生まれ、雲がかった様子はまったく窺えない。ラマルティーヌ氏が近刊の詩集の一編で〔ルイ・〕ド・ヴィネ氏について述べたこと、そこには美しい調べで歌う空の鳥を間違いなく見つけられ、また古来よりほとんど変わらぬ響きを見つけたくなるだろうが、それをメーストル氏に対して言うことはできないだろう。

彼は暗い時代に生まれた
西向きの谷間には
山が濃い陰を作り

傾きながら夜を注いでいた
ざわめくサヴォワの松は
山肌に揺り動かしていた
その囁き、物悲しい慰め、
黒々とした幹を

★10――〔原註――文法上の軽微な過ちも、趣向の過ちと同じくらい、メーストル氏においては稀である。念のため、わたしのほうが間違っていないとも限らないが、いくつか細かいことを書き留めておく。というのも、たとえば、肖像画を機械的に拭き、精神が空を飛んでいるとき、ブロンドの髪を見たために、たちまち精神は呼び戻される。「太陽の高さから〔まで〕昇っていたわたしの精神も、仄かな胸騒ぎを覚え……」印象づけると押しつける、ポケットから紙束を追い出す〔取り出す〕……ただ、もう沢山だ。以前わたしは、陽気なフロワサールの同国人であり、少なくとも文才において同時代人シャペルに匹敵する、機知に富んだエピクロス的な詩人レネによる諷刺詩を見つけた。ある朝起きると、こう呟いたのだ。

わたしは純正語法主義者になったようだ
わたしは全ての語をきちんと植えつける
わたしはダンジョーの著書にしたがう〔ダンジョー神父は十七、八世紀の文法学者〕
わたしは道化でしかないだろう。」

★11――〔原註――第十章を参照のこと。〕

祖国の荒漠たる湖で
岸辺を求めて彷徨い
嘆くような夢想が
それらと調和して声となる

こうしたものはグザヴィエ伯爵の作品にあまり見られず、微かに察せられるだけである。感傷や、深刻で憂鬱な奥底は、善良さが隠しているのだ。普段、彼の資質は善良さと謙虚さによって覆いをかけられ、半ば秘匿されている。長時間一緒にサロンにいても気づかないだろう。一般的な問題にはほとんど立ち入らないし、何事についても出しゃばらず、ふたりでの会話を好む。ありがたい話を楽しみ、ずっと聴いているのが分かるだろう。フランス精神は、微かなサヴォワ訛《なまり》のうちに自分の面影を見出し、心地よく受け入れる。「ふるさとの訛は、言葉に残るのと同じように、頭や心にも残るものだ」と、ラ・ロシュフコーが言っていた〔『箴言集』第三四二〕。山国のパンに塩とクルミの風味があるように、サヴォワ訛で聞く考えは、しばしば滋味あふれるように感じられるのだ。

サヴォワがフランスに併合されたとき、グザヴィエ伯爵はピエモンテで軍務に就いていたが、彼の言によれば半ば彼のことを見捨てているという祖国を、彼のほうでも放棄せざるを得ないと思った。フランスのイタリア遠征によって、祖国から追い出されたのだ。ロシアへ亡命したが、文学に関する荷物などほとんど持って行かなかった。『部屋をめぐる夜の遠征』の冒頭数章は持って行っただろうが、その第十一章で述べている『ピネローロの囚われ女』や『二十四篇の詩』はなかったに違いない、そのようなものはまったく書いていなかったし、戯れに述べただけだからだ。北国に着いて最初に考えたのは、自分の資産は絵筆しかない、多くの亡命貴族と同じく絵筆で生計を立てよう、ということだった。しかし運命は違った。剣を手放さずに済み、ロシア軍で徐々に昇進して将軍にまでなったのだ。★12 スラヴ美人の見本のような顔立ちの、意中の才媛と結婚し、そこに身も心も落ち着けた。★13 幸せを見出したのだ。

『部屋をめぐる旅』を書いてから二十年が経っていた。一八一〇年のある日、兄も同席したサンクトペテルブルクの集まりで、話はヘブライ人の癩病に及んだ〔聖書に描かれた癩病のこと〕。誰かが、この病気はもう

★12――〔原註――一八一〇年十二月にはジョージア攻囲で右腕に深い傷を負っている。〕

★13――〔原註――ザグリアツカ嬢はロシア皇帝皇后両陛下の侍女である。一八一二年に結婚した。一八三九年のパリ滞在時、わたしが彼の部屋にいたとき、彼の妻も暫し部屋に入ってきた。彼は妻を見ながら、思わずわたしに「どうです？　美人でしょう！」と言ったのだった。〕

存在しないと言った。それでグザヴィエ伯爵は、自身の知っていたアオスタ市の癩病者について語ったのだ（作中では名を明かされていないが、この癩病者はピエトロ・ベルナルド・グアスコ（Pietro Bernardo Guasco）という）。聞き手に興味を持ってもらうため、また自身も気に入っていたため、それまで誰にも言わずにいた話を、切々と熱弁した。それを書き記そうと思い立った。兄も励まし、渡された初稿を褒め、短かくするようにとだけ助言した。サンクトペテルブルクで『部屋をめぐる旅』と合本にして出版できるよう取り計らった（一八一一年）のも兄である。しかしフランスでは、『アオスタ市の癩病者』も『部屋をめぐる旅』も、一八一七年あるいはもっと後まで、ほとんど知られていなかった。

　したがって『アオスタ市の癩病者』の話は、著者が部分的には少女自身から聞いた『シベリアの少女』の話と同じく、そしてグザヴィエ伯爵の物語が全てそうであるように、膨らませているにせよ、本当のことなのだ。わたしは彼から、まだ書いたことはないという、ワイト島に住むフランス人の亡命士官の感動的な話を聞いた。もし彼が言語によってフランスに属しているとすれば、語り口によってイタリアに属しているといえよう。彼の話はすべて本当である。作り話ではない。現実を正確になぞって小話に写している。表現の選択や洗練、心地よく広がっている人間味のある敬虔《けいけん》な語り口が素晴らしいのだ。フランスには、そのような語り手や、空想奇想のない真の報告作家は、ほとんどいない。グザヴィエ・ド・メーストル氏をメリメ氏に並べたら意外だろう。しかしふたりはフランスで最も優れている、一方は事実を写し、もう一方は事実を作るのに長《た》けている。確かに

『アオスタ市の癩病者』や『シベリアの少女』や『コーカサスの捕虜たち』の作者は、『堡塁《ほうるい》奪取』や『マテオ・ファルコーネ』の作者に彩色も奥行も鑿も劣り、つまりは技術に乏しいが、しかし自身の流儀においては同等に完璧であり、何より素朴で人間らしいのだ。

　哀れな癩病者は、アオスタ市に住む前はオネリアで暮らしていた。フランス人が、サヴォワ地方とニース伯領を占領したのち、その不幸者の住むオネリアまで侵攻してきたので、彼は怯え、危機が迫っていると思った。他のひとたちと同じく亡命を考えた。ある日、歩いてトリノの前まで来ると、城門で哨兵に止められ、顔を見せるなり小銃兵ふたりに挟まれて総督府へ連れて行かれ、総督は彼を施療院に送った。さらにそこから、住むのを命じられたアオスタ市へと移された。メーストル氏は、そこでたびたび彼に会っていた。善良な癩病者は、ご想像のとおり、とても限られた考えしか持っていなかった。語り手は、そうした境遇の気晴らしになることを何でも伝えたが、あまり多く話しすぎないようにした。まったく孤独に暮らしているのだ。そこで（おそらくオーカステル夫人の）若い士官は、バラを秘めたその庭園で、愛する夫人と会う約束をした〔オーカステル夫人ではなく、アオスタで出会ったマリー＝ドーフィーヌ・ペティ（Marie-Dauphine Petey）という女性で、初恋のひとだった。『部屋をめぐる夜の遠征』第二十六章、第三十章にエリザという名前で描かれている〕。そこなら邪魔されないと確信したのだ。癩病者の恐ろしい生垣の蔭で幸せな逢瀬を重ねようというふたりの恋人たち、感動的ではないか？　無上の幸福が一枚の震える葉によってかろうじて究極の絶望と隔てられている、これが人生ではないか〔サマセット・モームの短編集『木の葉のそよぎ』の題名は、ここから取られている。同書に収められた短編「ホノルル」の冒頭は『部屋をめぐる旅』の話からはじまる〕？

『アオスタ市の癩病者』を読み返しても、分析することはない。涙を零しても、考察を加えることはない。しかし誰もがそう考えたわけではなかった。『アオスタ市の癩病者』の改版が試みられたのだ。グザヴィエ伯爵は出版後もフランスでほとんど知られておらず、兄ジョゼフの作品と思われており、ジョゼフが亡くなったのち、ある聡明な夫人が彼女なりに小冊子を手直ししてよいだろうと考えた。わたしの手許に『アオスタ市の癩病者、ジョゼフ・ド・メーストル氏作、O・C夫人の改訂・修正・増補による新版』がある。★14 オランプ・コテュ夫人は序文に「『アオスタ市の癩病者』を読んで、わたしは感動しました。長く温かい知己ゆえ、わたしの感情を全て打ち明けられる、ある友人に話しました。彼にも読むことを勧めました。わたしほどには満足しなかったようでした。癩病者の、非情で、ときに御し難い苦しみは、彼の心を干乾びさせる、もうひとつの癩病のようだ、と言うのです。（さらには）その不幸者、運命への叛逆者は、ほとんど身体的苦痛について考えさせるばかりで、不具者に対する凡庸な憐憫《れんびん》のようなものしか呼び起こさない、と。彼は、もっと優しく立派な感情による高尚な憐憫を求めており、癩病者の絶望よりもキリスト教的な諦観によって何千倍も感動させられたかったのでしょう」と書いている。――友人の口から語られる言い分は、それがグザヴィエ伯爵を批評し校正する者というより、むしろ長いことジョゼフ伯爵の好敵手として、ほぼ並ぶ者と看做《みな》されてきた、とても有名な作家であると認めることができれば、より価値を増し、注目すべきものとなるだろう。★15 ともかく、この善良な癩病者についての簡潔な話のうちに、感動的とされる部分とは別に、激しい趣味のようなものを放っている多くの箇所を見出したというのは、過敏で神経質な精神の証である。唐突に極端なことを言うものだ。書き足された部分のいくつかがそれなりに繊細で高尚に見えたとしても、何も加えないという理念そのものが挫かれている。『アオスタ市の癩病者』の新版で挿入された部分はすべて、それと分かるよう角括弧でくくられており、ちょうど優れたティユモンの歴史書のようだ、もっともティユモンは逆に、（誠実細心な）彼の文章が純粋な原文と混同されるのを懸念していたのだが。ともかく、甘美な物語が台無しにされているのに、心動かされる面白さが、どうやって絶え間ない角括弧を貫いて心地よく流れてゆけるというのか、考えてみたまえ。もしわたしが修辞学の教授だったら、叙述の章で『アオスタ市の癩病者』のふたつの版を見開きで比較し、奇をてらった思考や骨を折っての論証など素朴さと簡潔さに圧しかかるだけの劣ったものであることを、逐一指摘して回りたい。改訂版『アオスタ市の癩病者』の著者は、ありきたりの気取った考察など一切ない元の物語の最も貴重な価値のひとつを、認められなかったのだ。おそらく最初の草稿では、ジョゼフ伯爵が縮めるよう勧めた箇所に、表層的な考察が差し挟まれていたのだろう、それを上手く減らしたのだ。慎ましい病人に考察を語らせて何になるのか？　どうして「わたしの忍耐の秘訣はただひとつ、神がそれを望んでいるとい

★14――〔原註――パリ、ゴスラン出版、一八二四年。〕

★15――〔原註――〔フェリシテ・〕ド・ラムネー氏のこと。〕

う考えにあります。神がわたしを配された不明瞭で不可知な状態から、わたしは神の栄光を目指します、なぜならわたしはそこで秩序のうちにあるからです。実に甘美な考えです！　この考えに強く働きかけられて、わたしは秩序への愛こそわれわれの本質であると考えるに至りました……」などと、わざとらしい言い回しで読者に教えるかのように喋らせるのか。かの友人がさらに口を挟んでいたら、『アオスタ市の癩病者』がカトリック版「サヴォワの助任司祭の信仰告白」〔ルソー『エミール』第四篇〕となり、引けを取らぬほど雄弁になるまで、あと僅かだった。ああ！　放っておいてくれ、どうか読者にその簡潔な物語を終えさせてくれ。わざわざ明示しなくとも、読者は間違いなく自力で道徳を引き出すだろう。癩病者が、多大な犠牲によって得られた諦観の中で、おそらく世界の多くの果報者よりも真に幸福であると、ただ独り小声で呟くのを、そのままにさせておくのだ。しかし、それが微かな確信でありますように。この慎ましい不幸者が、自身のことを多くは知らず、われわれに見せつけるのでもなく、自らを差し出してわれわれを感動させ高らしめてくれるのを、誠実な語り手とともに見守ろう。

「何と！　眠りさえあなたを見放すのですか！」と言われたとき、メーストル氏の書く癩病者が「ああ！　あなた、不眠！　不眠ですよ！　一夜のどれほど長く悲しいことか、あなたには想像できないでしょう、云々……」と叫ぶのは、ごく自然なことだ。この自然な叫びに代えて、改訂版では「ええ、わたしは幾夜も目を閉じずに過ごし、激しい動揺のうちにいました。とても苦しみましたが、しかし神の慈愛は至るところにあるのです……」と語らせている。幻覚に止められるまで、長々と分析が続くのだ。

かつてフェレッツ氏が「論争新聞」で、この修正を礼儀正しく嘲笑していた。★16 多くの加筆の中から、妹の死に際して一筋の月光が差しこんだこと、そこでは動かぬ者を照らす夜の天体が消えゆく太陽と比較されていることを、取り上げている。率直で気の利いた教訓などひとつも引き出せない、優れた忠言や他にも至るところで巧みな筆致が冴えているのでもない、というのであれば、わたしがこの奇妙で瑣末《さまつ》な試みを取り上げることもなかっただろう、たとえばこのような箇所だ。「人生について言えば、わたしが余儀なくされている孤独といってよい人生は、想像されるよりもずっと早く過ぎてゆきます。それで充分なのです、と癩病者は小さな溜息をついて続けた、わたしは着くためにしか旅しないのです。わたしの人生は起伏を欠き、日々は精彩を欠きます。その平板さが時を短かく感じさせるのです、むき出しの地面が狭く感じるように」

簡潔で甘美な『アオスタ市の癩病者』は、衒いなく、過ぎることなく、世に現われた。間もなく皆の心に然るべき位置を占め、読者それぞれの心に祈りにも似た純粋な感情のひとつをかき立て、一日を祝福する貴重な半時間をもたらした。文学的には、ひとつの派を成したと言えるだろう。身

★16——〔原註——『哲学、歴史、文学についての雑録』第六巻を参照のこと。〕

体的困難と精神的感覚の対比が醍醐味となっている一連の短かい物語を挙げることができる（おそらく『不具者』〔癩病の詩人ウジェーヌ・ダヨ（Eugène Dayot 一八一〇－五二）の詩〕が最も新しいものだろう）。しかしそれらは創作なのだ、『アオスタ市の癩病者』はそうでない。多かれ少なかれ流れを汲んだ作品を、あえて幾つかの観点から整理し、とりわけ目を惹く『ウーリカ』を特筆したい、ただしそこでは癩病ではなく、不幸を生み出す運命的な肌の色が描かれている〔黒人女性ウーリカのフランスでの悲恋と疎外が語られている〕。癩病者の祖を中世まで遡れば、思い当たるのはドイツの心揺さぶる小話『哀れなハインリヒ』に他ならない。ハインリヒとは、突如として癩病に犯された高貴な騎士の名である。サレルノの最も優れた名医は、うら若き処女が自ら捧げた血によってしか治らないことを告げる、そして愛によってそうした処女が見つかるのだ。[★17]

『アオスタ市の癩病者』よりは少し長い、それぞれ優れたふたつの小話、『コーカサスの捕虜たち』と『シベリアの少女』は、一八二〇年ごろ、友人たちの求めで、また著者が相続を約束した近しい親族のために書かれた。そのひとたちに送ったところ、パリで出版された。ふたつの新たな掌編の完璧さが示すのは、彼の巧みな語り口はまぐれではなく天賦の才であり、どれほど自在に様々な応用が利いたかということである。とくに『シベリアの少女』は悲哀によって麗しい、それは本物の、一貫した、深いところから来る悲哀であり、整った語調で、節度ある著者が涙越しにも見抜いている人間性についての細やかで少し穿った観察に混ぜこまれている。ここには新たな比較点がある、彼には再び勝利の機会が用意されている、そして、こう言っては残念だが、またしても問題はある夫人なのだ。メーストル氏が簡潔に語った話を、コタン夫人は『エリザベスあるいはシベリアの流刑者たち』という小説にしていた。夫人の本では、少女は夢見がちで、感傷的で、湖の小屋の流刑者の娘である。娘には、スモロフという若くて高貴で端整な恋人がいる。娘は彼に旅の案内を望むが、宣教師に付添わせたほうがよいだろうと言われる。娘は最終的に恋人と結婚する。先の癩病者がコテュ夫人の信仰心によって消されたように、純真な、実在する、敬虔で勇敢な少女プラスコーヴィヤは、コタン夫人の感傷のせいで完全に消えてしまった。プラスコーヴィヤ自身の台詞を借りて言わねばならない、それは彼女が、思いがけない運びでエルミタージュ宮殿に案内され、バッカスの巫女たちに支えられたシーレーノスの大きな絵を見たとき、真っ当な驚きから叫んだ台詞だ。「すると、これは全て本当でないのですか？　あちらには山羊の脚をした人間が見えます。まるで本当のものなどいないかのように、存在したことのないものを描くなんて、何と馬鹿げたことでしょ

★17――［原註――「彩色新聞」（一八三六年九月号）に掲載されたブション氏の翻訳によって、この物語を楽しく読むことができる。――マルミエ氏は北欧への旅で、その地では癩病者が独特の身分に置かれていること、怖がられるのではなく公的な同情に包まれていることを目のあたりにした（『アイスランドについての書簡』）。確かにその地では、この病気は悪徳によってではなく、生活の困窮や欠乏、腐った食べもの、長期間の湿気、冬の漁業によって罹るものなのだ。悪徳と何の関係もない者も、しばしば罹患する。伝染病ではないし、遺伝病でもない。癩病者に対する医療も手厚い。癩病者を受け入れ、明日には自分が癩病者になることもあると思っている。古来の呪いという考えはなく、メーストル氏の癩病者が北国に来ていたら妹と再会できただろうと、マルミエ氏は思いやりをこめて言及している。］

う！」――しかし、メーストル氏が自身の物語においてやってみせたように本当のものを捉え、自ら奉ずる篤い信仰や自覚なしの無邪気な勇気といった側面だけを追いかけるのでなく、同時に、ちぐはぐさのないよう、もっと陽気な場面や、意地悪な自然と人心の卑小さへの視点も加え、一切を忘れることなく、全てを混ぜ合わせ、慈しみの気持ちで全てを提示するには、非常に特殊な才能、隠されているだけに、また著者も自覚しているか分からないだけにいっそう素晴らしい技巧が必要なのだ。『コーカサスの捕虜たち』では、独特な風習や性格が生き生きと描かれており、常に上品で穏やかな彼の才能のうちに、最も野蛮な現実や自然を書かねばならなくなっても物怖じしない大胆な能力があることを示しているようだ。メリメ氏は、少佐の勇敢な従卒であるイヴァンという登場人物を羨むだろう、忠実であると同時に冷酷でもあり、「アイルリ、アイルリ！」と口笛を吹きながら、邪魔する者に軽々と斧を振るうのだ。

　これらの掌編は著者によってロシアから発送された。[★18] 著者もまた作品に遅れることなく続き、長いこと去っていた空を再び見ることとなった。ラマルティーヌ氏は『詩的で宗教的な調べ』の中の一編で、メーストル氏の帰還を感傷とともに祝福している、というのも留守中に両家は姻戚関係となっていたのだ。

空と山と岸の名において挨拶しよう

君が美しい日々を過ごした場所だ、
此方に戻ってくる疲れた旅人は
野原に昔の木蔭を求め、
心に初恋を求める！

いとしい痕跡の上をどれほどの日々が過ぎていったことか！
永遠の別れよ！　裏切られた夢よ！
断たれた絆よ！　消えた友情よ！
もはや返ってこない弱々しい谺よ！
レッセ川★19の砂上をゆく流れは細り、

★18――［原註――最初の出版者であるヴァレリー氏が、もっと奇妙な詳細を教えてくれた。草稿がパリに届いたとき、ヴィネ氏を介してデュラス夫人に渡された。この奇特な精神の女性は、本からきちんと推測できないのだと、言わねばならない。たとえば、まったく事情を理解せず、ペテルブルクに着いたプラスコーヴィヤが暇つぶしをしていると思ったり、この男（イヴァン）が女を殺したのを怖がったり、云々、云々。彼女の意見が多くの知り合いに広まった。すでに草稿を貰っていたヴァレリー氏は真逆のように思い、彼の手による初版は著者不在ながら細心の注意が払われている（これについてはパタン氏の『文学雑録』に収められた記事を参照のこと）。］

★19――［原註――サヴォワの渓流の名。］

その中を走る紺碧の漣《さざなみ》も減り、
若い頃には君を包みこんだ老木たちが、
道に振りまく秋の葉も少ない！

おお、多感な亡命者よ！　お前は再会したのだ、
いつもいつも遠くから夢見ていた光景に、
幸せな日々の生きた残骸に。
お前の目は山々を見つめる、懐かしい、
田舎の揺籃であり、父祖の家であった山々を。
悲哀の波が心に押し寄せる！　……

メーストル氏もまた多くの詩を作っている。しかし、自慢げに仄めかしはするものの、いつも詩作の公開を拒み、もう流行が変わったと言うのだ。ロシアの詩人クルィロフの寓話を訳したり、真似て韻文にしたりしている。そうした摸作のひとつが印刷されたものを、デュプレ・ド・サン＝モール氏によって出版されたロシア詞華集のうちに見ることができる。わたしは一八一七年に書かれた叙情詩の手稿を持っている。崇高な目的を果たせなかった悔しさと、不利な戦いでの感情が、巧み

に描かれている。

　　無謀な戦いの中でも栄誉に包まれた者よ、
　　わたしの詩句のうちに幾らか神の光を留めておく
　　　わたしを打ちのめした神の。★20

また、気の利いた諷刺詩も作っている。幾人かが書き写した彼の墓碑銘は、ややラ・フォンテーヌの墓碑銘を思わせる。★21だが、ここには「蝶」という美しい一篇を載せれば充分だろう、気品と感動があるから、彼の他の作品の記憶を台無しにすることはない。捕虜のひとりが彼に、ある日シベリ

★20——［原註——これほど叙情的ではない文体で、ある友人に送った手紙は、とても短かいものだが、茶目っ気を欠いてはいない。「わたしは（詩の）才能というものを理解できず、他のひとたちが優れていることも認めたくないので、詩人は散文を韻文に変えられる何かを手首に持っており、散文が頭から紙へと渡るときに手首を通ることで韻文に変換されているのだと考えています。それで、詩人は一発で多少なりとも完璧に書けるのです。散文家にとって慰めとなる考えにすっかり納得して、ある日わたしは左手で韻文を書いてみました、この便利な機能が左手に備わっていることを期待したのです。しかし左手は右手よりも下手でした、それ以来わたしは韻文を書けるようにはならないのだと確信しています。さらに白状すると、その失敗ゆえ、自分の考えの確からしさに疑いを残したままでいます」——その考えがどれほど間違っているにせよ、自称詩人にはひとりならず悪くなく当てはまるだろう、パルスヴァルのように偉大な叙事詩作家ならば何か言えるだろうが。］

アの牢獄に一匹の蝶が入ってきたことを話したのだ。

蝶

実に軽やかな闖入者、
愛すべき美しい蝶、
この恐ろしい塔に
どうやって入口を見つけたのか？
かろうじて黒い銃眼から
弱い光が入ってきて
わたしの独房にまで
檻を抜けて届く。

お前は生まれ持っているのか
友情を感じられる心を？
同情に導かれて来たのか、

わたしの忍ぶ苦しみを分かち合うために？
ああ！　お前がわたしの苦しみを見てくれると
その激しさを抑えて和らげられる、
お前は希望をもたらしてくれた
わたしの心で消えかかっていた希望だ。

自然の素晴らしい飾りが、
その美しさを見せに来た、
わたしに自由を語ってくれ、
泉を、花を、緑を。
渓流のせせらぎを語ってくれ、
深い湖を、瑞々しい木蔭を、

★21――［原註――最初の詩句は、こうなっている。
この灰色の石の下に
グザヴィエは眠る、何にでも驚き、
北風はどこから来るのか
どうしてユピテルは雷を落とすのかと訊ねる……］

葉叢のざわめきを
風のそよぎに揺れる葉叢を。

花咲くバラを見たか？
恋人たちに出会ったか？
春の話をしてくれ
暁を知らせてくれ、
森の奥深くで
サヨナキドリは、お前の通りすがりに
お前が田園を横切るときに
甘い声を聞かせてくれるか？

暗い城壁に沿って
お前は虚しく花を探す、
不幸な捕虜たちは皆
そこに生き生きとした絵を描く。

太陽とも微風とも離れた、
地下の独房の中で、
お前は鎖の上を飛ぶだろう
溜息しか聞かないだろう。

草原の軽やかな申し子よ、
わたしの陰鬱な監獄から出るのだ、
お前は一季節しか生きられない、
急いで人生を謳歌するのだ。
行け！　お前は、この外では
生きることが刑罰である此処から出れば、
移り気のほかに繋がれるものはなく、
空のほかに牢獄はないだろう。

おそらくいつか野原で、
気まぐれな好みに導かれて、

お前はふたりの子どもに出会うだろう、
悲しげな母が付添っている。
飛んでいって彼女を慰めてくれ、
愛する夫は生きていると伝えてくれ、
彼女だけを望んでいると、
しかし、ああ！　……お前は喋れない。

華やかな姿を広げて
わたしの幼子たちに見せてやってくれ、
他愛ない遊びを見ながら、
草の上で子どもの周りを飛び回ってくれ。
すぐさま、元気に追いかけられたら、
摑まりたいようなふりをしてくれ、
花から花へ子どもを待ち受け、
そこまで導いてやってくれ。

母は子どもを追いかけるだろう、
子どもの遊びに悲しく付添っている。
そしたら陽気に前を飛んで
道を変えさせてやってくれ。
不幸な捕虜にとって
妻子が最後の希望なのだ。
子どもの優しい涙には
わたしの牢番もほだされるだろう。

この上なく貞節な妻には
この上なく優しい夫が返されることだろう、
堅牢な扉や閂が、
間もなく彼女の前で開くだろう。
しかし、ああ！　天よ！　鎖の音が
わたしを慰める偽りの考えを壊す。
ああ！　蝶が飛ぶ……

空に消えていった！★22

メーストル氏は今、多くの用事に呼び戻され、われわれの要望を携えてロシアへ発つところだが、行きがかりに、彼に会うことのできたひと皆のうちに長く残るであろう思い出を残してくれた。面白く読め、そのうえ素朴で洗練された意見を役立てられよう。彼はフランスの現代作家をほとんど読んでいない。フランスへ来たときには、彼の気に入るであろうごく少数の作家すら、ほとんど名前しか知らなかった。流行の著作を見渡して、まず彼はたじろぎ、自分が長いこと異国にいる間にフランス語が変わってしまったのかと疑った。そして「それでも多少わたしを落ち着かせてくれるのは、わたしの出会った多くの方々が、書きかたはまったく違うにせよ、わたしと同じ言葉を今も話している、ということです」と言った。フランスの両議会の審議を幾つか見物したとき、多くの言葉に面喰らっていた。邸宅の静寂や絶対王政の平穏を出ると、彼は雑音の意味をほとんど理解できず、正直に言って、さしあたりの意味を彼に示すのは大変だった。また彼は議会で十五分もすると甚だ居心地が悪くなった。どうしてもっと楽しいひとときを過ごさなかったのか？　下院の前を通るたびに、思わずヴェスヴィオ山が浮かんだという。――そう、少なくとも煙についてはそうだ、爆発の危機でないとしたら。しかし彼にとっては危険に思われたのだ。ヴォルテール河岸もあまり好きでなく（一家で嫌っている）、なるべく足早に、頭を低くして通り過ぎ、セーヌ川のほうに目を逸らしていたという。皆が思うように、有名な兄の著作に感嘆し、何とも寛大に、教条主義の影を除いて、最も単純な世界観の秩序のうちに、自然に組み入れたようだ。ジョゼフ伯爵の最も美しい本は『フランス教会について』だと考えていた。わが国の立派な文士たちに対し、彼が最も求め、最も惜しんでいるのは、人生の一体性であるらしかった。それは彼自身が持っているのだ。単純さ、純粋さ、慎ましさ、誠実さ。優雅な知性と多感な精神のうちに完全に保たれている、古来の風習の素晴らしい見本だ！——よく褒めていたのは、情感と諧謔の作風ということで彼に少し似ている、あるジュネーヴの機知に富んだ作家だ。書類鞄に何か新作の掌編が入っていないか訊ねると、『牧師館』、『遺産』、『伯父の書棚』、『渡航』、『アンテルヌ峠』、『ジェール湖』、それから選集が一冊、これらテプフェール氏の著作はフランスでも知られるようになってほしいと、見せながら答えてくれた。ところどころ二、三の欠点を取り除くために著者の許可を取っているところだ、というのも言葉づかいや文体について幾つか難点があるのだ。間もなく合意のもとで作られる模写版は、著者によるものだ★23〔実際には、テプフェールは修正をすべてグザヴィエに任せたようである〕。

　グザヴィエ・ド・メーストル伯爵が、交流によって多くの文学的誤謬を和らげ、人間の本質を優しく見直させてくれる人物のひとりとしてわれわれに姿を見せているあいだに、彼の作品も少しず

★22——〔原註——この美しい一編はロシア語に訳され、原文を知らなかったフランス大使館の書記によってフランス語に再翻訳された。こうした椿事はミルヴォワの「落葉」についても起こったことだ。〕

★23——〔原註——すでに刊行され、よく売れた。テプフェール氏はフランスに移入された。〕

つ売れてゆき、ふたたび感性を確かにするであろう特筆すべき動きがあった。ほとんど告知されず、新聞で称えられることも僅かだった。販売促進のための大々的な常套手段は一切使われなかった。それでも！　昨年の十二月十四日からこの四月十九日まで、つまり四カ月の間に（本屋にとって何と不作で苦しい時期だったか、ご存じだろう！）、彼の本は千九百四十八冊も売れた。正確な数字である、わたしはそれを励ましとして伝えた。つまり今でも感動と簡潔への信仰は続いており、こっそり信奉者を集めることもできるのだ。

サント＝ブーヴ
一八三九年五月

――グザヴィエ・ド・メーストル伯爵は一八五二年六月十二日、サンクトペテルブルクにて、八十九歳ほどで亡くなった。

――「ジュネーヴ万有文庫」誌は一八四一年十月二十二日、「水晶体のうちに見える斑点を観察する方法」と題するメーストル氏の小論を掲載した。しかし、この眼房をめぐる旅には、文学は皆無だ。身体の精緻で器用な観察に他ならない。そこには、この著者が既に絵画や色彩や水墨の技法について行なっていた繊細な実践と同種のものを見て取れる。

——アルベール・ブラン氏によって刊行されたジョゼフ・ド・メーストルの『外交書簡集』（全二巻、一八六一年）、とくに第一巻の一ページ、五七ページ、二九六ページには、グザヴィエ伯爵の興味深い出来事が載っている。兄は二九六ページに、ヴィリニュス、一八一二年十二月二十一日、と記された弟の手紙を入れている。グザヴィエ伯爵はロシア軍に入隊しており、モスクワから国境までの間に目撃したことを語っている、それは死体の散らばる恐ろしい道で、「途切れぬ戦場」のようだったという。この「曖昧とも誇張とも無縁な」筆による手紙は、一八一二年の恐るべき退却について、他の多くの証言に、さらに加えられるものである。

グザヴィエ・ド・メーストル［1763-1852］年譜

▼——世界史の事項　●——文化史・文学史を中心とする事項　**太字ゴチの作家**
『**タイトル**』——〈ルリユール叢書〉の既刊・続刊予定の書籍です

一七五九年　▼クネルスドルフの戦い［欧］▼カルロス三世即位［西］●S・ジョンソン『アビシニア王子ラセラス』［英］●ヴォルテール『カンディード』［仏］●ジャン＝ジャック・ルソー『ヴォルテールへの手紙』［仏］●ディドロ『家長』［仏］●ダランベール『哲学要諦試論』（～七七）［仏］●スターン『トリストラム・シャンディ』（～六七）［英］●ハーマン『ソクラテス回想録』［独］●C・F・ニコライ、レッシングらと「最新の文学に関する書簡集」を刊行（～六五）［独］●ヘンデル歿［独］

一七六〇年　▼英軍、モントリオール、デトロイトを占領［英］●ゴルドーニ『田舎者』［伊］

一七六一年　▼カラス事件（～六五）［仏］●パーニーパットの戦い［印］●ジャン＝ジャック・ルソー『新しきエロイーズ』［仏］●ゴルドーニ『避暑地三部作』［伊］

一七六二年　▼エカテリーナ二世即位［露］●マクファーソン『フィンガル』［英］●ジャン＝ジャック・ルソー『エミール』、『社会契約論』［仏］●ディドロ『リチャードソン礼讃』［仏］●C・ゴッツィ『トゥーランドット』［伊］

一七六三年

十一月八日、サルデーニャ王国の旧都シャンベリに生まれる。父フランソワ＝グザヴィエ・メーストル（一七〇五－八九）はニース伯領アスプルモンに生まれ、一七四〇年シャンベリに赴任してサヴォワ元老院議員となり、のち元老院副議長（一七六四－八九）やサルデーニャ王国憲法典の起草者（一七六八－七〇）を務め、一七七八年に伯爵位を授かる。母クリスティーヌ・ド・モッツ（一七二七－七四）はサヴォワの法服貴族の娘。

一七六四年　▼パリ条約締結（フランスはインドと北米の植民地を手放すことになる）〔欧〕●スマート『ダビデ賛歌』〔英〕●ヴォルテール『寛容論』〔仏〕●パリーニ『朝』〔伊〕

一七六四年　▼ポニャトフスキ、ポーランド国王スタニスワフ二世として即位〔ポーランド〕●ヴォルテール『哲学辞典』〔仏〕●ハーグリーヴズ、ジェニー紡績機発明〔英〕●ウォルポール『オトラント城奇譚』〔英〕●ベッカリーア『犯罪と刑罰』〔伊〕●ゴルドーニ『扇』〔伊〕●ヴィンケルマン『古代美術史』（〜六七）〔独〕●カント『美と崇高の感情に関する観察』〔独〕

一七六五年　▼神聖ローマ皇帝ヨーゼフ二世即位（〜九〇）〔墺〕●ディドロ『絵画論』〔仏〕●ワットの蒸気機関改良〔英〕●マクファーソン『オシアン詩集』〔英〕●パーシー『イギリス古謡拾遺集』〔英〕●パリーニ『昼』〔伊〕●C・F・ニコライ、「一般ドイツ論叢」を刊行（〜九二）〔独〕

一七六六年　▼印紙税法の撤回〔英〕●ゴールドスミス『ウェイクフィールドの牧師』〔英〕●レーオンハルト・オイラー『あるドイツの王女への手紙』（〜七二）〔スイス〕●カント『視霊者の夢』〔独〕●ヴィーラント『アガトンの物語』（〜六七）〔独〕●ヘルダー『近代ドイツ文学断章』（〜六七）〔独〕●レッシング『ラオコーン』〔独〕

一七六七年　▼イギリス議会、タウンゼンド法発布〔英〕●レチフ・ド・ラ・ブルトンヌ『徳高き家族』〔仏〕●ドルバック『キリスト教暴露』〔仏〕●ジャン＝ジャック・ルソー『音楽辞典』〔仏〕●ゴドフリー《パルティアの王子》初演〔米〕●レッシング《ミンナ・

フォン・バルンヘルム》初演、『ハンブルク演劇論』(〜六九)〔独〕

一七六八年 ▼露土戦争(〜七四)〔露・土〕●ケネー『フィジオクラシー』〔仏〕●ドルバック『神聖伝染』、『ウジェニーあての手紙』〔仏〕●『大英(ブリタニカ)百科事典』初版(〜七一)〔英〕●T・グレイ『詩集』〔英〕●スターン『センチメンタル・ジャーニー』〔英〕●レーオンハルト・オイラー『あるドイツの王女への手紙』(〜七二)〔スイス〕●ヴィンケルマン、暗殺される〔独〕

一七六九年 ▼ベンガル地方で大飢饉〔印〕●ディドロ『ダランベールの夢』〔仏〕●ブルック『エミリー・モンダギューの話』〔カナダ〕●フォンヴィージン『旅団長』〔露〕

一七七〇年 ▼ルイ十六世、マリー・アントワネットと結婚〔欧〕●ドルバック『自然の体系』〔仏〕●ゴールドスミス『廃村』〔英〕●「ゲッティンゲン文芸年鑑」誌創刊(〜一八〇四)〔独〕

一七七一年 ▼タイソン党の乱〔ヴェトナム〕●ブーガンヴィル『世界周航記』〔仏〕●クック『世界周航記』〔英〕●スモレット『ハンフリー・クリンカー』〔英〕●クロプシュトック『オーデ集』〔独〕●ゾフィー・フォン・ラ・ロッシュ『シュテルンハイム嬢の物語』〔独〕

一七七二年 ▼ポーランド第一次分割〔欧〕●ディドロ、ダランベール『百科全書』完結〔仏〕●ディドロ『ブーガンヴィル航海記補遺』〔仏〕●レッシング《エミーリア・ガロッティ》初演〔独〕●「フランクフルト学芸報知」誌創刊(〜九〇)〔独〕●ヘルダー『言語起源論』〔独〕

一七七三年 ▼二月二十日、カルロ・エマヌエーレ三世が亡くなりヴィットーリオ・アメデーオ三世がサルデーニャ国王となる〔伊〕▼七月、ローマ教皇クレメンス十四世がイエスズ会禁止(〜一八一四)〔伊〕▼ボストン茶会事件〔米〕▼プガチョフの乱(〜七五)〔露〕●ゴールドスミス《負けるが勝ち》上演〔英〕●ゲーテ『鉄の手のゲッツ・フォン・ベルリッヒンゲン』〔独〕●「ドイチェ・メルクール」誌創刊(〜一八一〇)〔独〕●クロプシュトック『救世主』〔独〕

一七七四年［十一歳］

七月二十一日、母クリスティーヌ・ド・モッツ歿（四十六歳）。

▼ルイ十六世即位［仏］●ウルマン『日記』［米］●ゲーテ『若きウェルテルの悩み』刊行、観相学者ラヴァーターと知り合う［独］●レンツ『演劇覚書』、『家庭教師』［独］●ヴィーラント『アブデラの人々』（〜八〇）［独］●杉田玄白ほか『解体新書』［日］

一七七五年

▼四月十九日、アメリカ独立戦争開始［米］▼第一次マラータ戦争（〜八二）［印］●**ネルシア『フェリシア、私の愚行録』**（修正版、七八）［仏］●レチフ・ド・ラ・ブルトンヌ『堕落した百姓』［仏］●ボーマルシェ《セビリアの理髪師》初演［仏］●カリオストロ伯爵、フリーメイソン・エジプト典礼派創設［欧］●シェリダン《恋がたき》初演［英］●ラヴァーター『観相学的断片』［スイス］●ユストゥス・メーザー『愛国的幻想』（〜八六）［独］●C・F・ニコライ『若きヴェルターの歓び』［独］

一七七六年

▼七月四日、アメリカ合衆国独立宣言［米］●ネルシア『新しい物語集』［仏］●ペイン『コモン・センス』［英］●ギボン『ローマ帝国衰亡史』（〜八八）［英］●アダム・スミス『国富論』［英］●アダム・ヴァイス・ハウプト、秘密結社「イルミナティ」創設［独］●**レンツ『ツェルビーン、あるいは昨今の哲学』**、『軍人たち』［独］●クリンガー《双生児》、《疾風怒濤》初演［独］●クラシツキ『ミコワイ・ドシフィヤトチンスキの冒険』［ポーランド］●平賀源内、エレキテル製作［日］●上田秋成『雨月物語』［日］

一七七七年

▼ネッケルが財務長官となる（〜八一）［仏］▼ラ・ファイエット、アメリカ独立戦争に参加［米］●ラヴォアジエ「燃焼一派に関する報告」［仏］●サド、マルセイユ事件により再逮捕［仏］●シェリダン《悪口学校》初演［英］●ヴェッリ『拷問に関する諸考察』［伊］●**ユング＝シュティリング『ヘンリヒ・シュティリング自伝　真実の物語』**（〜一八一七）［独］

一七七八年　▼ベンジャミン・フランクリン、米仏和親通商条約および同盟条約締結に成功〔仏〕●ディドロ『運命論者ジャックとその主人』（〜八〇）、『生理学の基礎』（〜八四）、『セネカの生涯に関する詩論』〔仏〕●ヴォルテール歿〔仏〕●ルソー歿〔仏〕●バーニー『エヴリーナ』〔英〕●ピラネージ歿〔伊〕●ヘルダー『民謡集』（〜七九）〔独〕●リンネ歿〔スウェーデン〕

一七七九年　▼キャプテン・クック、ハワイ島民に殺害される〔英〕●レチフ・ド・ラ・ブルトンヌ『わが父の生涯』〔仏〕●S・ジョンソン『英国詩人伝』（〜八一）〔英〕●レッシング『賢者ナータン』（八三初演）〔独〕●クラシツキ『寓話とたとえ話』〔ポーランド〕

一七八〇年　▼第二次マイソール戦争〔印〕●フラゴナール《愛の泉》〔仏〕●ディドロ『修道女』（〜八二）〔仏〕●コンディヤック歿〔仏〕●ネルシア《コンスタンス、向こう見ずがうまく行き》上演〔仏〕●エーヴァル『漁師たち』〔デンマーク〕

一七八一年〔十八歳〕

六月十三日、サルデーニャ海軍歩兵連隊に入る。以後シャンベリに帰るのは休暇のときのみとなる。

▼第二次マイソール戦争〔印〕●ジャン゠ジャック・ルソー『言語起源論』〔仏〕●フリノー『イギリス囚人船』〔米〕●バーボールド夫人『子供のための散文による賛美歌集』〔英〕●カント『純粋理性批判』〔独〕●レッシング歿〔独〕

一七八二年　▼アミアンの和約〔欧〕▼天明の大飢饉〔日〕●ラクロ『危険な関係』〔仏〕●ジャン゠ジャック・ルソー『告白』（第一部）、『孤独な散歩者の夢想』〔仏〕●イリアルテ『文学寓話集』〔西〕●モーツァルト《後宮からの逃走》ほか〔墺〕●シラー《群盗》初演〔独〕●デルジャーヴィン『フェリーツァ』〔露〕●フォンヴィージン《親がかり》初演〔露〕

一七八三年　▼エカテリーナ二世、ウクライナに農奴制を導入〔露〕▼エカテリーナ二世、ウクライナに農奴制を導入〔露〕●モンゴルフィエ兄弟、熱気球による有人飛行に成功〔仏〕●ボーマルシェ『ヴォルテール全集』（〜九〇）〔仏〕●ロシア、オスマン帝国の属国クリム・ハーン国を併合〔露〕●ウェブスター『英語の文法的構造』（のちの『ウェブスター綴り字教科書』）〔米〕●クラッブ『村』〔英〕●ラジーシチェフ『自由』〔露〕

一七八四年［二十一歳］

五月六日、シャンベリで気球を制作し、ビュイッソン＝ロン公園で実験飛行に搭乗する。このとき寄附を募るために書かれた「シャンベリ気球実験の趣意書」（四月一日付）が、グザヴィエの名で公にされた最初の文章だが、実際には兄ジョゼフとの共作とみられる。

先にシャンベリを発っていた連隊と合流し、アレッサンドリア、エジッレス、ピネローロに駐屯する。

▼小ピット、茶の輸入関税を大幅引き下げ〔英〕▼ヨーゼフ二世、所領の公用語にドイツ語を強要〔墺〕▼コンスタンティノポリス条約締結〔露〕●ボーマルシェ《フィガロの結婚》初演〔仏〕●アルフィエーリ『ミッラ』〔伊〕●カント『啓蒙とは何か』〔独〕●ヘルダー『人類史哲学考』〔独〕●シラー《たくらみと恋》初演〔独〕

一七八五年

▼マリー・アントワネット首飾り事件〔仏〕●ラヴォアジエ、水が水素と酸素の結合物であることを発見〔仏〕●サド『ソドムの百二十日』〔仏〕●ドワイト『カナンの征服』〔米〕●カートライト、力織機を発明〔英〕●W・クーパー『課題』〔英〕●メレンデス＝バルデス『詩集』〔西〕●ゲーテ、人間に顎間骨があることを発見〔独〕●モーリッツ『アントン・ライザー』（〜九〇）〔独〕●「タリーア」誌創刊（〜九一）〔独〕

一七八六年　▼フリードリヒ・ヴィルヘルム二世即位〔独〕●フリノー『野生のすいかずら』〔米〕●ベックフォード『ヴァテック』〔英〕●バーンズ『詩集――おもにスコットランド方言による』〔英〕●モーツァルト《フィガロの結婚》初演〔墺〕●ビュルガー『ほらふき男爵の冒険』〔独〕●スウェーデン・アカデミー設立〔スウェーデン〕

一七八七年〔二十四歳〕

トリノに駐屯する。

一七八八年　▼財務総督カロンヌが失脚〔仏〕▼寛政の改革〔日〕●ベルナルダン・ド・サン゠ピエール『ポールとヴィルジニー』〔仏〕●**シラー**《**ドン・カルロス**》初演〔独〕●ハインゼ『アルディンゲロ』〔独〕●ゲーテ『タウリスのイフィゲーニエ』（初演八九）〔独〕

一七八八年　▼合衆国憲法批准〔米〕●スタール夫人『ルソーの著作ならびに性格に関する手紙』〔仏〕●レチフ・ド・ラ・ブルトンヌ『パリの夜』（～九四）〔仏〕●ネルシア『一夜漬けの博士号』〔仏〕●「タイムズ」紙創刊〔英〕●カント『実践理性批判』〔独〕●クニッゲ『人間交際術』〔独〕

一七八九年〔二十六歳〕

一月十六日、父フランソワ゠グザヴィエ・メーストル歿（八十三歳）。

▼五月五日、三部会開会。六月二十日、球戯場の誓い。七月十四日、バスティーユ襲撃によりフランス革命勃発。八月二十六日、フランス人権宣言。九月、王弟アルトワ伯（のちのシャルル十世）がトリノに亡命（～九一）〔仏〕▼ジョージ・ワシントン、

アメリカ合衆国大統領就任〔米〕▼ベルギー独立宣言〔白〕●シエイエス『第三身分とは何か』〔仏〕●ジャン＝ジャック・ルソー『告白』（第二部）〔仏〕●ベンサム『道徳と立法の原理序説』〔英〕●ホワイト『セルボーンの博物誌』〔英〕●ブレイク『無垢の歌』〔英〕●カダルソ『モロッコ人の手紙』〔西〕●シラー『見霊者』〔独〕●ゲーテ『トルクアート・タッソー』〔独〕

一七九〇年［二十七歳］

軟禁刑に処せられトリノで『部屋をめぐる旅』を書く。

▼メートル法の制定作業開始〔仏〕▼寛政異学の禁〔日〕●ウィンスロップ『日記』〔米〕●E・バーク『フランス革命についての省察』〔英〕●ゲーテ「植物のメタモルフォーゼを説明する試み」（論文）〔独〕●カント『判断力批判』〔独〕●「オルフェウス」誌創刊〔ハンガリー〕●シェルグレン『新しい創造、または想像の世界』〔スウェーデン〕●ベルマン『フレードマンの書簡詩』〔スウェーデン〕●ラジーシチェフ『ペテルブルクよりモスクワへの旅』が発禁処分に〔露〕

一七九一年［二十八歳］

フェネストレッレに駐屯する。

▼六月二十一日、ヴァレンヌ事件。九月三日、一七九一年憲法により立憲君主政に〔仏〕●オランプ・ド・グージュ『女性の権利宣言』〔仏〕●サド侯爵『ジュスティーヌ』〔仏〕●シャトーブリアン、アメリカ旅行〔仏〕●ペイン『人間の権利』〔英〕●カサノーヴァ『回想録』執筆（～九八）〔伊〕●E・ダーウィン『植物の園』〔英〕R・バーンズ『タモシャンター』〔英〕●ボズウェ

ル『サミュエル・ジョンソン伝』〔英〕●ボカージェ『詩集』（〜一八〇四）〔ポルトガル〕●ゲーテ、ヴァイマル宮廷劇場監督に〔独〕●ティーク『リノ』〔独〕●シラー『三十年戦争史』（〜九三）〔独〕●カラムジン『ロシア人旅行者の手紙』（〜九五）〔露〕

一七九二年〔三十九歳〕

九月二十六日、フランスのサヴォワ侵攻を受けメーストル一家がアオスタに避難する。

▼四月二十日、オーストリアに宣戦布告しフランス革命戦争へ。八月十日、テュイルリー宮殿襲撃。九月二十一日、王政廃止。第一共和政の成立（国民公会）〔仏〕▼九月二十一日、フランスによるサヴォワ侵略。シャンベリでアロブロージュ国民議会が招集され、サヴォワのフランスへの帰属を決議して解散。十一月二十七日、サヴォワはフランス共和国モンブラン県に〔仏・伊〕●スタール夫人、コッペ滞在（〜九五）〔仏〕●ネルシア『私の修練期、ロロットの喜び』、『モンローズ、宿命でリベルタンになった男』〔仏〕●サド、反革命容疑で投獄される〔仏〕

一七九三年〔三十歳〕

六月十三日、グザヴィエがアオスタに到着し家族と合流する。
ジョゼフとともに塔に住む癩病者を訪ねる。
八月三日、ジョゼフがローザンヌでサルデーニャ王国の特使となる。

▼一月二十一日、ルイ十六世が処刑される。ヴァンデの反乱が起こる。恐怖政治が始まる〔仏〕▼第一次対仏大同盟〔欧〕●シャ

トーブリアン、イギリス滞在（〜一八〇〇）［仏］●ネルシア『アフロディテーたち』［仏］●ブレイク『アメリカ』［英］●ゴドウィン『政治的正義』［英］●ジャン・パウル『ヴーツ先生の生涯』［独］

一七九四年［三十一歳］

十一月九日から十二月七日まで兄ジョゼフを訪ねてローザンヌに滞在、このとき『部屋をめぐる旅』の草稿を預ける。

▼テルミドールの反動。ロベスピエール、処刑される［仏］▼コシチューシコの独立運動［ポーランド］●シェニエ、刑死。『牧歌集』［仏］●コンスタン、スタール夫人と出会う［仏］●レチフ・ド・ラ・ブルトンヌ『ムッシュー・ニコラ』（〜九七）［仏］●**ラドクリフ『ユードルフォの謎』**［英］●W・ゴドウィン『ケイレブ・ウィリアムズ』［英］●ベルリンのブランデンブルク門完成［独］●フィヒテ『全知識学の基礎』（〜九五）［独］●ボグスワフスキ『架空の奇跡、あるいはクラクフっ子とグラルの衆』［ポーランド］

一七九五年［三十二歳］

四月三日、ジョゼフによりローザンヌで『部屋をめぐる旅』が匿名出版される。

▼八月二十二日、一七九五年憲法制定。十月一日、オーストリア領ベルギーを併合。恐怖政治の終焉、総裁政府の設立［仏］▼パタヴィア共和国成立［蘭］▼ポーランド王国滅亡（オーストリア、プロイセン、ロシアの第三次ポーランド分割）［ポーランド］●**スタール夫人『三つの物語』**（『断片集』所収）［仏］●サド『閨房哲学』［仏］●パリーニ『ミューズに』［伊］●J・ハットン『地球の理論』［英］●カント『永遠平和のために』［独］●シラー『素朴文学と情感文学について』［独］●ゲーテ『ヴィルヘルム・マイスターの

修行時代』（～九六）〔独〕●「ホーレン」誌創刊（～九八）〔独〕●本居宣長『玉勝間』（～一八一二）〔日〕

一七九六年　▼四月二十八日、サルデーニャ王国はナポレオンのイタリア遠征を受けて対仏大同盟から脱落。五月十五日、パリ条約によりサヴォワとニースをフランスに割譲。十月十六日、ヴィットーリオ・アメデーオ三世が死去、カルロ・エマヌエーレ四世即位〔伊〕●ラプラス『宇宙体系解説』〔仏〕●ジョゼフ・ド・メーストル『フランスについての考察』〔仏〕●スタール夫人『情熱の影響について』〔仏〕●M・G・ルイス『マンク』〔英〕●ヴァッケンローダー『芸術を愛する一修道僧の心情の披瀝』〔独〕●ジャン・パウル『貧民弁護士ジーベンケース』（～九七）〔独〕

一七九七年　▼九月四日、クーデターにより王党派議員がギアナへ追放される〔仏〕▼カンポ・フォルミオ条約締結〔墺〕●サド『ジュリエットあるいは悪徳の栄え』〔仏〕●ラドクリフ『イタリアの惨劇』〔英〕●ゲーテ『ヘルマンとドロテーア』〔独〕●ヘルダーリン『ヒュペーリオン』（～九九）〔独〕●ティーク『民話集』〔独〕

一七九八年　▼ナポレオン、エジプト遠征。第二次対仏大同盟〔欧〕▼十二月十日、フランスの姉妹共和国としてピエモンテ共和国が設立される。サルデーニャ王国はサルデーニャ島に拠点を移す〔伊〕●C・B・ブラウン『アルクィン』、『ウィーランド』〔米〕●マルサス『人口論』〔英〕●コールリッジ、ワーズワース合作『抒情民謡集』〔英〕●ラム『ロザマンド・グレイ』〔英〕●W・ゴドウィン『「女権の擁護」の著者の思い出』〔英〕●フォスコロ『ヤーコポ・オルティスの最後の手紙』〔伊〕●Fr・シュレーゲル『ゲーテの〈マイスター〉について』〔独〕●シュレーゲル兄弟ほか「アテネーウム」誌創刊（～一八〇〇）〔独〕●シラー《ヴァレンシュタイン》第一部初演〔独〕●ティーク『フランツ・シュテルンバルトの遍歴』〔独〕●ノヴァーリス『ザイスの弟子たち』〔独〕●ヘルダーリン『エンペドクレスの死』（～九九）〔独〕●本居宣長『古事記伝』〔日〕

一七九九年［三十六歳］

十月三日、トリノで『部屋をめぐる夜の遠征』執筆。

トリノもアオスタもフランスに占領され、指令の届かなくなったサルデーニャ軍は潰滅する。

山岳戦の経験を買われてスヴォーロフ率いるロシア軍に加入し、そのままロシアへ向かう。

▼ナポレオンによる、ブリュメール十八日（十一月九日）のクーデターにより、統領政府が成立［仏］▼ロシアによる北イタリア遠征［伊・露］●C・B・ブラウン『アーサー・マーヴィン』（～一八〇〇）、『オーモンド』、『エドガー・ハントリー』［米］●W・ゴドウィン『サン・レオン』［英］●**Fr・シュレーゲル**『**ルツィンデ**』［独］●シュライアマハー『宗教論』［独］●リヒテンベルク歿、『箴言集』［独］●チョコナイ＝ヴィテーズ『カルニョー未亡人と二人のあわて者』［ハンガリー］

一八〇〇年［三十七歳］

スヴォーロフの死とともにロシア軍を去る。

サンクトペテルブルクでガガーリン公の食客となり、肖像画を描くなどして糊口をしのぐ。

▼ナポレオン、フランス銀行設立。第二次イタリア遠征［仏］●議会図書館創立［米］●スタール夫人『文学論』［仏］●エッジワース『ラックレント城』［英］●**シラー**《**メアリー・ステュアート**》初演［独］●ノヴァーリス『夜の讃歌』［独］●ジャン・パウル『巨人』（～〇三）［独］

一八〇一年〔三十八歳〕

モスクワでアレクサンドル一世の戴冠式に出席、そのままモスクワに住む。

▼一月一日、大ブリテン・アイルランド連合王国成立〔英〕▼七月十五日、ナポレオンと教皇ピウス七世、政教和約を結ぶ〔仏〕●シャトーブリアン『アタラ』〔仏〕●サド逮捕〔仏〕●C・B・ブラウン『クララ・ハワード』、『ジェイン・タルボット』〔米〕●パリーニ『夕べ』、『夜』〔伊〕●ヘルダーリン『パンとぶどう酒』〔独〕●A・W・シュレーゲル『文芸についての講義』（〜〇四）〔独〕

一八〇二年 ▼ナポレオン、フランス終身第一統領に〔仏〕▼六月四日、カルロ・エマヌエーレ四世が退位しヴィットーリオ・エマヌエーレ一世がサルデーニャ国王となる。九月十一日、ピエモンテがフランスに併合される〔伊〕▼アミアンの和約〔欧〕●シャトーブリアン『キリスト教精髄』〔仏〕●スタール夫人『デルフィーヌ』〔仏〕●ノディエ『追放者たち』〔仏〕●ノヴァーリス『青い花』〔独〕●シェリング『芸術の哲学』講義（〜〇三）〔独〕●ジュコフスキー訳グレイ『村の墓場』（『墓畔の哀歌』）〔露〕●十返舎一九『東海道中膝栗毛』（〜一四）〔日〕

一八〇三年〔四十歳〕

五月十三日、サヴォワとピエモンテを失ったサルデーニャ王国の再興のため、ロシアの協力を取りつけるべく、ジョゼフがサルデーニャ全権大使としてサンクトペテルブルクに赴任。

▼ナポレオン法典公布、ナポレオン皇帝となる〔仏〕●スタール夫人、ナポレオンによりパリから追放、第一回ドイツ旅

行（〜〇四）〔仏〕●フォスコロ『詩集』〔伊〕●クライスト『シュロッフェンシュタイン家』〔独〕●ポトツキ『サラゴサ手稿』執筆（〜一五）〔ポーランド〕

一八〇四年　▼一月一日、ハイチがフランスから独立。三月二十一日、ナポレオン法典公布。五月十八日、ナポレオンが皇帝に即位、第一帝政に〔仏〕▼八月十一日、オーストリア帝国成立〔墺〕▼レザノフ、長崎来航〔日〕●セナンクール『オーベルマン』〔仏〕●スタール夫人、イタリア旅行（〜〇五）〔仏〕●**シラー《ヴィルヘルム・テル》**初演〔独〕●ジャン・パウル『美学入門』〔独〕

一八〇五年［四十二歳］

ジョゼフの紹介でサンクトペテルブルクの海軍博物館・図書館長を務めることとなり、サンクトペテルブルクに移る。

▼第三次対仏大同盟〔欧〕▼十二月二日、アウステルリッツの戦いでロシア・オーストリア連合軍を破る〔仏〕

一八〇六年　▼第四次対仏大同盟〔欧〕▼一月一日、革命暦を廃止しグレゴリオ暦に戻る。七月十二日、ロシアとライン同盟を締結、ドイツ諸侯を保護下に置く（神聖ローマ帝国滅亡）。十一月二十一日、大陸封鎖令〔仏〕▼露土戦争（〜一二）〔露・土〕●シャトーブリアン、近東旅行（〜〇七）〔仏〕●コタン夫人『エリザベスあるいはシベリアの流刑者たち』〔仏〕●クライスト『こわれ甕』（初演〇八）〔独〕●アルニム、ブレンターノ『子供の魔法の角笛』（〜〇八）〔独〕

一八〇七年［四十四歳］

再びロシア軍に加わる。

フランスがロシア・プロイセンとティルジット和約を締結したため、ロシアでのジョゼフの立場が難しいものとなる。

▼九月九日、ナポレオン、半独立国、自由都市ダンツィヒを設立。ポルトガル侵攻〔仏〕●スタール夫人『コリンヌ』〔仏〕●フォスコロ『墳墓』〔伊〕●ヘーゲル『精神現象学』〔独〕●**クライスト『チリの地震』**〔独〕●エーレンシュレーヤー『北欧詩集』〔デンマーク〕

一八〇八年 ▼スペイン独立戦争（～一四）〔仏・西〕▼フェートン号事件〔日〕●Ch・フーリエ『四運動および一般的運命の理論』〔仏〕●ゴヤ《マドリード市民の処刑》〔西〕●フリードリヒ《山上の十字架》〔独〕●フィヒテ『ドイツ国民に告ぐ』〔独〕●Fr・シュレーゲル『古代インド人の言語と思想』〔独〕●A・フンボルト『自然の諸相』〔独〕●**クライスト『ミヒャエル・コールハース』**〔独〕●ゲーテ『ファウスト』（第一部）〔独〕

一八〇九年 ▼第五次対仏大同盟〔欧〕▼メキシコ、エクアドルで独立運動始まる〔南米〕●ゲーテ『親和力』〔独〕

一八一〇年〔四十七歳〕

『アオスタ市の癩病者』完成。

この頃からロシア皇后の侍女ソフィー・ザグリアツカと交際するが、出征により結婚は先延ばしとなる。

ジョージア遠征で右腕を負傷、このとき『コーカサスの捕虜たち』の着想を得る。

▼ロシア、大陸封鎖令を破りイギリスと通商再開〔英・露〕▼オランダ、フランスに併合〔蘭〕●**シャトーブリアン『殉教者たち』**〔仏〕●スタール夫人『ドイツ論』〔仏〕●スコット『湖上の美人』〔独〕●W・フンボルトの構想に基づきベルリン大学創

設（初代総長フィヒテ）［独］クライスト『短篇集』（〜一一）［独］

一八一一年［四十八歳］

ジョゼフによりサンクトペテルブルクで『部屋をめぐる旅』と『アオスタ市の癩病者』の合本が刊行される。

一八一二年 ▼ラッダイト運動（〜一七頃）［英］●ド・ラ・モット・フケー『ウンディーネ』［独］●ゲーテ『詩と真実』（〜三三）［独］

一八一二年 ▼ナポレオン、ロシア遠征。第六次対仏大同盟［欧］▼米英戦争（〜一四）［米・英］▼シモン・ボリーバル「カルタヘナ宣言」［ベネズエラ］●ガス灯の本格的導入［英］●バイロン『チャイルド・ハロルドの巡礼』（〜一八）［英］●ウィース『スイスのロビンソン』［スイス］●グリム兄弟『グリム童話集』（〜二二）［独］●**ド・ラ・モット・フケー『魔法の指輪 ある騎士物語』**［独］

一八一三年［五十歳］

二月三日、ソフィー・ザグリアツカと結婚、冬宮殿に住む。

▼ライプツィヒの決戦で、ナポレオン敗北［欧］▼モレロス、メキシコの独立を宣言［メキシコ］●オースティン『高慢と偏見』［英］

一八一四年 ▼三月三十一日、パリ陥落。四月六日、ナポレオンが退位し、ルイ十八世が即位。復古王政に。五月三十日、第一次パリ条約によりフランスは一七九二年当時の領土まで縮小［仏］▼ウィーン会議（〜一五）［欧］▼五月二日、ヴィットーリオ・エマヌエーレ一世がサルデーニャ島カリャリからトリノへ移る。パリ条約によりサルデーニャ王国の領土回復［伊］●スタンダール、ミラノ滞在（〜二一）［仏］●スティーヴンソン、蒸気機関車を実用化［英］●オースティン『マンスフィールド・パーク』〔英〕●スコット『ウェイヴァリー』〔英〕●ワーズワース『逍遥』〔英〕●ブレンターノ《ポンス・ド・レオン》上演〔独〕●シャミッソー『ペーター・シュレミールの不思議な物語』〔独〕●E・T・A・ホフマン『カロー風の幻想曲集』（〜一五）〔独〕●カラジッチ『スラブ・セルビア小民謡集』、『セルビア語文法』〔セルビア〕●曲亭馬琴『南総里見八犬伝』（〜四二）〔日〕

一八一五年

▼第七次対仏大同盟。ロシア、オーストリア、プロイセンが神聖同盟を結ぶ（のちフランスも加盟）。スイス連邦が永世中立国として承認される〔欧〕▼三月二十日、ナポレオンが再び帝位に就く。六月十八日、ワーテルローの戦い。十一月二十日、第二次パリ条約により一七九〇年当時の領土まで縮小、多額の賠償金を負う〔仏〕▼六月九日、ウィーン議定書によりサルデーニャ王国がジェノヴァとリグーリアを併合〔伊〕▼穀物法制定〔英〕●ベランジェ『歌謡集』〔仏〕●バイロン『ヘブライの旋律』〔英〕●スコット『ガイ・マナリング』〔英〕●ワーズワース『ライルストーンの白鹿』〔英〕●Fr・シュレーゲル『古代及び近代文学史』〔独〕●ホフマン『悪魔の霊酒』〔独〕●アイヒェンドルフ『予感と現在』〔独〕●ブーク・カラジッチ『セルビア民謡集』〔セルビア〕

一八一六年〔五十三歳〕

ナポレオン戦争の終結により軍隊を去る。

▼両シチリア王国成立（〜六〇）〔伊〕▼金本位制を採用、ソブリン金貨を本位金貨として制定（一七年より鋳造）〔英〕●コンスタン『アドルフ』〔仏〕●コールリッジ「クーブラカーン」、『クリスタベル姫』〔英〕●P・B・シェリー『アラスター、または孤独の夢』〔英〕●スコット『好古家』、『宿家主の物語』〔英〕●オースティン『エマ』〔英〕●グロッシ『女逃亡者』〔伊〕●ホフマン『夜曲集』〔独〕●グリム兄弟『ドイツ伝説集』（〜一八）〔独〕●ゲーテ『イタリア紀行』（〜一七）〔独〕●インゲマン『ブランカ』〔デンマーク〕

●フェルナンデス＝デ＝リサルデ『疥癬病みのおうむ』（～三一）［メキシコ］●ウイドブロ『アダム』、『水の鏡』［チリ］

一八一七年［五十四歳］

五月二十七日、ジョゼフがロシアを去り、今生の別れとなる。

サンクトペテルブルク版をもとに、パリで『部屋をめぐる旅』と『アオスタ市の癩病者』の合本が刊行される。

▼全ドイツ・ブルシェンシャフト成立［独］●キーツ『詩集』［英］●バイロン『マンフレッド』［英］●コールリッジ『文学的自叙伝』［英］●プーシキン『自由』［露］

一八一八年

▼アーヘン会議［欧］●コンスタン『立憲政治学講義』（～二〇）［仏］●シャトーブリアン、「コンセルヴァトゥール」紙創刊（～二〇）［仏］●ジョフロア・サンティレール『解剖哲学』（～二〇）［仏］●ノディエ『ジャン・スボガール』［仏］●キーツ『エンディミオン』［英］●スコット『ミドロジアンの心臓』［英］●P・B・シェリー『イスラームの反乱』［英］●M・シェリー『フランケンシュタイン』［英］●ハズリット『英国詩人論』［英］●オースティン『ノーザンガー寺院』、『説得』［英］●グリルパルツァー《サッポー》初演［墺］

一八一九年［五十六歳］

ロシアを舞台とするふたつの物語（のちの『コーカサスの捕虜たち』、『シベリアの少女』）執筆開始。

▼カールスバート決議［独］●シェニエ『全集』［仏］●ユゴー、「文学保守」誌創刊（～二一）［仏］●W・アーヴィング『スケッチ・

ブック』（〜二〇）〔米〕●スコット『アイヴァンホー』〔英〕●P・B・シェリー『チェンチ一族』〔英〕●バイロン『ドン・ジュアン』（〜二四）〔英〕●レオパルディ『カンツォーネ集――イタリアについて、フィレンツェで準備されているダンテの記念碑について』〔伊〕●ゲーテ『西東詩集』〔独〕●ショーペンハウアー『意志と表象としての世界』〔独〕

一八二〇年〔五十七歳〕

四月二十三日、シャンベリでサヴォワ・アカデミーが設立され、ジョゼフとグザヴィエが初代会員に選出される。

▼ジョージ三世没、ジョージ四世即位〔英〕▼両シチリア王国ナポリで、カルボナリ党の共和主義運動（〜二一）〔伊〕▼リエゴの革命（〜二三）〔西〕●ラマルティーヌ『瞑想詩集』〔仏〕●ノディエ『吸血鬼』〔仏〕●P・B・シェリー『縛めを解かれたプロミーシュース』〔英〕●スコット『アイヴァンホー』〔英〕●マチューリン『放浪者メルモス』〔英〕●ホフマン『牝猫ムルの人生観』（未完）、『ブランビラ王女』（〜二一）〔独〕●テングネール『フリティヨフ物語』〔スウェーデン〕●プーシキン『ルスランとリュドミーラ』〔露〕●小林一茶『おらが春』〔日〕

一八二一年〔五十八歳〕

二月二十六日、トリノにて兄ジョゼフ歿（六十七歳）。

▼トリノで立憲革命が勃発。三月十二日、ヴィットーリオ・エマヌエーレ一世が退位。カルロ・フェリーチェが革命を鎮圧しサルデーニャ国王となる〔伊〕▼ギリシア独立戦争（〜二九）〔希・土〕●ジョゼフ・ド・メーストル『サンクトペテルブ

ルク夜話』［仏］●ノディエ『スマラ』［仏］●スコット『ケニルワース』［英］●P・B・シェリー『アドネイス』［英］●イーガン『ロンドンの生活』［英］●クレア『村の詩人』［英］●ゴールト『教区年代記』［英］●グリルパルツァー『金羊毛皮』［墺］●ゲーテ『ヴィルヘルム・マイスターの遍歴時代』（〜二九）［独］●クライスト《フリードリヒ・フォン・ホンブルグ公子》初演、『ヘルマンの戦い』［独］●ブーク・カラジッチ『セルビア民話』［セルビア］●スタングネーリウス『シャロンのゆり』［スウェーデン］

一八二二年　▼ギリシア、独立宣言［希］●スタンダール『恋愛論』［仏］●フーリエ『家庭・農業組合概論』［仏］●ノディエ『トリルビー』［仏］●ベドーズ『花嫁の悲劇』［英］●ド・クインシー『阿片常用者の告白』［英］●バイロン『審判の夢』［英］●スコット『ナイジェルの運命』、『ピークのペヴァリル』［英］●マンゾーニ『アデルキ』［伊］●ミツキエヴィッチ『バラードとロマンス』［ポーランド］●プーシキン『カフカースの捕虜』［露］

一八二三年［六十歳］

『部屋をめぐる夜の遠征』、『カスカンボ少佐の冒険』（のちの『コーカサスの捕虜たち』）、『プラスコーヴィヤ・ルポロヴァの真の物語』（のちの『シベリアの少女』）の原稿を、ロンドンのルイ・ド・ヴィネに送る。

▼モンロー主義宣言［米］●クレール・ド・デュラス『ウーリカ』［仏］●クーパー『開拓者』［米］●ロンドン（リージェンツ・パーク）でダゲールのジオラマ館開館（〜五一）［英］●スコット『クウェンティン・ダーワード』［英］●ラム『エリア随筆』（〜三三）［英］●ミツキエヴィッチ『父祖たちの祭り』（〜三二）［ポーランド］

一八二四年　▼九月十六日、ルイ十八世が亡くなりシャルル十世が即位［仏］▼イギリスで団結禁止法廃止、労働組合結成公認［英］

●ランドー『空想対話篇』〔英〕●M・R・ミットフォード『わが村』〔英〕●ホッグ『疑いのはれた罪人の私的手記と告白』〔英〕●レオパルディ『カンツォーネ集』〔伊〕●ライムント《精霊王のダイヤモンド》上演〔墺〕●**ティーク『旅人たち』**〔独〕●ハイネ『ハールツ紀行』〔独〕●W・ミュラー『冬の旅』〔独〕●コラール『スラーヴァの娘』〔スロヴァキア〕●インゲマン『ヴァルデマー大王とその臣下たち』〔デンマーク〕●アッテルボム『至福の島』（〜二七）〔スウェーデン〕

一八二五年〔六十二歳〕

六月二日、グザヴィエ・ド・メーストル作品集として、著者の校註つきと銘打ち、『部屋をめぐる旅／アオスタ市の癩病者』、『部屋をめぐる夜の遠征』、『コーカサスの捕虜たち／シベリアの少女』の全五作品・三巻本がパリで出版される。

▼十二月一日、ロシア皇帝アレクサンドル一世が急死し、ニコライ一世が即位〔露〕▼デカブリストの乱〔露〕▼外国船打払令〔日〕●盲人ルイ・ブライユ、六点式点字法を考案〔仏〕●ブリア゠サヴァラン『味覚の生理学（美味礼讃）』〔仏〕●ロバート・オーエン、米インディアナ州にコミュニティ「ニュー・ハーモニー村」を建設〔米〕●世界初の蒸気機関車、ストックトン〜ダーリントン間で開通〔英〕●ハズリット『時代の精神』〔英〕●プーシキン『ボリス・ゴドゥノフ』、『エヴゲーニー・オネーギン』（〜三三）〔露〕

一八二六年〔六十三歳〕

四人の子どものうち二人を亡くした（アレクサンドリーヌ〔一八一四―二三〕、アンドレ〔一八一七―二〇〕）ことと、前年末に起こったデカブリストの乱による政情不安から、温暖なナポリへ移る。途中で生地シャンベリに立ち寄る。当時フィレンツェにいたラマルティーヌ（グザヴィエの甥の妻の兄にあたる）が、これを聞いて「帰還」という詩を捧げる（『詩的で宗教的な調べ』収録）。トリノではラッコニージ城に招かれ、カリニャーノ公カルロ・アルベルト（のちのサルデーニャ国王）と晩餐を共にする。

▼ボリーバル提唱のラテン・アメリカ国際会議を開催〔南米〕●**シャトーブリアン『ナチェズ族』**〔仏〕●ヴィニー『古代近代詩集』、『サン＝マール』〔仏〕●ユゴー『オードとバラード集』〔仏〕●クーパー『モヒカン族の最後の者』〔米〕●ディズレーリ『ヴィヴィアン・グレー』〔英〕●E・B・ブラウニング『精神についての小論、およびその他の詩』〔英〕●レオパルディ『韻文集』〔伊〕●アイヒェンドルフ『のらくら者日記』〔独〕●ハイネ『ハールツ紀行』、『歌の本』（～二七）〔独〕

一八二七年

▼ナバリノの海戦〔欧〕●スタンダール『アルマンス』〔仏〕●ネルヴァル訳ゲーテ『ファウスト（第一部）』〔仏〕●ド・クインシー『殺人芸術論』〔英〕●レオパルディ『オペレッテ・モラーリ』〔伊〕●マンゾーニ『婚約者』（改訂版、四〇－四二）〔伊〕●ベートーヴェン歿〔独〕●ベデカー、旅行案内書を創刊〔独〕●ハイネ『歌の本』〔独〕

一八二八年

▼露土戦争〔露・土〕▼シーボルト事件〔日〕●ウェブスター編『アメリカ版英語辞典』〔米〕●ブルワー＝リットン『ペラム』〔英〕●ライムント《アルプス王と人間嫌い》初演〔墺〕●レクラム書店創立〔独〕●ハイベア『妖精の丘』〔デンマーク〕●ブレーメル『日常生活からのスケッチ』〔スウェーデン〕

一八二九年

▼カトリック教徒解放令の成立〔英〕▼アドリアノープルの和〔露・土〕●ロンドンで初の乗合馬車（オムニバス）営業開始〔英〕●「両世界評論」「パリ評論」創刊〔仏〕●サント＝ブーヴ『ジョゼフ・ドロルムの生涯と詩と意見』〔仏〕●バルザック『ふくろ

う党』、『結婚の生理学』〔仏〕●ノディエ『大革命覚書』〔仏〕●サン＝シモン『回想録』（〜三〇）〔仏〕●フーリエ『産業・組合新世界』〔仏〕●ユゴー『死刑囚最後の日』〔仏〕●グラッベ《ドン・ジュアンとファウスト》初演〔独〕●プラーテン『ロマン的オイディプス』〔独〕●ゲーテ『ヴィルヘルム・マイスターの遍歴時代』〔独〕

一八三〇年

▼六月十四日、オスマン帝国領アルジェリアに侵攻。七月革命ののちルイ・フィリップが即位、立憲君主政に〔仏〕▼ジョージ四世歿、ウィリアム四世即位〔英〕▼十一月蜂起〔ポーランド〕▼ベルギー、独立宣言〔白〕▼セルビア自治公国成立、ミロシュ・オブレノビッチがセルビア公に即位〔セルビア〕●コント『実証哲学講義』（〜四二）〔仏〕●ドラクロワ《民衆を導く自由の女神》〔仏〕●フィリポン、「カリカチュール」創刊〔仏〕●ユゴー《エルナニ》初演、古典派・ロマン派の間の演劇論争に〔仏〕●スタンダール『赤と黒』〔仏〕●メリメ『エトルリアの壺』〔仏〕●ノディエ『ボヘミアの王の物語』〔仏〕●リヴァプール・マンチェスター間に鉄道完成〔英〕●ライエル『地質学原理』（〜三三）〔英〕●クロアチアを中心に南スラブの文化的覚醒をめざすイリリア運動〔クロアチア〕●リュデビット・ガイ『クロアチア・スラボニア語正書法の基礎概略』〔クロアチア〕●ヴェルゲラン『創造、人間、メシア』〔ノルウェー〕●チュッチェフ『キケロ』、『沈黙』〔露〕●プーシキン『ベールキン物語』〔露〕

一八三一年

▼四月二十七日、カルロ・フェリーチェが死去し、カリニャーノ公カルロ・アルベルトがサルデーニャ国王となる。マッツィーニが亡命先のマルセイユで青年イタリア党を結成〔伊〕●ユゴー『ノートル＝ダム・ド・パリ』〔仏〕●ピーコック『奇想城』〔英〕●グラッベ『ナポレオン、一名百日天下』〔独〕●フィンランド文学協会設立〔フィンランド〕●ゴーゴリ『ディカニカ近郷夜話』（〜三二）〔露〕

一八三二年［六十九歳］

パオリーナ・レオパルディによるイタリア語訳『部屋をめぐる夜の遠征』刊行。

▼第一次選挙法改正［英］▼天保の大飢饉［日］●ガロア、決闘で死亡［仏］●パリ・オペラ座で、パレエ《ラ・シルフィード》初演［仏］●ノディエ『パン屑の妖精』［仏］●リージェンツ・パークに巨大パノラマ館完成［英］●H・マーティノー『経済学例解』（〜三四）［英］●ブルワー＝リットン『ユージン・アラム』［英］●F・トロロープ『内側から見たアメリカ人の習俗』［英］●テプフェール『伯父の書棚』［スイス］●クラウゼヴィッツ『戦争論』（〜三四）［独］●ゲーテ歿、『ファウスト』（第二部、五四初演）［独］●メーリケ『画家ノルテン』［独］●アルムクヴィスト『いばらの本』（〜五二）［スウェーデン］●ルーネベリ『ヘラジカの射手』［フィンランド］

一八三三年［七十歳］

トリノの友人から『伯父の書棚』、『牧師館』などロドルフ・テプフェールの短編が作者不詳の作品として送られてくる。

▼オックスフォード運動始まる［英］▼第一次カルリスタ戦争（〜三九）［西］●バルザック『ウージェニー・グランデ』［仏］●シムズ『マーティン・フェイバー』［米］●ポー『瓶から出た手記』［米］●カーライル『衣服哲学』（〜三四）［英］●ラウベ『若きヨーロッパ』（〜三七）［独］●ホリー『スヴァトプルク』［スロヴァキア］●プーシキン『青銅の騎士』、『スペードの女王』［露］●ホミャコーフ『僭称者ドミートリー』［露］

一八三四年 ▼ドイツ関税同盟［独］●ミュッセ『戯れに恋はすまじ』、『ロレンザッチョ』［仏］●バルザック『絶対の探求』［仏］●スタンダール『リュシヤン・ルーヴェン』〔〜三五〕〔仏〕●エインズワース『ルークウッド』〔英〕●ブレシントン伯爵夫人『バイロン卿との対話』〔英〕●ブルワー＝リットン『ポンペイ最後の日々』〔英〕●マリアット『ピーター・シンプル』〔英〕●シムズ『ガイ・リヴァーズ』〔米〕●ヴァン・アッセルト『桜草』〔白〕●ララ『病王ドン・エンリケの近侍』〔西〕●ハイネ『ドイツ宗教・哲学史考』〔独〕●ミツキエヴィッチ『パン・タデウシュ』〔ポーランド〕●スウォヴァツキ『コルディアン』〔ポーランド〕●フレドロ《復讐》初演〔ポーランド〕●プレシェルン『ソネットの花環』〔スロヴェニア〕●レールモントフ『仮面舞踏会』〔〜三五〕〔露〕●ベリンスキー『文学的空想』〔露〕

一八三五年

▼フェルディナンド一世、即位〔墺〕●トクヴィル『アメリカのデモクラシー』〔仏〕●ヴィニー『軍隊の服従と偉大』〔仏〕●バルザック『ゴリオ爺さん』〔仏〕●ゴーチエ『モーパン嬢』〔仏〕●スタンダール『アンリ・ブリュラールの生涯』〔〜三六〕〔仏〕●モールス、電信機を発明〔米〕●シムズ『イエマシー族』、『パルチザン』〔米〕●ホーソーン『若いグッドマン・ブラウン』〔米〕●R・ブラウニング『パラケルスス』〔英〕●クレア『田舎の詩神』〔英〕●シーボルト『日本植物誌』〔独〕●**ティーク『古文書と青のなかへの旅立ち』**〔独〕●**ビューヒナー『ダントンの死』**、**『レンツ』**〔〜三九〕〔独〕●グッコー『懐疑の女ヴァリー』〔独〕●クラシンスキ『非＝神曲』〔ポーランド〕●アンデルセン『即興詩人』、『童話集』〔デンマーク〕●レンロット、民謡・民間伝承収集によるフィンランドの叙事詩『カレワラ』を刊行〔フィンランド〕●ゴーゴリ『アラベスキ』、『ミルゴロド』〔露〕

一八三六年

▼ロンドン労働者協会結成〔英〕●ラマルティーヌ『ジョスラン』〔仏〕●バルザック『谷間のゆり』〔仏〕●ミュッセ『世紀児の告白』〔仏〕●エマソン『自然論』〔米〕●ハリバートン『時計師、あるいはスリックヴィルのサム・スリック君の言行録』〔カナダ〕●マリアット『海軍見習士官イージー』〔英〕●E・B・ブラウニング『セラフィムおよびその他の詩』〔英〕●インマーマ

ン『エピゴーネン』〔独〕●ハイネ『ロマン派』〔独〕●ヴェレシュマルティ『檄』〔ハンガリー〕●マーハ『五月』〔チェコ〕●シャファーリク『スラヴ古代文化』（〜三七）〔スロヴァキア〕●クラシンスキ『イリディオン』〔チェコ〕●プレシェルン『サヴィツァ河畔の洗礼』〔スロヴェニア〕●ブーク・カラジッチ『セルビア俚諺集』〔セルビア〕●ゴーゴリ《検察官》初演、『鼻』、『幌馬車』〔露〕●プーシキン『大尉の娘』〔露〕

一八三七年

▼ヴィクトリア女王即位〔英〕▼大塩平八郎の乱〔日〕●ダゲール、銀板写真術を発明〔仏〕●バルザック『幻滅』（〜四三）〔仏〕●スタンダール『イタリア年代記』（〜三九）〔仏〕●クーザン『真・善・美について』〔仏〕●ホーソーン『トワイス・トールド・テールズ』〔米〕●エマソン『アメリカの学者』〔米〕●カーライル『フランス革命』〔英〕●ロックハート『ウォルター・スコット伝』（〜三八）〔英〕●ディケンズ『ピックウィック・クラブ遺文録』〔英〕●カーライル『フランス革命』〔英〕●「道標」誌創刊〔蘭〕●ブレンターノ『ゴッケル物語』〔独〕●ヴェレシュマルティ、バイザら「アテネウム」誌創刊〔ハンガリー〕●コラール『スラヴィ諸民族と諸方言の文学上の相互交流について』〔スロヴァキア〕●ブーク・カラジッチ『モンテネグロとモンテネグロ人』〔セルビア〕●レールモントフ『詩人の死』〔露〕

一八三八年［七十五歳］

ナポリで残りの子ども二人も亡くし（カトリーヌ［一八一六–三〇］、アルチュール［一八二一–三七］）、夫婦でサンクトペテルブルクへ戻ることを決める。

このとき途中でシャンベリに寄ったのが、生地を訪ねる最後の機会となった。

サン＝ポワン城ではラマルティーヌと晩餐を共にする。

十一月六日から翌年四月までパリに滞在、サント＝ブーヴと面会する。

出版者シャルパンティエから、全集を再版するので何か書き足すよう促されるが、もう作品を書くことはできないとして、代わりにロドルフ・テプフェールの短編集を出版するよう勧める。

パリでダゲールの銀板写真を知り、興味を持つ。

▼チャーティスト運動（〜四八）〔英〕●ポー『アーサー・ゴードン・ピムの物語』〔米〕●エマソン『神学部講演』〔米〕●ロンドン・バーミンガム間に鉄道完成〔英〕●初めて大西洋に定期汽船が就航〔英〕●ディケンズ『オリヴァー・ツイスト』〔英〕●コンシェンス『フランデレンの獅子』〔白〕●メーリケ『詩集』〔独〕●フライリヒラート『詩集』〔独〕●インマーマン『ミュンヒハウゼン』（〜三九）〔独〕●レールモントフ『悪魔』、『商人カラーシニコフの歌』〔露〕

一八三九年〔七十六歳〕

サンクトペテルブルクへ戻ったとき、冬宮殿が一八三七年十二月十七日に大火に遭って、ロシアに残していた手紙や草稿、絵画が焼失したことを知る。

冬宮殿の住まいを失ったため、しばらくプーシキンの未亡人ナターリア（ソフィーの姪にあたる）の家に泊めてもらう。

サント＝ブーヴによる評伝が「両世界評論」に掲載される。

シャルパンティエから全集の新版が刊行される。

▼反穀物法同盟成立〔英〕▼ルクセンブルク大公国独立〔ルクセンブルク〕▼オスマン帝国、ギュルハネ勅令、タンジマートを開始（～五六）〔土〕▼蛮社の獄〔日〕●フランソワ・アラゴー、パリの科学アカデミーでフランス最初の写真技術ダゲレオタイプを公表〔仏〕●スタンダール『パルムの僧院』〔仏〕●ポー『グロテスクとアラベスクの物語』〔米〕●エインズワース『ジャック・シェパード』〔英〕●C・ダーウィン『ビーグル号航海記』〔英〕●**ティーク『人生の過剰』**〔独〕●グリム兄弟『ドイツ語辞典』編集開始（～六一）〔独〕

一八四〇年

▼ヴィクトリア女王、アルバート公と結婚〔英〕▼アヘン戦争（～四二）〔英・中〕●ユゴー『光と影』〔仏〕●メリメ『コロンバ』〔仏〕●サント＝ブーヴ『ポール＝ロワイヤル』（～五九）〔仏〕●「ダイアル」誌創刊（～四四）〔米〕●ポー『グロテスクとアラベスクの物語』〔米〕●ペニー郵便制度を創設〔英〕●P・B・シェリー『詩の擁護』〔英〕●エインズワース『ロンドン塔』〔英〕●R・ブラウニング『ソルデッロ』〔英〕●エスプロンセダ『サラマンカの学生』〔西〕●ヘッベル《ユーディット》初演〔独〕●シトゥール『ヨーロッパ文明に対するスラヴ人の功績』〔スロヴァキア〕●シェフチェンコ『コブザーリ』〔露〕●レールモントフ『ムツイリ』、『詩集』、『現代の英雄』〔露〕

一八四一年

▼天保の改革〔日〕●クーパー『鹿殺し』〔米〕●ポー『モルグ街の殺人』〔米〕●エマソン『第一エッセイ集』〔米〕●絵入り週刊誌「パンチ」創刊〔英〕●カーライル『英雄と英雄崇拝』〔英〕●テプフェール『ジュネーヴ短編集』〔スイス〕●ゴットヘルフ『下男ウーリはいかにして幸福になるか』〔スイス〕●フォイエルバッハ『キリスト教の本質』〔独〕●エルベン『チェコの民謡』（～四五）〔チェコ〕●スウォヴァツキ『ベニョフスキ』〔ポーランド〕●シェフチェンコ『ハイダマキ』〔露〕●A・K・トルストイ『吸血鬼』〔露〕

一八四二年

▼カヴール、農業組合を組織〔伊〕▼南京条約締結〔中〕●ベルトラン『夜のガスパール』〔仏〕●**シュー『パリの秘密』**（～四三）〔仏〕●バルザック〈人間喜劇〉刊行開始（～四八）〔仏〕●「イラストレイテッド・ロンドン・ニューズ」創刊〔英〕●ミューディ貸本

屋創業〔英〕●ブルワー＝リットン『ザノーニ』〔英〕●テニスン『詩集』〔英〕●マコーリー『古代ローマ詩歌集』〔英〕●ゴットヘルフ『黒い蜘蛛』〔スイス〕●**マンゾーニ『汚名柱の記』**〔伊〕●ハイネ『アッタ・トロル』〔独〕●ビューヒナー『レオンスとレーナ』〔独〕●ドロステ＝ヒュルスホフ『ユダヤ人のぶなの木』〔独〕●ゴーゴリ『死せる魂（第一部）』〔露〕

一八四三年　▼オコンネルのアイルランド解放運動〔愛〕●ユゴー《城主》初演〔仏〕●ポー『黒猫』、『黄金虫』、『告げ口心臓』〔米〕●ラスキン『近代画家論』（〜六〇）〔英〕●カーライル『過去と現在』〔英〕●トマス・フッド「シャツの歌」〔英〕●ガレット『ルイス・デ・ソーザ修道士』〔ポルトガル〕●ヴァーグナー《さまよえるオランダ人》初演〔独〕●クラシェフスキ『ウラーナ』〔ポーランド〕●キェルケゴール『あれか、これか』〔デンマーク〕●ゴーゴリ『外套』〔露〕

一八四四年　▼バーブ運動、開始〔イラン〕●シュー『さまよえるユダヤ人』連載（〜四五）〔仏〕●デュマ・ペール『三銃士』、『モンテ＝クリスト伯』（〜四五）〔仏〕●シャトーブリアン『ランセ伝』〔仏〕●バルベー・ドールヴィイ『ダンディスムとG・ブランメル氏』〔仏〕●ホーソーン『ラパチーニの娘』〔米〕●タルボット、写真集『自然の鉛筆』を出版（〜四六）〔英〕●R・チェンバース『創造の自然史の痕跡』〔英〕●ターナー《雨、蒸気、速度―グレート・ウェスタン鉄道》〔英〕●ディズレーリ『コニングスビー』〔英〕●キングレーク『イオーセン』〔英〕●サッカレー『バリー・リンドン』〔英〕●シュティフター『習作集』（〜五〇）〔墺〕●ハイネ『ドイツ・冬物語』、『新詩集』〔独〕●フライリヒラート『信条告白』〔独〕●ヘッベル『ゲノフェーファ』〔独〕

一八四五年　▼アイルランド大飢饉〔愛〕▼第一次シーク戦争開始〔印〕●メリメ『カルメン』〔仏〕●ポー『盗まれた手紙』、『大鴉その他』〔米〕●ディズレーリ『シビルあるいは二つの国民』〔英〕●**レオパルディ『断想集』**〔伊〕●マルクス、エンゲルス『ドイツ・イデオロギー』〔独〕●エンゲルス『イギリスにおける労働者階級の状態』〔独〕●**A・フォン・フンボルト『コスモス**（第一巻）**』**〔独〕●

ミュレンホフ『シュレースヴィヒ・ホルシュタイン・ラウエンブルク公国の伝説、童話、民謡』〔独〕●**ペタル二世ペトロビッチ＝ニェゴシュ『小宇宙の光』**〔セルビア〕●キェルケゴール『人生行路の諸段階』〔デンマーク〕

一八四六年　▼米墨戦争（〜四八）〔米・墨〕▼穀物法撤廃〔英〕●バルザック『従妹ベット』〔仏〕●サンド『魔の沼』〔仏〕●ミシュレ『民衆』〔仏〕●リア『ノンセンスの絵本』〔英〕●サッカレー『イギリス俗物列伝』（〜四七）〔英〕●ホーソーン『旧牧師館の苔』〔米〕●メルヴィル『タイピー』〔米〕●メーリケ『ボーデン湖の牧歌』〔独〕●フルバン『薬売り』〔スロヴァキア〕●ドストエフスキー『貧しき人々』、『分身』〔露〕

一八四七年　▼婦人と少年の十時間労働を定めた工場法成立〔英〕●ミシュレ『フランス革命史』（〜五三）〔仏〕●ラマルチーヌ『ジロンド党史』〔仏〕●プレスコット『ペルー征服史』〔米〕●エマソン『詩集』〔米〕●ロングフェロー『エヴァンジェリン』〔米〕●メルヴィル『オムー』〔米〕●サッカレー『虚栄の市』（〜四八）〔英〕●E・ブロンテ『嵐が丘』〔英〕●A・ブロンテ『アグネス・グレイ』〔英〕●C・ブロンテ『ジェイン・エア』〔英〕●ラディチェヴィチ『詩集』〔セルビア〕●**ペタル二世ペトロビッチ＝ニェゴシュ『山の花環』**〔セルビア〕●ラディチェビッチ『詩集』〔セルビア〕●ネクラーソフ『夜中に暗い夜道を乗り行けば…』〔露〕●ゲルツェン『誰の罪か？』〔露〕●ゴンチャローフ『平凡物語』〔露〕●ツルゲーネフ『ホーリとカリーヌイチ』〔露〕●グリゴローヴィチ『不幸なアントン』〔露〕●ゴーゴリ『友人との往復書簡選』〔露〕●ベリンスキー『ゴーゴリへの手紙』〔露〕

一八四八年　▼二月革命、第二共和政（〜五二）〔仏〕▼三月革命（各地で民族独立運動が起こり諸国民の春へ）〔墺・独〕▼オーストリア帝国領ミラノで勃発した独立運動に乗じてロンバルディアを併合すべくサルデーニャ王国がオーストリアに宣戦布告するも敗北〔伊〕▼第一次シュレースヴィヒ・ホルシュタイン戦争（〜五二）〔独・デンマーク〕▼ピウス九世、ローマ脱出〔伊〕▼カリフォルニアで金鉱発見、ゴールドラッシュ始まる〔米〕▼ロンドンでコレラ大流行、公衆衛生法制定〔英〕●デュマ・フィス『椿姫』〔仏〕●ポー『ユリイカ』〔米〕●メルヴィル『マーディ』〔米〕●ラファエル前派同盟結成〔英〕●W・H・スミス「鉄道文庫」を創業〔英〕●J・S・ミル『経済学原論』〔英〕●ギャスケル『メアリ・バートン』〔英〕●マコーリー『イングランド史』(〜五五)〔英〕●サッカレー『ペンデニス』(〜五〇)〔英〕●マルクス、エンゲル『共産党宣言』〔独〕

一八四九年　▼三月二十四日、カルロ・アルベルトが退位しヴィットーリオ・エマヌエーレ二世がサルデーニャ国王となる〔伊〕▼航海法廃止〔英〕▼ドレスデン蜂起〔独〕▼ハンガリー革命〔ハンガリー〕●シャトーブリアン『墓の彼方からの回想』(〜五〇)〔仏〕●ミュルジェール『放浪芸術家の生活情景』〔仏〕●C・ブロンテ『シャーリー』〔英〕●ラスキン『建築の七灯』〔英〕●ソロー『市民の反抗』〔米〕●フェルナン＝カバリェロ『かもめ』〔西〕●キェルケゴール『死に至る病』〔デンマーク〕●ペトラシェフスキー事件、ドストエフスキーらシベリア流刑〔露〕

一八五〇年　▼オーストラリアの自治を承認〔英〕▼太平天国の乱(〜六四)〔中〕●J・E・ミレー《両親の家のキリスト》〔英〕●テニソン『イン・メモリアム』、テニソン、桂冠詩人に〔英〕●ワーズワース『序曲』〔英〕●キングズリー『アルトンロック』〔英〕●ホーソーン『緋文字』〔米〕●エマソン『代表的偉人論』〔米〕●ツルゲーネフ『余計者の日記』〔露〕

一八五一年〔八十八歳〕

八月十八日、妻ソフィー歿(七十二歳)。

死期を悟り、手元に残っていた手紙や草稿を焼く。

▼ルイ・ナポレオンのクーデター〔仏〕●フーコー、振り子の実験で地球自転を証明〔仏〕●サント＝ブーヴ『月曜閑談』（〜六二）〔仏〕●ゴンクール兄弟『日記』（〜九六）〔仏〕●ネルヴァル『東方紀行』〔仏〕●ホーソーン『七破風の家』〔米〕●メルヴィル『白鯨』〔米〕●ストウ夫人『アンクル・トムの小屋』（〜五二）〔米〕●ロンドン万国博覧会〔英〕●メイヒュー『ロンドンの労働とロンドンの貧民』〔英〕●ボロー『ラヴェングロー』〔英〕●E・B・ブラウニング『カーサ・グイーディの窓』〔英〕●ラスキン『ヴェネツィアの石』（〜五三）〔英〕●H・スペンサー『社会静学』〔英〕●ハイネ『ロマンツェーロ』〔独〕●シュトルム『インメン湖』〔独〕●マルモル『アマリア』（〜五五）〔アルゼンチン〕

一八五二年

生地サヴォワに帰ろうとするも体調悪化により実現せず。

六月十二日、サンクトペテルブルクで亡くなり、同地のワシリエフスキー島スモレンスク墓地に埋葬される（八十八歳）。

▼ロンドン議定書〔英〕▼十一月四日、カヴールが首相となりサルデーニャ王国の近代化を進める〔伊〕▼十二月二日、ナポレオン三世即位。第二帝政へ（〜七〇）〔仏〕●ゴーチエ『螺鈿七宝詩集』〔仏〕●ルコント・ド・リール『古代詩集』〔仏〕●**メルヴィル『ピェール』**〔米〕●ホーソーン『ブライズデール・ロマンス』〔米〕●アルバート・スミス「モンブラン登頂」ショーが大ヒット（〜五八）〔英〕●サッカレー『ヘンリー・エズモンド』〔英〕●M・アーノルド『エトナ山上のエンペドクレスその他の詩』〔英〕●A・ムンク『悲しみと慰め』〔ノルウェー〕●ツルゲーネフ『猟人日記』〔露〕●トルストイ『幼年時代』〔露〕●ゲルツェン『過去と思索』（〜六八）〔露〕

訳者解題

部屋を「めぐる」旅

われわれは、ここに再版する興味深い発見や冒険を行なった人物よりも前に存在した旅行家たちの価値を、貶めるつもりはない。マゼラン、ドレーク、アンソン、クックといった方々は、疑いなく偉大な人物である。ただ、もしわれわれの思い違いが過ぎるのでなければ、あえてこう言わねばならない、『部屋をめぐる旅』には先立つ全ての旅をはるかに上回る特別な価値があるのだ、と。

一八一一年にサンクトペテルブルクで『部屋をめぐる旅』を再版する際、グザヴィエの兄であるジョゼフ・ド・メーストルは、編者による序文をこのように始めています。錚々《そうそう》たる航海者たちによる世界一周の試みを優に超えるという、この風変わりな『部屋をめぐる旅』は、いったいどのような旅行記なのでしょうか。

　グザヴィエ・ド・メーストルが「部屋をめぐる旅」を思い立ったのは一七九〇年、十八世紀の終わりです。十八世紀は、旅の幅が大きく拡がった時代でした。もちろん人間は昔から旅へ出かけていましたが、それは公の旅でいえば戦争や布教のため、個人の旅でいえば貿易や聖地巡礼など、何か実利や目的のある旅でした。しかし十八世紀には、周游や観光といった、旅そのものを楽しむための旅が広まりつつありました。そうした新しい旅の影響は『部屋をめぐる旅』の随所に読み取れます。というのも、グザヴィエは本職の作家ではないので、自身の興味について作品中で正直に明かしており、何に感化されたか隠していないからです。まだ十八世紀ですから、専業作家なる地位じたい確立していない時代ではありますが、そもそも当時のグザヴィエ青年は、文筆で身を立てるつもりなどなく、文学的素養を多分に備えていたのでもない、貴族の末弟のならわしどおり軍務に就いたサルデーニャ王国軍の一志願兵でした。二十六歳のとき、決闘騒ぎを起こしてトリノの城壁の部屋に四十二日間の軟禁刑となったため、手すさびに書かれた『部屋をめぐる旅』は、きわめて独創的な構想にもとづく作品でありながら、それで文学的な画期を試みようという野心は全くない、ささやかに書かれ抽斗にしまわれていた身辺雑記にすぎなかったのです。実際、いずれも兄ジョゼフによって刊行された一七九五年のローザンヌ版（この版には一七九四年トリノ刊と書かれており、サント

＝ブーヴもそれにしたがっていますが、実際には翌年ローザンヌで出版されたようです）でも、一八一一年のサンクトペテルブルク版でも、グザヴィエの希望により著者名は伏せられていました。

この作品の最も大きな魅力のひとつは、部屋と旅という相容れないふたつの要素を結びつけた、撞着語法的な表題にあります。どうやって部屋を旅するのだろう、と読者は惹きこまれるでしょう。しかし今一度よく見てみると、表題は「部屋の中の旅 Voyage dans ma chambre」ではありません。「周り autour de」を意味する前置詞句を「部屋 chambre」に対して使うことができるのでしょうか。古い辞書を引いてみても、たとえばアカデミー・フランセーズの辞書の第五版（一七九八年）にはやはり「周り」「傍」といった意味しか挙げられておらず、用例として載っている「ある家の周りをくまなく回る Roder tout autour d'une maison」を見れば、これが家の中ではなく外であることは明らかです。ところが、これを「世界 monde」に対して使ったときのみ、その外側というのは考えにくいですから、自ずと「世界中をめぐる autour du monde」という意味になります。したがって、きだみのるが『気違い部落周游紀行』の冒頭で指摘しているとおり、「部屋をめぐる旅 Voyage autour de ma chambre」という表題は、定型句としての「世界一周旅行 Voyage autour du monde」をもじっているのです。

彼は自分の部屋を旅行し、観察し、数々の未知を発見し、これに就てのエキゾチクと云ってよいほどの驚きを記録している。彼の部屋は殆ど一つの世界である。居室周游紀行という題は世界周游紀行という熟句を模して作られているのもこのためであろう。

当時最新の世界周游紀をグザヴィエが読んでいたこと、それに自身の旅を重ねつつも張り合おうとしていることは、特異な表題のみならず、たとえば第三十八章でジェームズ・クックや同行者であったジョゼフ・バンクスとダニエル・ソランダーの名を挙げていることからも伺えます。さらにクックと並ぶ十八世紀後半の世界周航として、こちらは直接の言及はありませんが、フランス人として最初の世界一周を行なったブーガンヴィルも想起されるでしょう。注意したいのは、この頃には大航海時代もとうに終わっており、世界周游に期待されるのは必ずしも華々しい新大陸発見ではなく、むしろ丹念な測量と探索の旅だったということです。クックの旅には天文学者が同行し、タヒチで金星の太陽面通過を観測しました。バンクスとソランダーは植物学者です。ブーガンヴィルもやはり天文学者や植物学者を伴なって各地の風土を観察しました。こうした旅は、いわば再発見の旅であって、どこか目的地に到達するよりも、一周する、すべて廻って元に戻ってくることが重要なのです。これはそのまま『部屋をめぐる旅』の理念にもなっていて、もとより自分の部屋ですから全ては既知の場所であり、グザヴィエは同時代の世界周游家に倣って、縦横無尽に歩き回り、測量と探索を行なうのです。

自己探求旅行

ただ、当時は誰もが簡単に遠距離を旅できる時代ではなく、こうした世界旅行は公的な任務による遠征です。クックもブーガンヴィルも隊を率いて航海したのであって、私的な気まぐれ旅行ではありません。その旅行記は自然科学の観察録に近く、ただちに文学と看做せるか定かでありません。グザヴィエが自身の旅の長所を述べるとき真っ先に挙げているように、旅とは高額かつ危険なもので、無定見の庶民がひとりで行くことはできないし、気軽に行くべきでもなかったのです。むやみに出歩くことを諫《いさ》める箴言は、『部屋をめぐる旅』の初版でエピグラフに掲げられたグレッセの一節や、『アオスタ市の癩病者』に引かれている『キリストに倣いて』のみならず、たとえば「人間のあらゆる不幸の元はただひとつ、落ち着いて部屋にいる術を知らないことだ」（パスカル『パンセ』）や、「旅に相応しいひとは極めて少ない。自己が確立していて、間違った教えを聞いても惑わされず、悪徳の手本を見ても引きずられないようなひとにしか向かない」（ルソー『エミール』第五編）など、枚挙に暇がありません（ルソーと旅、あるいはルソーとアルプスについては、より仔細な検討を要するため、ここでは割愛します。グザヴィエの自然への感性はルソーと似ているようにも思われますが、作中あれほどさまざまな作品を挙げながら、ルソーへの言及はありません）。

　ここでもうひとつ重要な時代背景となるのが、グランド・ツアーの勃興です。ヨーロッパの戦乱、いわゆる十七世紀の危機が落ち着いてきた十七世紀後半から、十八世紀末のフランス革命前まで、イギリスの貴族は、子息に教養をつけさせるためイタリアへ旅をさせていました。当時まだイギリスは大学がさほど発達しておらず、それに当時の教養とは古典美術、とりわけ建築と彫刻でしたから、ならばイタリアへ本物を見に行かせようと、二十歳くらいの若者が何年かイタリアへ、今でいう留学のようなことをするのです。しかし実際のところ皆が旅先で真面目に勉強するはずもなく、こうした資金を持つ旅行者の放恣《ほうし》を当てこんで、イギリスからフランスを通ってイタリアへ、街道筋に新たな産業が勃興しました。ホテルやレストランができたり、名所旧跡では似顔絵屋が流行ったりします。今でいう記念写真のように、名所を背景にした似顔絵を描いてもらうのです。つまり観光産業のようなものが十八世紀に発達してゆく、するとますます一般のひとも旅しやすくなって、十八世紀の後半には、グランド・ツアーのルートを使った家族旅行なども増えてきます。旅が一般化すると同時に商業的になってゆき、のちに十九世紀にはフランス語でも「ツーリスム　tourisme」と呼ばれて現代にまで至る、観光という旅の形の端緒を開いたのです。

しかしグザヴィエはトリノにいますから、こうした旅行者が来るのを見ている側にいます。冒頭の何章かで、自分の旅を「まったく費用がかからなかった」とか「ローマやパリを見たという旅行者たちを道すがら笑いながら」と謳《うた》うように、商業化したグランド・ツアーに対する揶揄、観光ルートどおりの旅行に対する皮肉が伺えます。そして、この旅には決まった道がない、気まぐれにジグザグに歩くのだ、とか、道中に現われるものは何でも貪欲に受け取る、といいます。実際、グザヴィエは結構おっちょこちょいで落ち着きがないので、そのために部屋で出くわした事件や、そこから自分が思いめぐらしたことなどを、飾らず率直に描いてゆきます。

自分の経験や考察を書くというのは、今では当たり前のように思われますが、ある時期まで文学とは、歴史上の出来事とか、偉大な人物の伝記とか、宗教的な教えとか、永遠に変わらない真実を記しておくためのものであって、私的な見聞や感想は、正しくもないし重要でもないから、ほとんど書かれませんでした。『部屋をめぐる旅』の冒頭でも、「ふいに学者の世界に現われるのは、何と光栄なことだろう！」といって、著者は公刊に値するような本を書ける専門家でないことを白状しています。けれども旅行記は、一応は事実に基づいているし後のひとの参考にもなるだろうという執筆の名目が立ち、また同時に、旅そのものは個々の体験であって読者はそれぞれに旅してくれればよいということで押しつけがましさがない、つまり普遍的でもあり個人的でもあるという都合のよさがあります。グザヴィエも、旅行記という形ならば、自分の考えたこと感じたことを書きやすかったのでしょう。『部屋をめぐる旅』は、安楽椅子に座っていても想像力を羽ばたかせればどこへでも行けるといった観念的な意味での旅ではなく、本当に部屋を歩き回って、窓、ベッド、壁に掛かる絵や鏡、書斎机、と行き当たったものから考えをめぐらせ、馴染のものしかないはずの部屋で生真面目に旅を実践したからこそ、自分について書けたのです。それはジョゼフもサンクトペテルブルク版の序文で強調をこめて指摘しています。

不見識な者が『部屋をめぐる旅』を空想旅行に分類しようとするのは、じつに嘆かわしいことだ。すべてのページが実在するもので輝いているひとつの作品にそんな判断を下すのは、よほど知性が錆《さ》びついているか、真実に対する感性と無縁であるに違いない。

個人による旅行記は、手紙や日記と同様、ある意味で私的な雑録にすぎず、ただちに文学と看做せるか定かでありません。しかし逆にいえば、旅という体裁さえ保っていれば何でも旅行記となり、旅の途中で見たと称して好きなことを書ける、自由な枠組でもあります。このあと十九世紀になると、オリエンタリズムの流行もあって、実際に東方へ行ってもいるのだけれど、そこでの実体験と空想の入り混じった、たとえばシャトーブリアン『パリからエルサレムへの道のり』、ネルヴァル『東方紀行』、フローベール『東方旅行記』など、文学者による私的かつ詩的な旅行記が多く書かれるようになります。そうした十九世紀の旅は、テプフェール『ジグザグの旅』やゴーティエ『気まぐれとジグザグ』の題名が示すとおり、まさしく『部屋をめぐる旅』で述べられていた「ジグザグ」な足取りを流儀としているのです。

どのような旅行記であれ共通するのは、筆者そのひとが見たものが書かれている、ということです。旅行記の主語は必ず「わたし」となります。ずっと前からそこにあったもの、誰もが目にしているありふれたものでも、たまたま「わたし」がそれに目を留めたことで、旅行記が書かれるのです。この「わたし」の偶然の出会いによって、いわば再び作り直された世界を、読者は読んでいる。そうすると、旅の内容よりも、むしろ旅の方法こそ重要だと言えるでしょう。実際グザヴィエは「わたしの（新しい）旅の方法」という言いかたを繰り返し、読者を誘います。グザヴィエの『部屋をめぐる旅』、あるいは他の旅行記でもよいですが、それを読むというのは、書かれたことのひとつひとつから知見を得るというよりも、旅の全体を通して旅の方法を学び、自分もその方法で旅してみることなのです。グザヴィエの方法で、自分の部屋を、気まぐれに、ジグザグに、歩いてみる。夜に窓から空を眺め、もっとも小さな星を探してみる。それでこそ『部屋をめぐる旅』を読んだことになるかもしれません。

パリの遊歩者

ここまで『部屋をめぐる旅』の背景となった十八世紀の旅行記について見てきました。同時代的な旅のあり方として、発見ではなく探索と周游のための世界一周、そしてグランド・ツアーによる旅の大衆化が、『部屋をめぐる旅』を準備したのでした。ここからは『部屋をめぐる旅』以後について見てゆきましょう。

サント＝ブーヴの指摘するとおり、グザヴィエはローレンス・スターンから大いに影響を受けています。スターンの『トリストラム・シャンディ』は原著が一七五九年から六七年にかけて、『センチメンタル・ジャーニー』は一七六八年に出ていますが、間を置かずジョゼフ＝ピエール・フレネによってフランス語に訳され、仏訳『センチメンタル・ジャーニー』は一七六九年、『トリストラム・シャンディ』は一七七七年から八五年にかけて出版されています。このフレネによる仏訳は十九世紀を通じて『トリストラム・シャンディ』が二十五版、『センチメンタル・ジャーニー』は七十版も出たらしく、グザヴィエに限らず誰もが読んでいたベストセラーかつロングセラーで、フランスでも十八世紀のうちから題名に「センチメンタル」とつく模倣本が続出します。それらは、サント＝ブーヴがグザヴィエの落涙をスターンらしさと捉えたように、旅行者がことあるごとに心動かされ、感傷を吐露するところを真似ていますが、加えて『部屋をめぐる旅』では、たとえば冒頭で旅行者を細かく分類しながら自分の旅を礼讃するのは『センチメンタル・ジャーニー』の序文を思わせますし、第十二章の文字組による表現は『トリストラム・シャンディ』にも見られる視覚的な遊びです。また、全編に亘る「――」(フランス語ではティレといいます)の多用は、スターン的な文体に他なりません。内容においても、一人称で読者に語りかける口調、気まぐれな脱線、曲がりくねった道筋、さらにいえば、部屋を旅するという発想はグザヴィエの思いつきですが、旅行記の体裁で実験的な作品を書く試みそのものがスターンの模倣といえるでしょう。執筆中にスターンが亡くなったため『センチメンタル・ジャーニー』はイタリアへ至ることなくサヴォワの山中で終わっていますが、アルプスを越えた先ではグザヴィエが『部屋をめぐる旅』を行なったのです。

あなたが読んでいないはずはないであろう作品、そして私見ながら、わたしの本の重要な美点というのがモデルがいないことではないとしたら、わたしの本と顕著な類似を示すものとして紹介したい作品が、とくにふたつあります。それは『部屋をめぐる旅』とスターンの『センチメンタル・ジャーニー』です。いかなる本、いかなる小説も、それらほど売れはしませんでした。

これは一八二九年のヴィクトル・ユゴーの手紙です。まずもって確認できるのは、原文で強調されているとおり『部屋をめぐる旅』がよく売れていたこと、そして『センチメンタル・ジャーニー』との並列からは、両者の類似性と、しかし他方で山ほど出ていた『センチメンタル・ジャーニー』の模倣本の中でスターンに比肩しうる別個の作品たりえているのは『部屋をめぐる旅』だけだということが分かります。ここでユゴーが『部屋をめぐる旅』と「顕著な類似」が見られるという自分の著作は『死刑囚最後の日』です（留保がついているのは、『部屋をめぐる旅』や『センチメンタル・ジャーニー』と違って『死刑囚最後の日』は完全な創作であり、モデルとなった人物や体験はないからです）。長命だった文豪の若書きの作品ですが、どちらかといえば文体よりも内容に着目されがちでしょう。というのは、ユゴーみずから一八三二年版に加えた序文で次のように述べているからです。

われわれはこの問いを真摯に発している。答えを求めて問うている。犯罪学者に問うている

のであって、おしゃべりな文人に向けてではない。他の主題と同様、死刑制度の素晴らしさを、
逆説を弄する文章の種にしている者がいることは知っている。

ここで念頭に置かれているのは、フランス革命の惨禍を目の当たりにし、その人類史的意義を考えた末、人間の堕落に対する血の贖罪として戦争と死刑を擁護するに至ったジョゼフ・ド・メーストルであって、グザヴィエではありません。問題となっているのも死刑制度の可否であって、文章の技巧や文学作品としての完成度ではありません。しかし『サンクトペテルブルク夜話』ではなく『部屋をめぐる旅』と比べてみれば、語りの技法は確かに『死刑囚最後の日』と似ています。自らの意思でなしに閉じこめられている情況、短い章を連ねた形式、一人称による語り、それでいて黙想ばかりでなく室内の観察による描写が多く挟まれ、部屋で見たものやしたことから物思いが始まるという導入など、多くの共通点を挙げられます。

ものを書くとき普通は部屋で書くのであって、それ自体は何ら珍しくないし、監獄に限ってもシャルル・ドルレアンからジャン・ジュネまで時代を問わず存在するには違いないのですが、グザヴィエや、それに続く十九世紀の蟄居文学は、禁足のあいだに内省して書かれた回想録や哲学的思索ではなく、幽閉の体験そのものを書いています。強いられた蟄居こそ執筆の動機であり、ゆえに籠っているという情況が強く意識され、どこでどのように書いているかが内容にかかわっている、とり

わけ自分の周囲にある些細な物事を描くことが自己表出と混ざり合っているところに特徴があります。そうして湧き出た断片的な想起を、きちんとした論理構成のもとに整え直すことなく、流れのままに書き連ねるグザヴィエの筆致は、のちのジョイスやプルーストにまでつながる「意識の流れ」的な技法の嚆矢《こうし》といえるでしょう。

こうした蟄居の文学を受け継ぐ流れに、十九世紀フランス文学において重要な、大都市をそぞろに歩く「遊歩者 flâneur」があります。十九世紀的な遊歩は、行先も用事もない、今いる場所こそが目的地である、独りで歩く、出費を必要としない、生産的な活動でない、などが特徴として挙げられます。広くはないが物の密集した場所の只中を無為に漂うことを、近代の大都市が可能にしたのです。その語りは、雑然とした物事に遭遇するがまま、断片的な自己表出となります。こうした特徴は、まさしく相似を成して、すべてそのまま『部屋をめぐる旅』にも当てはまっています。しかし、もっと直接的な照応を、グザヴィエ自身の書いたものから見てみましょう。

グザヴィエの著作はフランス語で書かれているのでフランスでもよく読まれていましたが、本人がフランスに一定期間滞在したのはパリを訪れた七十五歳のときがはじめて、そしてただ一度きりです。これは出版者シャルパンティエの誘いによるものですが、全集を再版するからこの機会に何か書き下ろして加えないかと水を向けられたものの、自分には作家としての才はないから新たに作品を書くことはできないといって、謝絶の手紙をシャルパンティエに送っています。その長くない手紙のうちに、パリを見て回った随想録が書きこまれています。

もしパリで見聞きしたことを何でも書こうとすると、部屋で書いたのと全く同じ調子にしたら、何巻あっても足りないであろうことは、よくお分かりでしょう。〔……〕ですから、友情と感謝の義務をできるかぎり果たしたのち、自分の眼福としてパリを縦横無尽に歩き回ったら、もう充分なのです。言うまでもないでしょう？　わたしは心ゆくまで遊歩したいのです。

パリについて書こうとしたら『部屋をめぐる旅』と同じようになってしまう、つまり「幾何学的に可能なあらゆる経路で」「あらゆる思考や興味や感情に対して完全に開かれて」部屋をめぐったように、パリもまた「縦横無尽に」「心ゆくまで」めぐるからこそ楽しい場所なのです。そして「わたしは心ゆくまで遊歩したい」という一文には、他ならぬ「遊歩 flâner」という動詞が現われています。グザヴィエはパリのどこを見たのでしょうか。招いてくれた出版者に気を使ってか、ルーヴル美術館やノートル＝ダムの塔、ヴァンドーム広場の円柱といった定番の名所に行ったことも手紙に記していきます。けれども、それらはほぼ名前を挙げるだけの淡白な記述しかありません。かつて「ローマやパリを見たという旅行者たちを道すがら笑いながら、のんびり歩いてゆこう」と述べていた感性は、当のパリに来てもなお生きているのです。紙幅をとって描写されるのは、セーヌ河岸に並ぶ本屋街やガス灯に煌めく夜の商店街を通り過ぎながら眺める楽しさです。馬車（トリノの部屋では安楽椅子でしたが、パリでは本当の馬車です）に乗りながら見えるものが移り変わってゆくことに、グザヴィエは強く惹かれたのです。確かに『部屋をめぐる旅』も、馴染の部屋でさえ歩き回って様々なものに出会うことで新たな発見や思いがけない着想を得られ、旅するように楽しめるのが要点でした。この旅の技法と快楽は、空間がパリという大都市に拡大しても変わりません。

金の文字で書かれた親切な誘い文句が、どれほど散歩中のわたしを誘惑することか！　大通りを歩いていると、どれほど多くの発見があることか！　しかし何といっても夜です、煌々《こうこう》と光る商店や喫茶店のひしめく並びに沿って馬車で行きながら、わたしは考えたこともなかった新しい光景を楽しむのです。奢侈と産業の才によって想像しうる、皆を楽しませ役に立つものが何でも、わたしの進むごとに次々と現われてきます。わたしの馬車の窓は、本当の万華鏡、市民生活の豊かさと便利さが高い水準にあることを分からせてくれる驚くべき光景の連続となるのです。あちこちで輝いて目を眩《くら》ませる、ガスで輝く千もの太陽の残像は、夜に寝ているときまでわたしを離れません。

もっとも、余すところのない、まさしく自分の趣味に適った楽しみを道すがら味わいたいとき、わたしが好んで探すのは、巨大な記念碑や現代的な発明ではなく、今では存在しない、歴史や旅行記がパリの昔の記録によって伝えてくれたひとやものなのです。そうすると現在に過去を比べ合わせることができます。

部屋を旅するときに「現われるものの一切を貪欲に受け取る！」と宣言していたのと同じようにしてパリを歩くならば、仰々しい建物や目新しい光景ばかりを求める必要はありません。移動によって景色を変え、些細な痕跡から都市の重層性を堪能できれば、充分に楽しめるのです。あるいは、そのように歩く楽しみを可能にする空間こそ近代の大都市なのです。

フランス語圏文学の先駆

この「出版者への手紙」は、全集には収録されませんでしたが、別のところで公刊されています。というのは、新作を書けないと断ったうえで、最後に次のような代替案を示しているからです。

わたしのささやかな作品集に何か加えることはできないと、ご理解いただけたらさいわいです。とはいえ、あなたの親切な申し出にお応えしたいので、手に入れたばかりの本を何冊か送ります、それがわたしの本の続きとなるでしょう。自分の作品を書けない代わりに、ぜひ形にしてほしい作品を紹介するのです。わたしは著者であるジュネーヴのテプフェール氏と面識はなく、ただ作品を楽しく読ませてもらっただけですが、もし出版すれば、あなたも読者の方々もやはり楽しく読めるに違いありません。とくに、数年来おどろおどろしい惨劇の後味が消えず、笑いとともに温かい涙を零させてくれるような本を読んで落ち着きたいという読者の方々に、作品を勧めることができるでしょう。

グザヴィエは、最初に全集が刊行されてから、つまり最後に作品を書いてから十年以上も過ぎており、もはや自分で作品を書く気力はないから、代わりにロドルフ・テプフェール（一七九九－一八四六）を紹介する、と述べています。そして実際、テプフェールの『ジュネーヴ短編集』は、このときグザヴィエの全集の版元となったのと同じシャルパンティエから刊行され、その序文として「出版者への手紙」が収められました。この手紙でテプフェールに触れているのは右に引用した末尾の一節のみなのですが、それでもグザヴィエのお墨つきと示すことに価値があると考えて出版者は載せたのであり、依然として根強いグザヴィエ人気が伺えます。

出版者の販促事情はともかく、当のグザヴィエとしては、自身と似ている、後継者になりうると思ってテプフェールを勧めており、フランスでの出版を励ます手紙を送るなどしてテプフェールが亡くなるまで文通を続ける仲にもなりました（じつはテプフェールのほうが先に亡くなっています）。しかし三十六歳下で面識もなかったテプフェールが、どうしてグザヴィエと似ているのでしょうか。

第一に、テオフィル・ゴーティエが『ジュネーヴ短編集』を「スターンとグザヴィエ・ド・メーストルとベルナルダン・ド・サン＝ピエールが、じつに地方的な味わいの特異性のうちに巧みに溶け合った短い傑作の数々」と評しているとおり、フランス語で書かれていながらフランス的でない地域性、具体的にはフランス・スイス・イタリアに亘る山国のフランス文学という性質を強く打ち出していることです。一七九九年にナポレオン統治下のフランス領ジュネーヴに生まれたテプフェールは、十九歳のとき数カ月間パリに行ったのを除いて終生ジュネーヴにおり、自身の経営する寄宿学校で教師を務め、地元の名士となっていました。しかし、ジュネーヴに生まれ育ったから即ち生粋のジュネーヴ人とはならないのが十九世紀の難しさです。スイス連邦の誕生によって十六歳で突如スイス人に「なった」テプフェールは、その後の短期滞在でパリを中心とするフランス文化に違和感を抱き、フランス語の作家として一旗揚げたければパリの文壇に入らねばならない時代にあって、ジュネーヴに留まって地方性を積極的に引き受けながら創作を続けました。イタリアからロシアまでヨーロッパを転々としたグザヴィエとは対照的な人生ですが、常にパリから距離を置いていた点は共通しています。

サント＝ブーヴはグザヴィエのフランス語を「山国のパンに塩とクルミの風味があるように、サヴォワ訛で聞く考えは、しばしば滋味あふれるように感じられる」と評していました。そして、同じく「フランスの近代詩人・小説家」シリーズのテプフェールの評伝においても「彼はジュネーヴ出身だがフランス語で書く、由緒正しい正統なフランス語だ、フランスの小説家といわれるかもしれない」という書き出しにはじまり「この小さな国は、わが国から分離したわけではないが、古来より言葉によって重要な地位を保っており、やや特異な、独自の、大切に育まれてきた、確固たる風俗慣習に見合うフランス語を持っていた」と述べ、一国一言語の枠を越えたフランス文学、フランス国外のフランス語圏文学を示唆します。

生涯ジュネーヴに住まうことで地域性に対するこだわりを身をもって示したテプフェールと違い、グザヴィエは祖国サヴォワを失ったまま戻ることは叶いませんでした。しかし生地への思慕は変わらず、とりわけ『部屋をめぐる夜の遠征』の第三十二章では、「祖国がわたしを半ば見捨てているとはいえ、わたしが祖国を見捨てるのは、はたしてよいのか悪いのか」という問題に悩んだ末、祖国を構成する要素として同胞、風土、政府の三つを挙げたうえで、山国だからこそ強く抱くという風土への愛着を説きます。その理由をグザヴィエは起伏ある雄大な景色のためと説明していますが、国境地域ゆえフランス革命戦争やナポレオン戦争の影響を最も強く受けたからでもあるでしょう。地域性の強いフランス語圏文学、これがテプフェールと共通する点のひとつであり、両者とも疑いようのない祖国を持てなかったからこそ風土にこだわっているのです。

もうひとつ見ておきたいのは、コマ割マンガの始祖としてのテプフェールです。この「コマ」は、確かにテプフェールの発明には違いないですが、グザヴィエの「部屋」とも似ていないでしょうか。

テプフェールが最初に出版したマンガ『ジャボ氏の物語』は、貴族でないのに貴族の世界に入りたくてたまらないジャボ氏が、舞踏会へ行って決闘騒ぎを起こしたり、夜に部屋で踊りの真似ごとをしてボヤ騒ぎを起こしたりといったドタバタ劇です。くしくも事の発端は『部屋をめぐる旅』と同じく決闘騒ぎであり、いささか多感で軽はずみな主人公の人物造形も似ています。また、コマ割の緩急による様々な遊びは、最初のマンガとは思えないほど先進的であり、表現技法の面白さも目を惹きます。ただ、ここではグザヴィエとの共通性にのみ絞って見てみましょう。

テプフェールは、ジュネーヴの知識人向け雑誌「ジュネーヴ万有文庫」に『ジャボ氏の物語』の自己書評を寄稿しています。そこではマンガという新しい藝術を擁護すべく、これがゲーテに褒められたことを報告していますが、その中で「ジャボ氏」は、作品名を表わす斜字になっていません。

この本は、一八三三年と記されているが、一八三五年まで刊行されなかった。ジャボ氏は、公に姿を現わすまで、お忍びで巡業していたらしい。イタリアを訪れ、ドイツを訪れた。ヴァイマールを通ったときゲーテに紹介され、丁重に迎えられ、何日か傍に置かせてもらった。今日ジャボ氏は、偉大な人物にお近づきしたことのある間抜けが皆そうであるように、その有名作家とのつき合いを言いふらし、ゲーテが間違いなくジャボ氏のことを巧みな筆致で真剣に語っている号の「藝術と古代」誌を、いつも忘れずポケットに入れている。

同じ箇所でも、ゲーテの出していた雑誌「藝術と古代」は斜字になっていますから、この斜字でない「ジャボ氏」は作品名ではなく登場人物のジャボ氏を指すよう意図して書かれています。しかも、ジャボ氏は各地を回って作品を見せ歩き、ゲーテに会って以来そのことを吹聴しているというのだから、ここでのジャボ氏とはテプフェール自身のことなのです。『ジャボ氏の物語』の話そのものはテプフェールの体験談ではありませんが、野心家だけれども間が抜けているという主人公の性格は、テプフェールの自己諷刺となっています。

小さな枠をこしらえ、その中に自分を入れることで、その「部屋」なり「コマ」なりの中では、自分がキャラクターとなります。自分であって自分でないような存在になることで、自己諷刺を可能としているのです。さらに、いくつもの枠で区切って、それぞれに人物を入れることで、同一人物の様々な側面、その時々の気分や時間の経過による変化を細かく描けるようにもなります。『部屋をめぐる旅』は四十二日間、『部屋をめぐる夜の遠征』は一晩、『ジャボ氏の物語』は数日間、大がかりな物事が展開するほど長くはありませんが、それでもひとりの人物のうちに多くの出来事や感情の相があって、それを断片的ながら連続して描いています。こうした描写の間歇性《かんけつ》もまた両者に共通した特徴です。枠に入れることで自分をキャラクター化して自己諷刺できる、枠で区切ることで同一人物の様々な様態を並べて描ける、このふたつが「部屋」と「コマ」という形式によって生まれている効果なのです。

周游と観光という旅そのものを目的とする旅が興りつつあった十八世紀、旅行記ふうの語りによる実験的な小説をローレンス・スターンが著し、フランスでも大いに読まれていました。こうした旅をめぐる同時代的な下地から、それまで全く文筆の志を持っていなかったグザヴィエ・ド・メーストルは、旅文学の理念を必要最小限にまで結晶させたような『部屋をめぐる旅』を、旅文学の隆盛する十九世紀を待たずして、作家めいた衒《てら》いもなく、先取り剽窃のように書いてしまったのです。その後世への影響は、十九世紀的な旅文学、作家の主観や連想をまじえた文学作品としての旅行記にとどまりません。限られた空間の中で些細な物事の知覚から断片的な想起を書き連ねてゆく「意識の流れ」の手法の嚆矢でもあり、大都市をあてどなく彷徨う遊歩者の先駆でもあり、いずれも十九世紀フランス文学の重要な特徴とされる要素です。さらに、テプフェールをフランスに導き入れてフランス国外で書かれたフランス文学へと視線を向けさせたこと、そのテプフェールが発明したマンガのコマ割という表現に『部屋をめぐる旅』的な特徴が見いだせることを考えると、より裾野は広がってゆきます。

メーストル兄弟は、邦訳が入手困難なため日本でほとんど読まれていませんが、フランス革命という近代への転換点にあって、ジョゼフは峻厳な思想で、グザヴィエは素直な感傷で、時代精神を克明に書き記しており、両者ともフランス文学史上きわめて重要な作家ですから、向後の翻訳や研究の進展を期待します。

この翻訳について

本書は左記の全集版を底本としています。

Œuvres complètes du comte Xavier de Maistre ; Nouvelle édition précédée d'une notice sur l'auteur par M. Sainte-Beuve, Paris, Garnier Frères, 1866.

グザヴィエ・ド・メーストル「全集」は、とくに十九世紀には多くの版元から刊行されていましたが、校註を附し、書簡や未完草稿なども収録した、現代的な意味での全集はありません。ただし「部屋をめぐる旅」のみ現代版が刊行されています。監修者のFlorence Lotterie先生には、パリ大学でわたしの拙《つたな》いジョゼフ・ド・メーストル論を指導していただき、二重に学恩を賜りました。

Xavier de Maistre, *Voyage autour de ma chambre*, édité par Florence Lotterie, Paris, GF-Flammarion, 2003.

そのほかフランス国立図書館に所蔵されている左記の版を参照しました。

Voyage autour de ma chambre par M. le C. X******, O. A. S. D. S. M. S. [Chevalier Xavier, Officier au service de Sa Majesté Sarde], Paris, Dufart, An 4, 1796.

Voyage autour de ma chambre, suivi du Lépreux de la cité d'Aoste ; Nouvelle édition d'après celle de Saint-Pétersbourg (1812), revue et augmentée, Paris, Delaunay, 1817.

Œuvres de M. le Comte Xavier de Maistre ; Nouvelle édition revue et corrigée par l'auteur, Paris, Dondey-Dupré et Ponthieu, 1825 (3 vol.).

年譜の参考としたのは、とくに左記ふたつの伝記です。なお、サント＝ブーヴによる略伝を訳出したので、この解題ではグザヴィエの波瀾万丈の人生については触れませんでしたが、年譜は他の資料とも照合しつつ作成したため、一部サント＝ブーヴの記述と異なる部分があります。

Alfred Berthier, *Xavier de Maistre ; Étude biographique et littéraire*, Lyon, Emmanuel Vitte, 1918.

Eva Pellissier, *Xavier de Maistre ; Les péripéties d'un exilé*, Aoste, Le Chateau Edizioni, 2001.

ジョゼフ・ド・メーストルもまた全集は十九世紀に出たきりですが、主要著作を収録し詳細な年表や用語解説を附した浩瀚《こうかん》な現代版選集が刊行されており、グザヴィエについて知るためにも大いに役立ちました。

Joseph de Maistre : Œuvres, texte établi, annoté et présenté par Pierre Glaudes, Paris, Robert Laffont, coll. Bouquins, 2007.

兄とわたしは、同じ時計の二本の針のようでした。兄は長針で、わたしは短針にすぎません。けれどもわたしたちは、違う方法であっても、同じ時刻を指していたのです。

また、訳すにあたって参考にした既訳を、日本における受容史を示すためにも、確認できたかぎりですが作品ごとに記します。日本で最初に紹介されたグザヴィエ・ド・メーストルの作品は「アオスタ市の癩病者」（当初の邦題「悪因縁」）で、山脇山月による兄ジョゼフの評伝とともに「智徳會雑誌」に掲載されました。意外にも「部屋をめぐる旅」は一度しか邦訳されていません。

部屋をめぐる旅 *Voyage autour de ma chambre*

部屋をめぐる夜の遠征 *Expédition nocturne autour de ma chambre*

永井順「わが部屋をめぐる旅」「わが部屋をめぐる夜の旅」、『部屋をめぐつての隨想』、白水社、一九四〇

アオスタ市の癩病者 *Le Lépreux de la cité d'Aoste*

高橋常陸坊「悪因縁」、『忍ぶ草』第四十五號（元『智徳會雑誌』からの通号）、智徳會、一八九八
鷲尾猛「アオストの孤獨者」、『開拓者』第十一巻第五號、日本基督教青年會同盟、一九一六
陸奥廣吉『アオスト町の癩病者』、雨潤會、一九一九
田沼利男「悲しき癩病者との對話」、『女性改造』第三巻第五號、改造社、一九二四
山内義雄「アオストの天刑病者」、『世界短篇小説大系 仏蘭西篇 上』、近代社、一九二六
峰村孝「アオスト町の癩病患者」、『カトリック』第十二巻第二號、カトリック中央出版部、一九三二

大倉燁子「妖怪の塔」、『踊る影絵』、柳香書院、一九三五
水谷謙三「アオスタ市の癩者」、『シベリアの少女他一篇』、長崎書店、一九四〇
大澤章「アオスタの市の癩病者」、『岡心』、山野書店、一九四七
伊藤晃『オストの町の癩者』、駿河台出版社、一九六三
NOGUTI Kôki〔野口洪基〕「Aosuto mati no raibyô kanzya」、『Izumi』64-gô、いずみ会、一九六五

以下二作品は紙幅の都合で本書には収録していませんが、簡単に紹介します。

コーカサスの捕虜たち *Les Prisonniers du Caucase*

「コーカサス（カフカス）の捕虜」というとプーシキンの詩やトルストイの小説が有名ですが、それらがロシア人の捕虜と現地の娘とのエキゾチックな恋物語であるのに対し、グザヴィエの作品は表題が「捕虜たち」と複数形で、カスカンボ少佐とイヴァン従卒の信義を主題とし、チェチェン族に捕らえられたふたりが力を合わせて脱出し帰還するまでを描いた冒険譚です。コーカサスに住む異教の民の凶暴さを描きつつ、従卒もまた彼らに対して同じくらい残忍な振舞を見せ、しかしどちらも非情の冷血漢ではなく、ときに親切や忠節を示すという対照が印象に残る作品です。

中村義男「コーカサスの捕虜」、『コーカサスの捕虜』、山根書房、一九四四

シベリアの少女 *La Jeune Sibérienne*

サント＝ブーヴの解説にあるとおり、また作中冒頭でグザヴィエ自身も断っているのですが、この少女プラスコーヴィヤ・ルポロヴァ〔Прасковья Луполова 一七八四－一八〇九〕の話はコタン夫人が一八〇六年に『エリザベスあるいはシベリアの流刑者たち *Élisabeth ou les Exilés de Sibérie*』という小説にしていたものの、脚色を嫌ったグザヴィエが事実に即して書いたものです。部屋をめぐる二作のほかは、三作とも表題に地名が入っており、フランス革命の奔出から流浪の生涯を送ることとなったグザヴィエ自身のヨーロッパ各地での見聞を元にしています。本作は、無実の罪でシベリア送りにされた父の恩赦を求めるべく、サンクトペテルブルクまで歩いて皇帝に会いに行った娘の話で、現在もイシムの街にはプラスコーヴィヤの像が建っています。日本では少女向けの読みものとして多くの翻案があります。

野村壽恵子『シベリアの少女』、大倉書店、一九一六
上田駿一郎『シベリヤの少女』、白水社、一九三三
水谷謙三「シベリアの少女」、『シベリアの少女他一篇』、長崎書店、一九四〇
中村義男「シベリヤの乙女」、『コーカサスの捕虜』、山根書房、一九四四
田沼利男『シベリヤの少女』、実業之日本社、一九四九
岡田弘『シベリヤの少女』、白水社、一九五〇
訳者不詳『カバヤ児童文庫 第十巻第三号 野越え山越え』、カバヤ児童文化研究所、一九五三

野田開作『世界少女名作全集十九 あらしの白ばと』、偕成社、一九五九
池田宣政『シベリヤの少女』、女子パウロ会、一九七四
名木田恵子『マーガレット文庫 世界の名作十四 シベリアの少女』、集英社、一九七五
コタン夫人の小説にも既訳があります。
淺井榮熙・坂本筒藏『孝女美談 沙漠の花』、集成社、一八八七

こうして見ると、明治期から戦後まで多くの翻訳があることに驚きますが、他方いずれも現在では入手困難となっているのが残念に思われます。それゆえ末席を汚すべく蛮勇を奮ってみましたが、どうか寛大な心でお読みくださり、ご指正いただければさいわいです。

移動祝祭日

この翻訳は、第六十六回駒場祭の企画「一〇分で伝えます！ 東大研究最前線」にて、このときの駒場祭のテーマが「祭は旅だ。」であったことから、フランス文学と旅について話したのを契機に、私訳を試み同人誌として頒布していたものが基となっています。企画を立案し実行した庄司佳祐氏と西口大貴氏、それから共に同人誌を制作した山岡馨氏に感謝いたします。また、ルリユール叢書に『部屋をめぐる旅』を加えてくださった幻戯書房の中村健太郎氏にも感謝申し上げます。

〔著者略歴〕

グザヴィエ・ド・メーストル〔Xavier de Maistre 1763–1852〕

サルデーニャ王国シャンベリ生まれのフランス語圏作家。反動思想家ジョゼフ・ド・メーストルの弟。本職は軍人のため寡作ではあるが、フランス革命下に自らの部屋を旅したという奇妙な旅行記『部屋をめぐる旅』によって名を残すほか、ジュネーヴの作家ロドルフ・テプフェールとの親交により、フランス国外のフランス語圏文学への着目を促したことも、文学史的に特筆される。後半生は主にロシアで暮らし、サンクトペテルブルクで亡くなった。

〔訳者略歴〕

加藤一輝〔かとう・かずき〕

一九九〇年、東京都生まれ。東京大学大学院・人文社会系研究科(仏文)博士課程在学中。リヨン高等師範学校に游学ののちパリ大学(旧パリ第七大学)修士課程修了、その間に三度の部屋をめぐる旅を行なう。翻訳サークルCato Triptyqueからの訳書に、シャンフルーリ『猫』『諷刺画秘宝館』(共訳)、若月馥次郎『桜と絹の国』。

〈ルリユール叢書〉

部屋《へや》をめぐる旅《たび》 他《ほか》二《に》篇《へん》

二〇二一年一〇月八日　第一刷発行

著　者　グザヴィエ・ド・メーストル

訳　者　加藤一輝

発行者　田尻　勉

発行所　幻戯書房

郵便番号一〇一―〇〇五二

東京都千代田区神田小川町三―十二　岩崎ビル二階

電　話　〇三(五二八三)三九三四

ＦＡＸ　〇三(五二八三)三九三五

ＵＲＬ　http://www.genki-shobou.co.jp/

印刷・製本　中央精版印刷

ISBN978-4-86488-231-6 C0397

〈ルリユール叢書〉発刊の言

厖大な情報が、目にもとまらぬ速さで時々刻々と世界中を駆けめぐる今日、かえって〈遅い文化〉の意義が目に入りやすくなってきました。例えば、読書はその最たるものです。それというのも読書とは、それぞれの人が自分のリズムで本を読み、日々の生活や仕事、世界が変化する速さとは異なる時間を味わう営みでもあります。人間に深く根ざした文化と言えましょう。

本はまた、ページを開かないときでも、そこにあって固有の時間を生みだすものです。試しに時代や言語など、出自を異にする本が棚に並ぶのを眺めてみましょう。ときには数冊の本のなかに、数百年、あるいは千年といった時間の幅が見いだされるかもしれません。そうした本の背や表紙を目にすることから、すでに読書は始まっています。

気になった本を手にとり、一冊また一冊と読んでいくと、目には見えない書物同士の結び目として「古典」と呼ばれる作品があることに気づきます。先人の知を尊重し、これを古典として保存、継承していくなかで書物の世界は築かれているのです。かつて盛んに翻訳刊行された「世界文学全集」も、各国文学の古典を次代の読者へと手渡し、共有する試みでした。

古今東西の古典文学は、書物という形をまとって、時代や言語を越えて移動します。〈ルリユール叢書〉は、どこかの書棚でよき隣人として一所に集う――私たち人間が希望しながらも容易に実現しえない、異文化・異言語・異人同士が寛容と友愛で結びあうユートピアのような――〈文芸の共和国〉を目指します。

また、それぞれの読者にとって古典もいろいろです。私たちは、そのつど本を読みながら、時間をかけた読書の積み重ねのなかで、自分だけの古典を発見していくのです。〈ルリユール叢書〉は、新たな古典のかたちをみなさんとともに探り、育んでいく試みとして出発します。

Reliure〈ルリユール〉は「製本、装丁」を意味する言葉です。
ルリユール叢書は、全集として閉じることのない
世界文学叢書を目指し、多種多様な作品を綴じながら、
文学の精神を紐解いていきます。
一冊一冊を読むことで、読者みずからが〈世界文学〉を
作り上げていくことを願って――

［**本叢書の特色**］

❖名作の古典新訳から異端の知られざる未発表・未邦訳まで、世界各国の小説・詩・戯曲・エッセイ・伝記・評論などジャンルを問わず紹介していきます（刊行ラインナップをご覧ください）。

❖巻末には、外国文学者ならではの精緻、詳細な作家・作品分析がなされた「訳者解題」と、世界文学史・文化史が見えてくる「作家年譜」が付きます。

❖カバー・帯・表紙の三つが多色多彩に織りなされた、ユニークな装幀。

〈ルリユール叢書〉［既刊ラインナップ］

アベル・サンチェス	ミゲル・デ・ウナムーノ［富田広樹＝訳］
フェリシア、私の愚行録	ネルシア［福井寧＝訳］
マクティーグ　サンフランシスコの物語	フランク・ノリス［高野 泰志 訳］
呪われた詩人たち	ポール・ヴェルレーヌ［倉方健作＝訳］
アムール・ジョーヌ	トリスタン・コルビエール［小澤真＝訳］
ドクター・マリゴールド　朗読小説傑作選	チャールズ・ディケンズ［井原慶一郎＝編訳］
従弟クリスティアンの家で　他五篇	テーオドール・シュトルム［岡本雅克＝訳］
独裁者ティラノ・バンデラス　灼熱の地の小説	バリェ＝インクラン［大楠栄三＝訳］
アルフィエーリ悲劇選　フィリッポ　サウル	ヴィットーリオ・アルフィエーリ［菅野類＝訳］
断想集	ジャコモ・レオパルディ［國司航佑＝訳］
颱風［タイフーン］	レンジェル・メニヘールト［小谷野敦＝訳］
子供時代	ナタリー・サロート［湯原かの子＝訳］
聖伝	シュテファン・ツヴァイク［宇和川雄・籠碧＝訳］
ボスの影	マルティン・ルイス・グスマン［寺尾隆吉＝訳］
山の花環　小宇宙の光	ペタル二世ペトロビッチ＝ニェゴシュ［田中一生・山崎洋＝訳］
イェレナ、いない女　他十三篇	イボ・アンドリッチ［田中一生・山崎洋・山崎佳代子＝訳］
フラッシュ　ある犬の伝記	ヴァージニア・ウルフ［岩崎雅之＝訳］
仮面の陰に　あるいは女性の力	ルイザ・メイ・オルコット［大串尚代＝訳］
ミルドレッド・ピアース　未必の故意	ジェイムズ・M・ケイン［吉田恭子＝訳］
ニルス・リューネ	イェンス・ピータ・ヤコブセン［奥山裕介＝訳］
ヘンリヒ・シュティリング自伝　真実の物語	ユング＝シュティリング［牧原豊樹＝訳］
過去への旅　チェス奇譚	シュテファン・ツヴァイク［宇和川雄・籠碧＝訳］
魂の不滅なる白い砂漠　詩と詩論	ピエール・ルヴェルディ［平林通洋・山口孝行＝訳］

部屋をめぐる旅 他二篇	グザヴィエ・ド・メーストル［加藤一輝＝訳］
修繕屋マルゴ 他二篇	フジュレ・ド・モンブロン［福井寧＝訳］

［以下、続刊予定］

ルツィンデ 他四篇	フリードリヒ・シュレーゲル［武田利勝＝訳］
放浪者 あるいは海賊ペロル	ジョウゼフ・コンラッド［山本薫＝訳］
ドロホビチのブルーノ・シュルツ	ブルーノ・シュルツ［加藤有子＝訳］
聖ヒエロニュムスの加護のもとに	ヴァレリー・ラルボー［西村靖敬＝訳］
不安な墓場	シリル・コナリー［南佳介＝訳］
シラー戯曲選 ヴィルヘルム・テル	フリードリヒ・シラー［本田博之＝訳］
魔法の指輪 ある騎士物語	ド・ラ・モット・フケー［池中愛海・鈴木優・和泉雅人＝訳］
笑う男［上・下］	ヴィクトル・ユゴー［中野芳彦＝訳］
パリの秘密［1〜5］	ウージェーヌ・シュー［東辰之介＝訳］
コスモス 第一巻	アレクサンダー・フォン・フンボルト［久山雄甫＝訳］
名もなき人びと	ウィラ・キャザー［山本洋平＝訳］
ユダヤの女たち ある長編小説	マックス・ブロート［中村寿＝訳］
ピェール［上・下］	ハーマン・メルヴィル［牧野有通＝訳］
詩人の訪れ 他三篇	シャルル・フェルディナン・ラミュ［笠間直穂子＝訳］
残された日々を指折り数えよ 他一篇	アリス・リヴァ［正田靖子＝訳］
遠き日々	パオロ・ヴィタ＝フィンツィ［土肥秀行＝訳］
ミヒャエル・コールハース 他二篇	ハインリヒ・フォン・クライスト［西尾宇広＝訳］
復讐の女 その他の短編集	シルビナ・オカンポ［寺尾隆吉＝訳］
化粧漆喰［ストゥック］	ヘアマン・バング［奥山裕介＝訳］
ダゲレオタイプ 講演・エッセイ集	K・ブリクセン／I・ディーネセン［奥山裕介＝訳］
ユードルフォの謎	アン・ラドクリフ［田中千惠子＝訳］

＊順不同、タイトルは仮題、巻数は暫定です。＊この他多数の続刊を予定しています。